真实的幻境

解码福尔摩斯
CLOSE TO HOLMES

刘臻○编著

百花文艺出版社
BAIHUA LITERATURE AND
ART PUBLISHING HOUSE

图书在版编目（ＣＩＰ）数据

真实的幻境：解码福尔摩斯 / 刘臻编著.－－ 天津
：百花文艺出版社，2011.1
ISBN 978-7-5306-5683-9

Ⅰ．①真… Ⅱ．①刘… Ⅲ．①柯南·道尔，
A.－人物研究②侦探小说－人物形象－文学研究－英国－现
代 Ⅳ．①K835.615.6②I561.074

中国版本图书馆CIP数据核字（2010）第213084号

百花文艺出版社出版发行

地址:天津市和平区西康路35号

邮编:300051

e-mail:bhpubl@public.tpt.tj.cn

http://www.bhpubl.com.cn

发行部电话:(022)23332651　邮购部电话:(022)27695043

全国新华书店经销

天津午阳印刷有限公司印刷

＊

开本787×1092毫米　1/16　印张15　插页18

2011年1月第1版　2011年1月第1次印刷

印数：1-6000　册　　定价：37.00 元

真实与虚构
福尔摩斯的不朽传奇

2002年，英国皇家化学学会做出了一项惊人的决定，他们要授予歇洛克·福尔摩斯为该学会的特别荣誉会员，以表彰他将化学知识应用于侦探工作的业绩。学会在贝克街的福尔摩斯雕像前举行了一个授予仪式，使得一位虚构人物堂而皇之地成为了著名科学协会的成员。不必太惊讶于这件事情，实际上从十九世纪九十年代开始，对于福尔摩斯的个人崇拜就长盛不衰。只是，令人意想不到的是，这一风潮竟能持续一百多年，至今仍没有一丝减弱的迹象。

对于那些崇拜福尔摩斯的人，有一个专门的称呼，即"福迷"（在美国称为"Sherlockian"，在英国则叫"Holmesian"）。而他们所热衷的活动则称为"福学"，包括研究阿瑟·柯南·道尔撰写的福尔摩斯作品，撰写福尔摩斯仿作，考证每个人物的经历、身世，寻找小说发生的真实场景，等等，凡是和福尔摩斯有关的事物无一不包。

起初，福迷都是各自为政，没有一个统一的组织。1934年，著名文人克里斯托弗·莫利萌发了一个想法，他想组建一个餐会俱乐部，而他本人又是一名忠实的福迷，于是乎诞生了一家福尔摩斯团体——"贝克街小分队"（BSI）。这个协会入会要求严格，"BSI"几乎成了一种头衔。著名的戏剧评论家和记者亚历山大·伍尔科特、福尔摩斯插画家弗瑞德里克·多尔·斯蒂尔、福尔摩斯舞台剧演员威廉·吉列、美国总统富兰克林·罗斯福、哈利·S·杜鲁门、侦探小说作家雷克斯·斯托特、埃勒里·奎因、科幻小说作家艾萨克·阿西莫夫等都是该会的会员。为了接纳更多的福迷，贝克街小分队衍生出了入会程序宽松的子协会，遍布美国各地，数量超过三百五十家。

英国早期也有福迷组织。早在1934年6月6日，"歇洛克·福尔摩斯研究会"在贝克街的坎奴图餐馆举行了第一次聚会。出席的人包括克里斯托弗·莫利的弟弟弗兰克·莫利、侦探小说作家多萝西·L·塞耶斯、克劳迪·米切尔、安东尼·伯克莱、剑桥大学教授S·C·罗伯茨、著名福学家H·W·贝尔。可惜二战期间协会解散。

1951年英国节期间，玛丽伯恩区推出了福尔摩斯特展。这次特展的主要内容是重新布置一间歇洛克·福尔摩斯的寓所。在这寓所里陈列了福尔摩斯抽过

贝克街车站前的福尔摩斯雕像

的烟斗和他所读的书，此外还有各类研究书籍和手稿等。数万人参观了这个展览会，非常受欢迎，后来转往美国、加拿大等地巡回展览，获得强烈的反响。借着这次展览，英国福迷强烈期盼拥有自己的组织，于是，"伦敦歇洛克·福尔摩斯研究会"（SHSL）在同年诞生。经过这些年的发展，它已经成为英国最重要的福迷组织。

世界上最大的福迷组织可能是"日本歇洛克·福尔摩斯俱乐部"，它拥有超过一千名会员。创办者小林司和东山茜夫妇是著名的福学家，他们不仅翻译过福尔摩斯故事全集，还根据小说场景撰写游记、福学著作等。该组织定期在东京集会，出版通讯、年刊以及研究报告。分布在日本全国各地的分会已经超过十二家。日本是英美之外崇拜福尔摩斯风潮最盛的国家，世界上第一座歇洛克·福尔摩斯的雕像也坐落在日本。

福迷的狂热或许是一般人难以想象的。二十世纪八十年代的时候，美国人理查德·S·华纳想让地球上有一处以福尔摩斯命名的地方。他看中了位于俄克拉荷马州奥色

爱丁堡的福尔摩斯塑像

位于伦敦贝克街221号乙的福尔摩斯博物馆

福尔摩斯的标志之一 —— 猎鹿帽

一套福尔摩斯主题的纪念币

治县的一座高二百六十英尺的小山冈。他先是来到美国官方地图出版机构——美国地名理事会提出申请，并且办理了各项申请材料。不过出现了一个问题。这座小山的主人去世后，两所大学和当地的一个天主教堂成为了这座山的继承人。两所大学虽然同意了华纳的要求，但是教堂的管事却表示反对，认为应该给这座山起一个与宗教有关的名字。华纳便写信给教皇，陈述福尔摩斯曾经两次为梵蒂冈服务，当然这是小说中的事。他请求教皇为此事调解。不久，当地的教堂管事给他回应。他说，不是因为教皇说情，而是因为教堂已不再拥有对这座小山的所有权了。于是，华纳名正言顺地将这里命名为"福尔摩斯峰"。或许，当你经过俄克拉荷马州的时候，可以去这座山看一看。

　　正因为福迷遍布世界，人数众多，便出现了满足福迷兴趣的旅游景点和各色收藏品。最著名的福尔摩斯旅游景点恐怕就是如今位于伦敦贝克街221

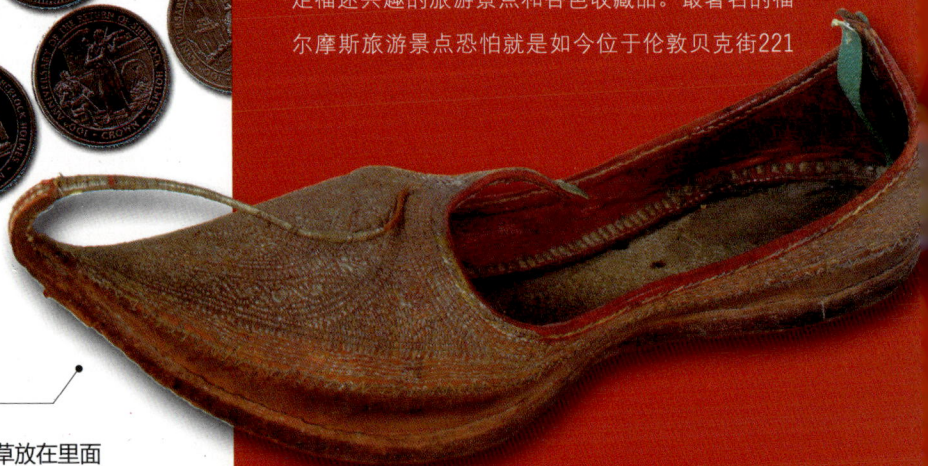

波斯拖鞋，
福尔摩斯喜欢将烟草放在里面

号乙的福尔摩斯博物馆。名人故居并不罕见，不过提到虚构名人的故居就非常少见了。从二十世纪九十年代初开业以来，这里一直游客络绎不绝，已经成为伦敦的一大名胜，丝毫不逊色于距它不远处的杜莎夫人蜡像馆。当然，也不要忘记在不远处的诺森伯兰街的福尔摩斯酒馆。这家始于1957年的酒馆购买了1951年福尔摩斯展览的展品，在酒馆内重现了贝克街寓所的书房，非常值得一看。

说到福尔摩斯收藏可谓五花八门、无所不有，从作者原稿、书籍期刊、影视作品、舞台剧本、仿作戏作，到节目单、海报、电台脚本、原始录音、剪贴簿、雕像、圆领汗衫、游戏玩具，等等。有些收藏品价格高昂，并非一般福迷所能承受。比如最初刊登《血字的研究》的1887年《比顿圣诞年刊》，一本高达十五万美元以上，是史上最贵的期刊之一。有的福迷甚至模仿福尔摩斯的生活方式来过活，从衣食住行至家中家具的摆设，有样学样，完全照单拷贝，无一遗漏。有趣的是，学术机构也参与到福尔摩斯热潮中来。比如美国明尼苏达大学图书馆就号称要建立世界上最完备的福尔摩斯收藏。从二十世纪七十年代起明尼苏达大学图书馆就开始收集有关福尔摩斯的藏品，共计超过一万五千件。英国的玛丽伯恩图书馆也是如此，一直致力于福尔摩斯的收藏。

为什么一个多世纪以来全世界范围内有这么多人喜欢福尔摩斯呢？《贝克街期刊》的第一任主编埃德加·W·史密斯指出："当然，

SHERLOCK HOLMES & MORIARTY
"THE FINAL PROBLEM"

福尔摩斯主题的邮票

福尔摩斯主题的手巾

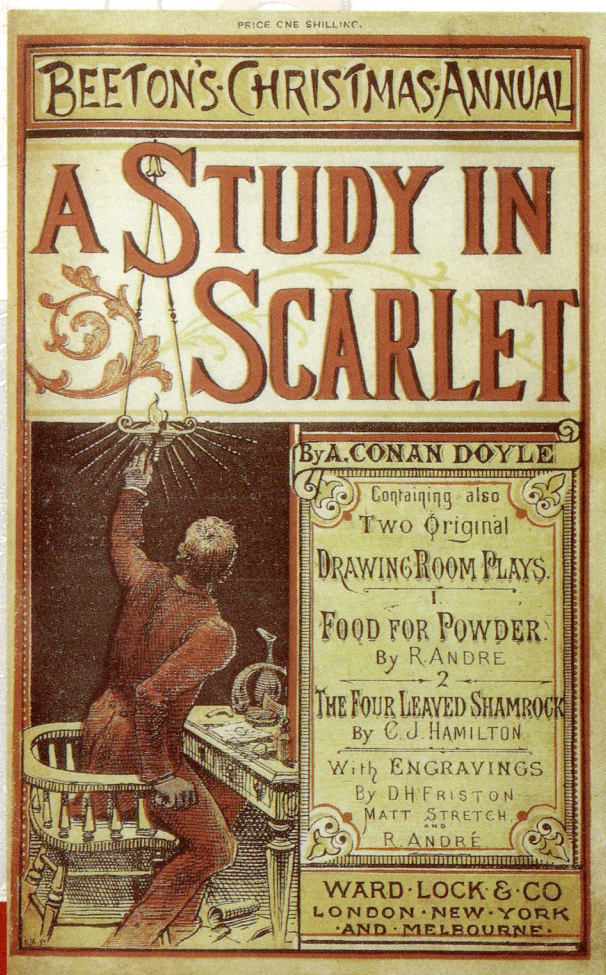

PRICE ONE SHILLINC.

BEETON'S·CHRISTMAS·ANNUAL

A STUDY IN SCARLET

By A. CONAN DOYLE

Containing also
Two Original
DRAWING ROOM PLAYS.
I.
FOOD FOR POWDER.
By R.ANDRE
2
THE FOUR LEAVED SHAMROCK
By C.J.HAMILTON

With ENGRAVINGS
By D.H.FRISTON
MATT STRETCH
AND
R.ANDRÉ

WARD·LOCK·&·CO
LONDON·NEW·YORK
AND·MELBOURNE.

1887年《比顿圣诞年刊》，这是《血字的研究》第一次面世，存世量极其稀少

我们热爱他所生活的时代：一个依稀记得又模糊不清的时代，有着微暖的维多利亚幻想，有着煤气灯下那种安慰和满意的感觉，有着完美的高贵和优雅。”著名作家兼评论家T·S·艾略特也认为：“歇洛克·福尔摩斯让我们回忆起十九世纪伦敦美好的表象。我相信，就算对于那些想不起十九世纪的人来说，他同样让人着迷。”的确，维多利亚

时代孕育了福尔摩斯，而福尔摩斯也让维多利亚时代变成读者心中的一块梦想之地。

维多利亚时代被史学家称为"黄金时代"。当时，全世界大约四至五亿人（相当于全球人口的四分之一）都是大英帝国的子民，其领土面积则约有三千万平方公里，是世界陆地总面积的百分之二十，地球上的二十四个时区均有大英帝国的领土，因此也被称为"日不落帝国"。这时，正值英国工业革命完成、工厂制度确立之际，工业化促进了生产力的飞速发展。从主要经济发展指标来看，1848年，英国铁产量已超过世界上其他所有国家的总和，煤占世界总产量的三分之二，棉布占二分之一以上。1851年，英国国民生产总值为五点二三亿镑，到1870年增至九点一六亿镑。就人均国民收入的横向比较而言，十九世纪中叶英国人均国民收入为三十二点六镑，法国为二十一点二镑，德国为十三点三镑。

我们从福尔摩斯故事里也可以看到经济发展带来了较为稳定的社会局面。来到贝克街的委托人大部分生活安定，衣食无忧，属于中产阶级。《身份案》中的萨瑟兰小姐打字所挣的钱也可以达到年薪四十镑。只有当生活秩序遭到破坏的时候，他们才会找到福尔摩斯，希望恢复之前安定的秩序。

在社会相对稳定的基础之上，理性主义和科学精神是维多利亚时代走向现代的主要标志。理性主义要求人们从现实出发，不以信仰作为判断事物的标准。早在十七世纪，这种思潮便开始萌芽。到了维多利亚时代，查尔斯·达尔文的进化论理论

帕丁顿车站

新苏格兰场

西斯特兰德街电报大楼

英国王室纹章,《显贵的主顾》中华生看到的家徽就是这个

伦敦桥

为理性主义提供了最有力的证据。1859年，达尔文出版《物种起源》一书，以雄辩的事实证明物种是生物在自然界生存竞争的结果，上帝创造世界和塑造生命的神话至此破灭，理性主义取得了对宗教的决定性胜利。英国人还在自然科学的各个门类都有很多发现，例如，1830年，地质学家莱尔指出，地壳的目前状态是无数缓慢变化的结果，而这种变化如今仍在进行着。1843年，朱尔发现"热功当量"，足以说明能量不灭，十分重要。1845年，剑桥大学学生亚当斯发现海王星，是天文学上最伟大的胜利。而都柏林教授W·R·汉密尔顿爵士创造的"四元法"则使数学前进了一步。总之，到了十九世纪末，英国人已习惯于用理性和科学的方法来看待世界了。

理性和科学更是福尔摩斯演绎法的根本。犯罪学家阿瑟顿-沃尔夫就曾在《插图伦敦新闻》撰文认可福尔摩斯对法医学发展的贡献："柯南·道尔发明的许多方法今天都在科学实验室中得到运用。歇洛克·福尔摩斯将研究烟灰作为业余爱好。这是一个新的想法，但是警察立刻认识到诸如此类的专业知识是多么重要，如今每一个实验室都有这么一个工作台盛放多种烟灰……不同的泥浆、土壤也按照福尔摩斯所描述的方式进行分类……毒药、笔记、血迹、尘土、脚印、车辙、伤口形状和位置、密码理论，所有这些以及

火车头等车厢

斯特兰德大街

标准酒吧

其他好方法——它们都是柯南·道尔想出来的——如今在刑事侦查中扮演了重要角色。"正因为如此，才出现了本文开头福尔摩斯获得皇家化学学会会员资格的新闻。

维多利亚时代也是文化繁荣的时期。人们买画、看画、读有关绘画的书籍，并为艺术而争论，其热烈的情形前所未有。这一时代中，大多数画家的生活比以前与以后画家的生活都好得多。艺术期刊大量出版，私人画廊大批出现。文艺作品，诸如诗歌、小说等也同样受到追捧，出现了很

多大文豪。

"血液中的这种艺术成分很容易具有最奇特的遗传形式。"福尔摩斯在《希腊译员》中如是说。他爱好拉小提琴，听音乐，祖母又是法国画家威尔奈的妹妹。华生在还没有完全了解福尔摩斯的时候轻率地下结论说他没有文学知识，但是后来证明他引经据典都是信手拈来。他是维多利亚时代的文化产物，本身更是这个时代的文化缩影。

如果说在十九世纪下半叶，人们处理实际问题时，用科学和理性的思维方式，那么在纯粹的精神生活中，则完全可用宗教的观点来理解一切。这种精神由于满足了讲究实效的英国人民对现实目标的追求，最终在维多利亚时代中后期成为全民族的共识。这时出现了"Victorianism"一词，表示维多利亚时代特征、思想与风尚。

这种特有的思想与风尚，其核心是一种严肃的道德观念。它既决定了人们的品行，也决定了支配社会的习俗。不过，它并未触及每一个人。当时仍有贵族终日寻欢作乐，仍有业者崇拜财神，仍有劳动者不关心道德原则，仍有乞丐、扒手及娼妓为贫困所逼

格林威治河段的泰晤士河

艾伯特厅

海德公园

邦德街

皇家剧院演出时观众济济一堂的场面

迫，沦为维多利亚时代广大的下流社会。在维多利亚时代，不止一种道德观念，不止一套社会习俗。尽管如此，对许多维多利亚时代的人而言，家庭是神圣的，这时期的家庭结构更紧密。福尔摩斯故事大部分也都是和家庭有关系的，《身份案》委托人的未婚夫消失不见，《歪唇男人》委托人的丈夫下落不明，《绿玉皇冠案》委托人的儿子与皇冠绿玉失窃有关。仅《冒险史》和《回忆录》就可以举出不下十个例子。

中产阶级此时提出了"自助者天助之"的口号，形成"自助"意识的道德

博物馆酒馆

观念。1859年，塞缪尔·斯迈尔斯出版《自助》一书，全面阐述了中产阶级的这一人生观。他认为，人的天性是懒惰和多欲的，做人的第一步就是抵制这些癖性，第二步则是养成俭朴、勤奋、严谨、谦恭、顺从等良好习惯。这种习惯一经养成便成为中产阶级根深蒂固的性格。到1900年，该书畅销二十五万册，"自助"观念传播到全社会。同时他还著有五卷本《工程师传记》。在斯迈尔斯看来，工程师是维多利亚时代英国的英雄，是代表勤劳、才智、纪律与工作的理想人物。不管是否受到这种思想的影响，在《工程师大拇指案》的结尾，福尔摩斯对沮丧的水利工程师哈瑟利先生说："您要明白，间接地说这可能是有价值的；只要这事一宣扬出去，在您今后的生活中，您的事务所就会获得很好的声誉。"我们在这篇作品中看到的确实是一个相信自制与纪律的工程师形象。他坚决不做有悖社会准则和法律的事情。虽然失去了大拇指，但是他的精神得到了肯定，也必将如福尔摩斯所说的那样，获得良好的声誉。

　　同样的道德也扩散到部分工人阶级。改革者来夫斯雷创立了《道德改革杂志》。他认为酗酒是贫穷的主要原因。1832年，他组成英国第一个完全戒禁酒类及其他嗜欲的会社，并且在英国影响力甚广。对于工人阶级，福尔摩斯的态度是肯定的。在《波希米亚丑闻》中，福尔摩斯扮成一个失业的马夫和艾琳·艾德勒的马夫混在一起。他说："在那些马夫中间存在着一种美好的互相同情、意气

大英博物馆

第一幅福尔摩斯插图（D·H·福瑞斯顿绘制）

相投的感情。"柯南·道尔甚至不会去描写当时伦敦下层劳苦大众的阴暗面。其实，诸如狄更斯在《雾都孤儿》中所描写的费金的扒手帮，以及《我的秘密生活》中所叙述的赤贫女孩为了腊肠而沦为妓女的故事在维多利亚时代也是具有代表性的。不过，福尔摩斯故事中的主要人物还是中产阶级和上层社会。

福尔摩斯故事涉及各种犯罪和不道德行为，宣扬人道主义和善恶有报、法网难逃的思想，与维多利亚时代的社会道德是不谋而合的。从小说中，我们看到坚守诚实的作风带来了公共生活高度的正直；对独立思想的培养孕育了坚定的个人主义；爱国主义、男子气概及抑制性的纪律也造就了一种坚忍的力量、自制及责任感……这些特质组成了一个强大的大英帝国，也让维多利亚时代成为福尔摩斯最美好的时光。

另一个重要的因素可能是福尔摩斯这个人物形象。如果说柯南·道尔塑造出了福尔摩斯的灵魂，那么同时代以及之后的插画家、演员让福尔摩斯变成了可以看得见的实体。借助插图和影视作品，福尔摩斯跳出了文字，似乎真的从虚构走向了真实。

早在第一篇福尔摩斯故事《血字的研究》刊登时就包含了D·H·福瑞斯顿绘制的四幅插图，这是第一次福尔摩斯的形象（画像）与广大读者见面。尽管其中一幅画着福尔摩斯拿着放大镜观察墙上的单词"Rache"，但总体来说特点不是很鲜明，而且福尔摩

西德尼·佩奇特绘制的福尔摩斯画像

格林纳达系列片中杰里米·布雷特根据佩奇特插图摆放的姿势

斯出场的插图也太少了。

1891年，《波希米亚丑闻》在《海滨杂志》刊登，从这里开始才真正掀起了福尔摩斯热潮。《海滨杂志》强调插图的重要性，几乎每隔一页就有一幅精美的图片。杂志聘请了西德尼·佩奇特为福尔摩斯故事绘制插图。有趣的是，最初主编想让画家沃尔特·佩

THE STRAND MAGAZINE.

Vol. xxiii. APRIL, 1902 No. 136.

The Hound of the Baskervilles.

ANOTHER ADVENTURE OF

SHERLOCK HOLMES

By CONAN DOYLE.

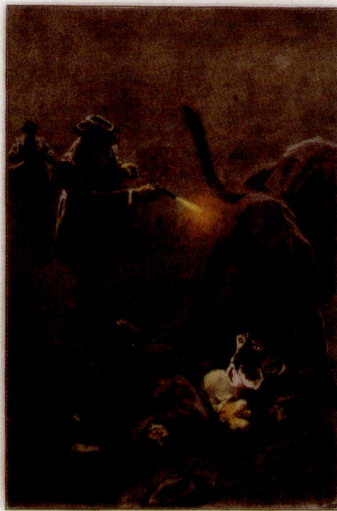

" HOLMES EMPTIED FIVE BARRELS OF HIS REVOLVER INTO THE
CREATURE'S FLANK."

插画家
西德尼·佩奇特

西德尼·佩奇特
为《巴斯克维
尔的猎犬》绘
制的卷首插图

西德尼·佩奇特为
《米尔沃顿》绘
制的插图

奇特担任福尔摩斯故事的插画家。但是阴差阳错，却由沃尔特的兄长西德尼接手了。而西德尼笔下的福尔摩斯的原型又是自己的弟弟沃尔特。西德尼的插图注重细节，将原著的场景描绘得惟妙惟肖。

到1908年西德尼·佩奇特去世之前，他为三十八篇福尔摩斯故事绘制了三百五十六幅插图插画，影响巨大。他的插图不仅为其他画家所借鉴，几乎垄断了当时所有福尔摩斯插图的风格，而且也被各类福尔摩斯电影电视作为场景的范本。格林纳达系列的福尔摩斯电视（由杰里米·布雷特主演）中的场景和佩奇特所画的场景极为相似。阿瑟·万特纳（二十世纪三十年代福尔摩斯电影演员）的朋友常对他说："你真的应该去演歇洛克·福尔摩斯。我从来没有见过哪个人比你更像佩奇特的画像了。"五十集福尔摩斯电视片的扮演者艾伦·惠特利说："自从看见第一幅西德尼·佩奇特的插图后我就决心扮演这个人物了。"

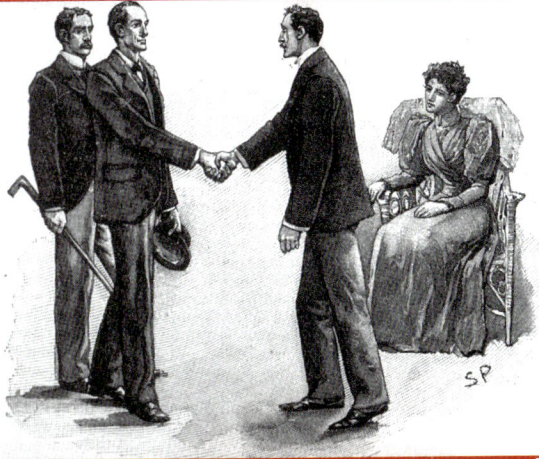

唯一能与佩奇特相提并论的，就是美国插画家弗瑞德里克·多尔·斯蒂尔。他总共为二十六篇福尔摩斯小说绘制了插画，都刊登在美国的杂志上。斯蒂尔笔下豪华的彩色封面画和佩奇特碳笔描影手法形成了鲜明的对比。读者可以清晰地感受到，他最想突出的（甚至可以说唯一想突出的）就是福尔摩斯本人。封面画上无一例外地都是福尔摩斯一个人。

　　斯蒂尔曾经说道："每个人都认为吉列先生就是最理想的福尔摩斯，我仿照他来创作，也是不可避免的事情。于是，我选择他作为插画模特，

插画家弗瑞德里克·多尔·斯蒂尔

F·D·斯蒂尔为《孤身骑车人》绘制的卷首插图

F·D·斯蒂尔为《空屋》绘制的卷首插图

甚至有两三次还在绘画过程中直接使用了他的相片。"这里提到的斯蒂尔绘制福尔摩斯形象的原型就是早期著名舞台剧演员威廉·吉列。对于维多利亚时代的读者来说，吉列是第一位成功将福尔摩斯变成真人的演员。

1897年，吉列通过剧院代理人购买并改写了柯南·道尔草拟的一个五幕剧本，名为《歇洛克·福尔摩斯：四幕剧》，从1899年开始在美国和英国巡回演出。1901年，他把它带到英国演出，大受欢迎，英王爱德华七世也观看了演出，柯南·道尔与他结下了深厚的友谊。吉列扮演福尔摩斯超过一千三百次，是历史上扮演福尔摩斯次数最多的人之一。吉列在舞台剧中使用了佩奇特画笔下的猎鹿帽和长披风，还引入了葫芦烟斗，取得了很好的效果。

威廉·吉列在舞台剧中扮演的福尔摩斯

第一部福尔摩斯电影《福尔摩斯受挫记》

十九世纪末，一种新的艺术形式——电影问世了。它给予导演和演员更广阔的发挥空间。1900年，美国拍摄了《福尔摩斯受挫记》，成为第一部福尔摩斯电影。而福尔摩斯真正在银幕上获得广泛认可要等到二十年代初。1921年，英国斯托尔电影公司决定根据柯南·道尔的小说制作二十分钟的系列短片。接下来的两年中，他们拍摄了四十五部二十五分钟的短片和两部较长的电影。这些电影几乎完全按照柯南·道尔的原著情节改编。出演福尔摩斯的诺伍德是一个经验丰富的演员。影片的卖点之一就是诺伍德的伪装技能，每部影片至少有两个十分巧妙的伪装。柯南·道尔评价他说："他出色地扮演了福尔摩斯，使我大吃一惊。"

黑白片的福尔摩斯经典形象是巴兹尔·雷斯博塑造的。1939年，二十世纪福克斯公司决定拍摄一部高质量的《巴斯克维

巴兹尔·雷斯博扮演的福尔摩斯

尔的猎犬》。他们起用雷斯博扮演福尔摩斯，由人气颇高的英国演员奈杰尔·布鲁斯出演华生。这部片子取得了巨大成功，继而推出了另外十四部由雷斯博和布鲁斯主演的福尔摩斯电影。不过，这些片子大部分是原创故事而非改编自原著，而且有着强烈的现代感，场景也并非维多利亚时代的伦敦。因为雷斯博的出色表演，当时几乎没有竞争者。直到他的最后一部影片完成后十三年，另一位演员才敢于在银幕上扮演福尔摩斯（彼得·库辛的《巴斯克维尔的猎犬》，1959）。

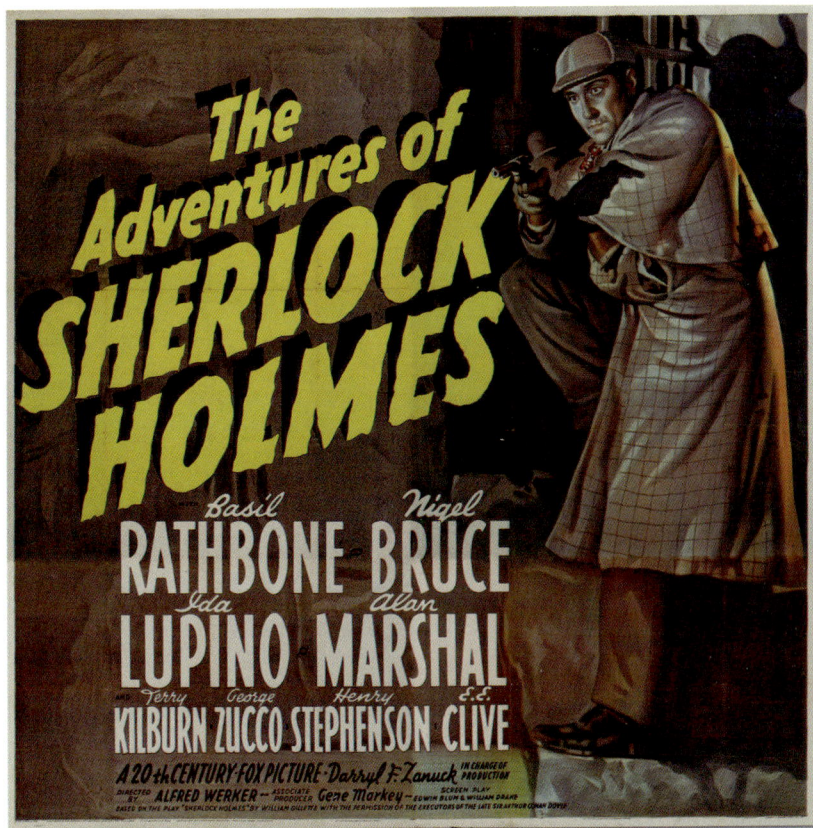

巴兹尔·雷斯博主演的《福尔摩斯冒险史》电影海报

1984年4月24日，英国独立电视一台播出了格林纳达公司制作的歇洛克·福尔摩斯电视剧，首集是《波希米亚丑闻》。片中福尔摩斯的扮演者杰里米·布雷特，他那足以使人晕眩的表现如果不说超越雷斯博也可以与之媲美。很快该剧便确立了自己"最好的福尔摩斯电视片"的名声。

格林纳达系列片中扮演华生的
爱德华·哈德维克

布雷特总是要求剧本尽量保持原著的面貌。如果编剧者遗漏了小说中的重要字句，他就会提醒他们。布雷特总是随身携带一本插图版歇洛克·福尔摩斯全集，这样他就能随时随地查看原作和插图。我们可以从电视片中清晰地看到西德尼·佩奇特插图对他的影响。布雷特是尽其所能在扮演这个角色。他这样陈述自己扮演福尔摩斯的感受：

"我不再感到来自福尔摩斯的威胁，事实上我真的很喜欢扮演他。福尔摩斯是一个法律的保护者。他具有磁石般的吸引力和智力上的天赋，这些在过去的

一百年中深深地吸引了人们。你不会怀疑书中的任何一点。我不知道格林纳达公司的这个小组是不是最好的。但对于在过去十年中将柯南·道尔小说改编为电影的每个人来说，只有一个词可以表达我的感受：妙！福尔摩斯最终使我得到了承认，因为（我是）一个真正的演员，而不是因为一张正在老化的漂亮的脸。"

当电视片播出之后，观众和福尔摩斯迷都认为布雷特的表演独特，第一任华生大卫·布克的表演非常好而且富于才智，第二任华生爱德华·哈德维克虽然有些

格林纳达系列片中的场景（华生的扮演者为大卫·布克）

BBC拍摄的福尔摩斯
电视片，由彼得·库欣
扮演福尔摩斯

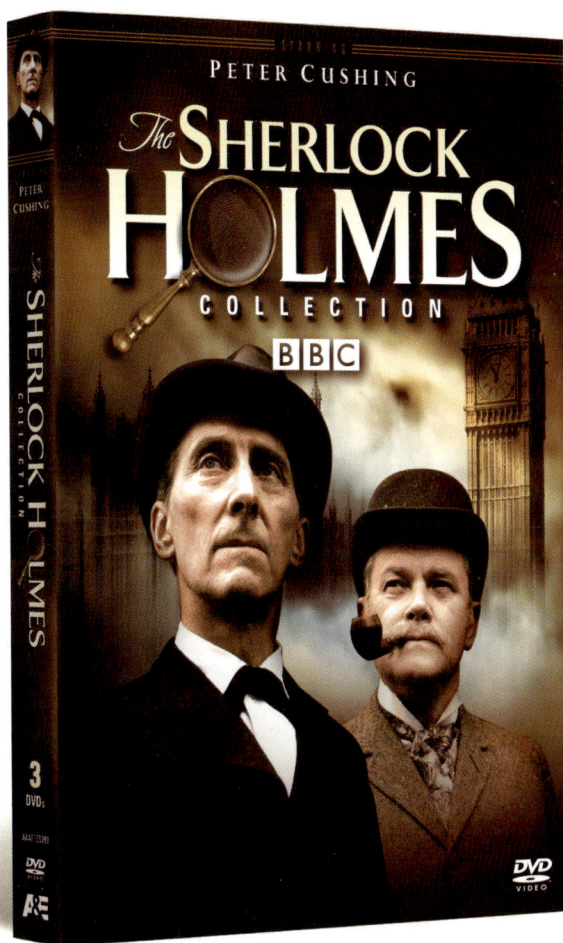

老，但热情而友好。这一版的福尔摩斯电视也就成为众多福迷心中的"正典"。

　　这样一组数据也许是令人吃惊的：据统计，1900年到1984年间，共摄制了一百八十六部情节各异、风格不一的福尔摩斯影片，扮演福尔摩斯的电影明星先后共有六十七位。时至今日，在电影、电视上扮演过福尔摩斯的演员已经数以百计，福尔摩斯电影超过二百六十部（集）（据伦敦福尔摩斯研究会不完全统计）。并且影视化作品不仅局限于英国、美国、加拿大等英

2009年的《大侦探福尔摩斯》中福尔摩斯和华生在贝克街寓所

SHERLOCK HOLMES

The Complete Novels and Stories

Volume II

语国家，甚至还包括苏联（1979—1986，电视系列片，瓦斯里·林瓦诺夫扮演福尔摩斯）、中国（1931年的《福尔摩斯侦探案》、1989年的《福尔摩斯与中国女侠》）。不论是根据原著改编的，还是重新演绎的，都为福尔摩斯的传播起到了推波助澜的作用。

今天，福尔摩斯不朽的传奇仍然在上演着。2009年，华纳兄弟公司投拍的福尔摩斯电影《大侦探福尔摩斯》在全球上映。福尔摩斯的扮演者是当红演员小罗伯特·唐尼，扮演华生的演员是略带性感的裘德·洛。这部新的福尔摩斯电影取得了不错的票房成绩，也验证了这位诞生百年以上的大侦探依旧魅力不减。据闻，华纳公司已经在筹拍续集，看来，传奇还将继续。

CLOSE TO HOLMES

∾ 前　插 ....

　　真实与虚构：福尔摩斯的不朽传奇

∾ 前　言 ....

001　游戏开始了

∾ 作家轶事 ....

005　柯南·道尔与福尔摩斯

019　唯灵论与侦探术

027　福尔摩斯的嫡出"外传"

035　柯南·道尔身后事

043　侦探小说大师们与福尔摩斯

051　柯南·道尔年表

人物传奇

061 福尔摩斯的身份案

083 华生医生的记事簿

099 "那位女人"的秘密报告

105 莫里亚蒂的犯罪档案

113 配角人物的调查书

正典研究

121 福尔摩斯探案的年代学

131 福尔摩斯探案年表

145 贝克街寓所之谜

153 走进贝克街221号乙

163 说一声"诺伯里"——正典中的谬误

173 福尔摩斯在中国

185 福尔摩斯的仿作与戏作

附　录

195 柯南·道尔谈福尔摩斯（[英]阿瑟·柯南·道尔）

207 歇洛克·福尔摩斯文献的研究（[英]罗纳德·A·诺克斯）

223 《红发会》的日期（[英]多萝西·L·塞耶斯）

231 福尔摩斯系列书目

游戏开始了

The Game is Afoot

歇洛克·福尔摩斯的名字已经成为了侦探的代名词,他的一身打扮——猎鹿帽、烟斗和放大镜——也成了侦探的标志。从赞扬"灰色脑细胞"的赫尔克里·波洛,到取名自福尔摩斯塑造者的名侦探柯南,无不是受到了福尔摩斯的影响。即便在这一热潮延续百年之后,电影巨头华纳公司仍然看中福尔摩斯的号召力,集合众多明星打造了电影大片《大侦探福尔摩斯》。对中国而言,福尔摩斯故事更是侦探小说进入中国的敲门砖,是激发本土侦探小说萌芽的领路人。福尔摩斯在中国受众之广、认知度之高,是其他任何一个侦探人物都难以匹敌的。

福尔摩斯拥趸众多,所以久而久之在世界范围内也就形成了一门研究福尔摩斯的学问——"福学",关于它的研究文章和书籍汗牛充栋,甚至已经出现了专门收集这类文献的图书特藏室。那么,什么是福学?很难给这门学问下一个准确的定义,或者只能粗略地称之为研究福尔摩斯和相关领域的学问,比如研究各位小说人物的生平来历、分析福尔摩斯的推理方法、推测故事发生的准确时间,等等。只要能和福尔摩斯故事扯上一点关联,那就都可以作为研究的课题。

已知最早的这类研究文章是1902年1月23日发表在《剑桥评论》上的署名"F.S."(弗兰克·西奇维克)的一封致华生的公开信。这篇文章讨论了《巴斯克维尔的猎犬》中几个日期的疑问。同年,阿瑟·巴莱特·莫里斯在美国的《文人》杂志发表了《歇洛克·福尔摩斯的矛盾》和《歇洛克·福尔摩斯的更多理论》。

福学中有不少是很正统的研究,比如对福尔摩斯故事中医学、化学的研究。这些论文有些甚至发表在了《英国医学杂志》等严肃性十足的专业杂志上。不过,大部分的研究是只有福迷本身才会觉得充满乐趣的,这就是所谓的"福学游戏"。

福学游戏的"开山鼻祖"是英国侦探小说家罗纳德·A·诺克斯。诺克斯的本职是教会神父,他"不务正业"地创作了几部侦探小说,声名鹊起。在还没有动笔创作侦探小说的1911年,诺克斯发表了《歇洛克·福尔摩斯文献的研究》,其本意是用研究《圣经》的高等批评的方式来"嘲弄"福尔摩斯故事。不料,福迷们却觉得这是一件非常有趣的事情,之后便争相效仿他的手法,将"嘲弄"变成了正经八百的研究。

参与这一游戏的研究者数量众多,从普通人到各类学科的专家学者、社会名流无所不有。比如著名侦探小说家多萝西·L·塞耶斯、埃勒里·奎因,著名科幻小说家艾萨克·阿西莫夫,甚至就连美国前总统富兰克林·罗斯福也曾写过几封信试图阐述福尔摩斯是美国人。

福学游戏的规则其实并不繁琐,它是将歇洛克·福尔摩斯和华生当成真正存在的人看待,而柯南·道尔不过是华生的文学代理人。既然是现实存在的,福尔摩斯和华生自然有了树碑立传的基础。除了六十桩案件以外,他们的一生还有许许多多的经历,这些都是值得研究的。研究所凭借的资源就是六十篇故事,这些被称为"正典

（Canon）"或"圣典（Sacred Writings）"，而此外的就都是外传野史了。

这种研究的乐趣在于通过有限的资源挖掘出无限的八卦消息来。比如，福尔摩斯的祖上是什么地方的乡绅？他的童年生活幸福吗？他和"那位女人"有后续故事吗？华生结过两次婚，但是真的只有两次吗？之所以能出现这么多问题，一方面要得益于柯南·道尔经常抖出些"包袱"，一方面则是因为这些线索往往语焉不详，甚至出现疏忽和漏洞。如此一来，公说公有理，婆说婆有理，这场游戏才得以百年不衰，研究者前仆后继。

在福学游戏以外，还有一种被称为道尔学的研究方向。顾名思义，这是指关于作者柯南·道尔的研究。但是与福学不同，道尔学的出发点是作家本人。这类研究者认为，福尔摩斯小说都是柯南·道尔杜撰的，因此小说与作者本人密切相关，比如当时的社会新闻、历史事件、亲朋好友等都会对小说产生这样或那样的影响。唐纳德·雷蒙德出版过一本《歇洛克·福尔摩斯：资料的研究》。这本书专门研究正典中的人名和地名等，通过当时的报纸新闻、柯南·道尔周遭发生的事情研究这类名称的来历。牛津大学出版社曾经出版过一套福尔摩斯评注本全集，也是从道尔学的角度加以讨论的。

物以类聚，人以群分。福尔摩斯同好们渐渐聚拢起来形成了自己的组织。世界上最顶尖的福迷团体有两个，它们各自集中了一大批福学的精英人物，是福学研究的代表。一个是美国的贝克街小分队（BSI）。它于1934年由克里斯托弗·莫利号召成立，发行有季刊《贝克街期刊》（BSJ），每年福尔摩斯出生的那个周末（1月6日前后）会举办盛大的活动。成为贝克街小分队队员的人会根据个人情况获得一个封号，比如著名的侦探小说家弗瑞德里克·丹奈（埃勒里·奎因之一）因为喜欢临终线索而获得"临终的侦探"之封号。另一个是英国的伦敦歇洛克·福尔摩斯研究会（SHSL）。它于1951年创办，发行有半年刊《歇洛克·福尔摩斯期刊》（SHJ）。因为身处福尔摩斯昔日活动的中心——伦敦，所以这个协会享有得天独厚的条件。世界上最大的福迷组织还属日本福尔摩斯俱乐部，目前会员人数上千。而各种小型的福迷团体组织早已遍及五洲，数量已近三百。

《真实的幻境——解码福尔摩斯》就是这样一部带有浓重福学游戏色彩的书，但是笔者并无意将它写成"学究式"的研究著作。本书的目的是让中国读者了解更多福尔摩斯故事背后的种种趣闻逸事。而本书挖掘逸闻的方法，又仿若福尔摩斯的推理演绎法。正如大师本人曾说过的："对掌握线索的人来说，一切小的……行为……都可以连成一个整体。"（《诺伍德的建筑师》）虽然这本书并不是侦探小说，但是也有着完整的侦探小说的元素，包括案件、推理、结局，等等。所呈现的既有紧张刺激的寻找过程，也有会心一笑的小道八卦。此外，这本书不仅列举了各项研究的成果，也提供了某些游戏的方法，希望读者能借此进一步体会到福学游戏的乐趣。

请读者翻开下一页吧，"福尔摩斯先生的朋友来到这里永远是受欢迎的"。

柯南·道尔与福尔摩斯

The Doctor and the Detective

福尔摩斯的诞生

1859年，阿瑟·柯南·道尔出生于爱丁堡。道尔家族是一个艺术世家。祖父约翰·道尔是知名的政治讽刺漫画家。三位伯父詹姆斯·道尔、理查德·道尔和亨利·道尔也都是成功的艺术家。特别是理查德，在当时极富艺术声望。父亲查尔斯·阿尔塔蒙·道尔并没有走上艺术道路，在爱丁堡当了一名建筑营造师，一生不得志，过得颇为坎坷。

柯南·道尔很早就显示出对文学的兴趣。在寄宿学校的时候，他便喜欢阅读梅恩·里德的冒险小说、华尔特·司各特的历史传奇小说以及托马斯·巴宾顿·麦考利的诗歌作品。他也动笔写诗，觉得自己不仅很享受写诗，而且确实长于此道。最后一年里，柯南·道尔成为校刊的主编。他还将自己写的诗和剧本寄给巴黎的叔公——著名的新闻记者迈克尔·柯南。叔公在读了这些作品后，写信给道尔的母亲："毫无疑问，他具有这种成就的才能，从每一个比较严肃的理念里我都在字里行间中看到了完全独创的新意和富有想象力的发挥。"

为了将来谋得一份好职业，柯南·道尔选择进入爱丁堡大学就读医学专业。在学习之余，柯南·道尔开始创作短篇小说，以期赚取一些额外的小钱。让他感到

阿瑟·柯南·道尔爵士

高兴的是，他寄出的第一篇短篇小说不久便刊登出来。这篇名为《塞沙沙山谷之谜》的小说于1879年匿名刊登在《钱伯斯杂志》上。小说根据卡菲尔人的一种迷信而创作，讲述了一个两眼发光的魔鬼，它的眼睛其实是金刚钻。柯南·道尔认为编辑"把精华全部删去了"，但是，小说中仍依稀可见许多他之后作品的特色，也可以看到爱伦·坡和布瑞特·哈特（他当时喜欢的一位作家）的影响。同年，第二篇故事《美国故事》发表在《伦敦社交》杂志上。后来他回忆道："这一年，我第一次认识到除了填药瓶以外还有其他赚先令的方法。"

获得医师资格之后，柯南·道尔先是替人打工，后来去朴茨茅斯的南海开了一家诊所。虽然有了自己的小诊所，但是起步并不顺利。一开始他整天坐在诊所内无所事事，没有一个病人上门，之后才渐渐有经济贫困的病人找他看病。大约1884年，他创作了自己的第一部长篇小说，名为《约翰·史密斯的叙述》。这部小说并没有发表过，一度被认为已经丢失，但是近年又从柯南·道尔的文件中重新发现，被大英图书馆收藏。小说在很大程度上是作者的自传，书中一个名叫约翰·史密斯的人被医生要求在床上休养六天，他向读者讲述了这六天里发生的事。小说的故事全部发生在一个小屋里，描述了周围的各色人等，比如他的女房东兰德尔太太。差不多同期创作的另一部早期长篇小说《戈德斯通公司》则于1890得以出版。

1885年，柯南·道尔与露易莎结婚。结婚后，夫妇俩买了一本很大的剪贴簿，用来贴剪报、写笔记。在柯南·道尔的笔记中出现了这样一些句子："我读了加博里奥的侦探小说《勒考克侦探》，还有一个杀死老太太的故事，老太太的名字我忘了（他查过之后，添上了《勒沪菊案件》），都写得很好，就像威尔基·柯林斯的作品，比柯林斯的还要好。"还有这样一些零碎的句子："大衣的袖子、裤管的膝盖部分、拇指与食指的皮肤硬化、靴子——其中任何一项都能给予我们线索，但如果所有这些加起来，不可能不描绘出真实而又完整的画面。"柯南·道尔开始构思侦探小说了。

1886年初，柯南·道尔写道："受惊的女人跑向马车夫。他们一起去找警察。已经在警察局工作多年的约翰·里夫和他们一起去。"越来越多的侦探小说的简评、准备性质的句子、人名和事件发生的地点等材料出现在笔记中。万事俱备，只欠东风。柯南·道尔开始创作他的第一部侦探小说——《一团乱麻》，两个主人公分别叫做歇里丹·霍普和奥蒙德·夏克。最后的稿子改成了《血字的研究》，主人公也变成了我们熟悉的歇洛克·福尔摩斯和约翰·华生。

1886年4月底，小说终于完成。柯南·道尔把它寄给了《康希尔杂志》。一个月后，杂志编辑回信说小说无法发表，对于一期杂志来说它太长了，建议送到出版社去。

Study in Scarlet

Ormond Sacker - from Soudan - from Afghanistan
        Lived at 221 B Upper Baker Street
with

    I Sherrinford Holmes -

            The Laws of Evidence

        Reserved -
    Sleepy eyed young man - philosopher - Collector of rare Violins
An Amati -   Chemical laboratory

        I have four hundred a year -

I am a Consulting detective -

What rot this is " I cried - throwing the volume
: petulantly aside " I must say that I have no
patience with people who build up fine theories in their
own arm chairs which can never be reduced to
practice -   Lecoq was a bungler —
    Dupin was better. Dupin was decidedly smart —
His trick of following a train of thought was more
sensational than clever   but still he had analytical genius.

《血字的研究》手稿

于是柯南·道尔又将稿子寄到阿罗·史密斯出版社。回信虽然彬彬有礼，却断然拒绝，认为小说的水平对于他们这样的著名出版社来说是不够格的。医生没有灰心，又寄到费雷德·沃恩出版社，同样不被赏识。柯南·道尔在写给母亲的信中表示极其沮丧，但他仍是坚信会开花结果的。

他找上了沃德·洛克出版社，事情似乎有了转机。出版社的主编贝坦尼教授没空读这些"小作品"，不过他的妻子却是位文学爱好者，常常代替丈夫阅读新人的作品。她用了一个晚上就读完了《血字的研究》，第二天跑到丈夫的办公室，喊道："这是个天生的小说家！你想象不到他的小说有多棒！"几天后，教授读完后感觉不错，便向董事们征求意见。当时还没有"侦探小说"这一名词，于是他们把它定位为"廉价文学"，但他们觉得会有人愿意读它。于是，出版社写信告诉柯南·道尔，作品会在下一年出版，并为这次以及以后可能的出版支付二十五英镑稿酬。这个条件实在太苛刻了，对于小说的定位也令柯南·道尔很不高兴。但是，没有办法，他也只得接受。

1887年冬，《血字的研究》在《比顿圣诞年刊》上登载了。可惜的是，尽管年刊销售一空，可并没有引起多少社会反响。如今这份年刊成为收藏家的极品，已知存世量仅三十余册，一本品相良好的年刊评估价格高达十五万美元以上。

1889年，美国利平科特出版社来信说，对《血字的研究》很感兴趣，希望柯南·道尔再写一篇福尔摩斯的小说。在与出版社方面的人进行会晤之后，柯南·道尔答应了他们的请求，拾起几乎要遗忘掉的福尔摩斯。这样，1890年2月的《利平科特杂志》上便刊登出了第二部福尔摩斯系列作品——《四签名》。

《海滨杂志》时期

1890年，伦敦出现了一份新的杂志。这是由当时非常有影响的出版家和编辑乔治·纽恩斯创办的《海滨杂志》。"海滨（Strand）"这个名字源自杂志办公地点所在的斯特兰德大街。纽恩斯创办这份杂志时可以说野心勃勃，他期望在英国出现像《哈珀斯》、《斯基伯纳》这样高质量的刊物，从而和美国同行一较高下。

《海滨杂志》的内容包罗万象，有纪实文章、短篇小说，还有连载作品，涉及文学、政治、文化、科学、艺术等各个领域。而最大的卖点则是丰富的插图。原先设想每页包含一幅图片，而后来在实际操作时因为某些原因不得不改为隔页刊登一幅图片。即便如此，也已相当了不起，要知道，那时的摄影技术和雕版印刷术还仅仅处于萌芽阶段。

"一本月刊杂志虽然售价六便士，但是却值上一先令。"这是纽恩斯为《海滨杂志》打出的广告语。杂志的售价在当时只相当于大部分月刊杂志售价的一半。1891年1月号杂志在1890年圣诞节前就上市销售了，柯南·道尔的一篇小说《科学的声音》就刊登在第一期上。一开始每期销量就达到三万册，后来增至五万册以上，这样的势头一直持续到二十世纪三十年代。

1891年春末，主编格林豪·史密斯收到文学经纪人A·P·瓦特送来的投稿。四十年之后，史密斯这样描述那天的反应："我立刻意识到，那是自埃德加·爱伦·坡以来最伟大的短篇小说。我记得自己奔进纽恩斯先生的房间，把小说戳到他眼前……这是一位新的有天赋的作家：情节巧妙，风格明朗，讲故事能力一流。"

让史密斯大吃一惊的小说就是《冒险史》的第一篇故事《波希米亚丑闻》。柯南·道尔接受了《冒险史》每篇故事三十畿尼[1]的稿酬。福尔摩斯的走红正是从《海滨杂志》开始的。从第一篇开始人们就注意到它了，第二篇起人们就熟悉了游戏规则，习惯了华生和福尔摩斯的搭档，记住了贝克街221号乙，记住了福尔摩斯的习惯……人们期待着下一个故事的出现，作者也声名鹊起。

很快杂志社意识到了危机的来临。《歪唇男人》之后，他们便无文可发，杂志面临销量锐减的威胁。编辑向柯南·道尔约稿，可是他正在创作一部历史小说，无暇顾及这些。这时母亲发挥了作用，她写信要儿子继续创作福尔摩斯故事，因为她也是一位福尔摩斯的忠实读者。柯南·道尔回信给杂志社，除非他肯为每篇故事（无论长短）支付五十英镑，他才会继续创作。他认为五十英镑如此高额的稿费，杂志社未必同意。出乎意料的是，答复既简短又干脆：请通知什么时候把新故事寄来，同意条件。他只好放下手头的稿子，着手创作福尔摩斯故事。

不过，写完《绿玉皇冠案》后他产生了一个想法。他对母亲说："我打算在第六篇故事中杀掉福尔摩斯，了断他最好不过了。为了他，我都顾不上那些要紧的事情了。"母亲立即回信："你不会、不能，也绝不应该杀死他！"于是，福尔摩斯总算没有立即死去。

1892年1月至6月，《海滨杂志》登载了福尔摩斯的另外六个故事，反响强烈。下半年没有了福尔摩斯，杂志的日子又不好过了。年底，杂志社再次向柯南·道尔约稿。

---

[1]一畿尼为二十一先令，一英镑为二十先令，一先令为十二便士。

柯南·道尔开出了十二个故事一千英镑的天价。当天编辑就打来电报：完全接受。柯南·道尔只好再次投降。

1893年4月，柯南·道尔兴奋地写信给母亲："我正在写最后一篇福尔摩斯故事，写了一半，写完之后这位绅士就会消失，再也不会出现了。我对他的名字都感到厌倦。"想出杀死福尔摩斯方法的倒并非柯南·道尔本人。一次去瑞士旅行的时候，柯南·道尔遇到塞拉斯·K·霍金。对方向他提供了一些想法，促成了福尔摩斯的死亡。霍金在自传《我的记忆之书：一系列回忆和思考》（1923）中记下了这件事：

在瑞士，我第一次遇见柯南·道尔。我和我的妻子住在拉夫阿尔卑饭店，就在采尔马特村上面。世界各地的人都在此聚集。这里有大学教授、国会议员、学校校长以及教会高层，比如本森大主教，他的妻子陪着他，还有他的儿子爱德华·弗瑞德里克，就是《渡渡》（1893）一书的作者。

英国人在国外可不像国内那么呆板、一本正经。人们很容易就认识了。餐后我们会分成几组，讨论各种话题。在这里我认识了道尔和本森，以及其他人。

有天早晨，道尔、本森和我一起去费德林冰川做了一次小小的远足。旅途的大部分时候都很轻松，主要是穿越一片片森林。后来我们进入一处狭长的山谷，这才发现我们到了冰川的底部，两旁都是像屋顶一般的峭壁，有的部分相当险峻。我们的向导走在前面，用斧子在冰面上劈出道路，我们向上攀爬。一旦到了顶部路就好走了，我们并排走着，周围都是圆石，我们尽量绕开。

我们又开始交谈起来，最后就说到某个话题上。我注意到，和别人在一起的时候，作家们很少谈论自己的作品，但是这时（本森开了头）我们开始谈起歇洛克·福尔摩斯。道尔坦率地承认他对自己塑造的人物已经厌倦了。"事实上，"他说，"他已经成为我脖子上难以摆脱的枷锁，我想要结束他。要是我不这么做，他就会结束了我。"

"你想想么做？"我问道。

"我还没有决定，"他笑道，"但我还是会以某种方式结束他的。"

"对老朋友来说可太粗暴了，"我说道，"他可给你带来声望和财富呢。"

后来又谈了些，本森构思出一个案子想让福尔摩斯继续活下去。

我们来到了一处宽些的冰川裂隙，站了一会儿，俯视下方。

"如果你还没有决定怎么结束福尔摩斯，"我说，"那就把他带到瑞士来，让他从冰川的裂隙坠落下去，这怎么样？可以省下葬礼的费用了。"

"不坏的主意。"道尔由衷地笑道，后来话题转向其他方面。

当这篇昭示福尔摩斯死亡的《最后一案》刊登之后，引起了轩然大波。信雪片似

THE STRAND MAGAZINE

SOUTHAMPTON STREET

359

EDITED by Geo: Newnes

OFFICES

AN·ILLUSTRATED·MONTHLY

因发表福尔摩斯故事而出名的《海滨杂志》

的寄到柯南·道尔这里，他们恳求、祷告，甚至谩骂、威胁。一位女士在写给柯南·道尔的信中第一句话就是"你这个人面兽心的家伙"。他们的目的只有一个，那就是恳请作者让歇洛克·福尔摩斯复活。伦敦甚至出现了一种风尚，在高筒帽和圆顶礼帽上围上黑色丝带，为侦探致哀。

一直到1901年，事情才有了转机。这年，柯南·道尔和好友弗莱彻·鲁宾逊在诺福克郡克罗姆的皇家林克斯饭店度假。一个阴冷的星期天下午，外面刮着风，他们两个人围坐在火炉旁的长沙发上。鲁宾逊向柯南·道尔讲述了流传在达特穆尔的一个与猎狗有关的故事。这一切使柯南·道尔又想到了福尔摩斯，由此构思了《巴斯克维尔的猎犬》。

虽然福尔摩斯"复活"了，但却不是死而复生，因为案子仍是发生在福尔摩斯去世前很久的事。人们重新燃起了热情的火花。小说获得了前所未有的成功，出版单行本时伦敦从前一天起就有人排起了长队。尽管柯南·道尔封爵是因为他在布尔战争中所做的贡献，但是更多的人相信，这部新的福尔摩斯故事才是真正的原因。

1903年春，美国《科利尔杂志》请求柯南·道尔让福尔摩斯复生。由于杂志提出相当丰厚的稿酬，柯南·道尔难以拒绝，于是创作了《归来记》系列首篇《空屋》。开始预计写六篇小说，稿酬两万五千美元（五千英镑），后来总共写成十三篇，稿酬四万五千美元（九千英镑），这还不包括《海滨杂志》的稿酬。《归来记》之后，柯南·道尔在巨大的经济利益诱惑之下，终于不再意图杀死福尔摩斯，一直将故事写到1927年的《肖斯科姆别墅》为止。

福尔摩斯的原型

福尔摩斯是柯南·道尔杜撰的，还是以哪位真实人物为原型呢？作为文学作品，都是以生活为原型，再加以提炼和升华而成的。福尔摩斯确实有原型存在。但是关于这一问题也是众说纷纭。

赫斯凯茨·皮尔森在其所撰的《柯南·道尔》（1943）一书中提出，乔治·布德是福尔摩斯的原型。布德比柯南·道尔年长，也毕业于爱丁堡大学医学院，柯南·道尔早年和他关系很好，曾经在其诊所当医生。布德这个人有很多奇怪的想法。他是一个发明家，既有充满灵感的一面，也有疯狂的一面。他曾经为步兵设计了一种坚不可摧的装甲服，还希望能发明一种弯曲的电磁弹壳和子弹，不过他的发明寄往战争部之后便泥牛入海。并且，1882年6月柯南·道尔到南海开业时，两人关系已经相当恶化了。

还有一种说法是欧文·达德利·爱德华兹在其《追寻歇洛克·福尔摩斯》（1982）一书中提出的。他认为，福尔摩斯的一些侦探高招是属于罗伯特·克里斯蒂逊的。克里斯蒂逊是爱丁堡大学教授、病理学家。在一起盗尸案的审判中，他证明通过击打尸体能够确定人体是死前还是死后受伤。

不过普遍接受的观点则是柯南·道尔本人提出的，即他在爱丁堡大学医学院就读时的老师约瑟夫·贝尔博士才是福尔摩斯的真正原型。1892年8月号《海滨杂志》上刊登的哈里·豪撰写的《与柯南·道尔博士的一日》中，柯南·道尔回忆说：

我在爱丁堡遇见了那位激发我创作福尔摩斯的人……他的直觉能力简直不可思议。第一位患者出现。贝尔先生说："我看你患的是酗酒病，你竟然在外衣内兜里藏着一瓶酒。"另一个病人进来。"皮匠，对不起。"然后他转向学生，并向他们指出那个人的裤子膝盖内侧破了，那正是此人跪在垫上的地方，因此这是只有在皮匠身上才能发现的特点。

再来看《身份案》中的段落：

……片刻之间，就以他特有的那种心不在焉的神态把她打量了一番。

他说道："你眼睛近视，要打那么多字，不觉得有点费劲吗？"

她回答道："开始确实有点费劲，但是现在不用看就知道字母的位置了。"突然，她体会到他这问话的全部含义，感到十分震惊，抬起头来仰视着，她的宽阔而性情和善的脸上露出害怕和惊奇之色。她叫道："福尔摩斯先生，您听说过我吧，不然，怎能知道这一切呢？"

福尔摩斯笑着说道："不要紧，我的工作就是要知道一些事情。也许我已把自己锻炼得能够了解别人所忽略的地方。不然的话，你怎么会来请教我呢？"

贝尔博士教育学生的这种方法很独特，他的目的在于告诉学生要重视对于细节的观察。他要学生处理疾病和意外事故时，首先要正确认识这个病例。这种识别取决于准确、迅速地对病人因为健康状况的不同而做出的细微反映给予正确评价。为了使他们对这种工作感兴趣，他便引导学生通过更多的观察就可以像平常事一样发觉诸如病人的以前病史、国籍和职业，等等。

福尔摩斯的很多特征也是来自贝尔博士：体形、面貌，甚至是思维时的习惯动作。关于这一点，柯南·道尔在1892年5月4日致贝尔的信中明确说道：

你将完全相信福尔摩斯是以你为原型的，显然在小说里，我可以将这位侦探任意地置于各种戏剧性的情境之中，我不认为他的分析工作是夸张了我亲眼见过的你在门诊室诊断病例所造成的某些效果。我聆听过你教导的演绎、推论和观察的方法，据此我试图塑造这样一个人物，尽可能地让事情向前发展——有时前进得很远——而且我很高兴，结果竟令你满意，你是最有权力予以严格评判的批评者。

大侦探继承自贝尔博士的推理方法就更多。柯南·道尔的同学克莱门特·冈恩医生回忆道：

我们很喜欢上周五约瑟夫·贝尔（他是歇洛克·福尔摩斯的原型）在皇家医院的门诊课，这能让我们知晓很多病例。贝尔对人员安排很有组织性，不会浪费时间；病人都等在外面的屋子里，像剧院人物出场一样，一个个都很迅速，诊断然后离开。柯南·道尔也在那里，像我们一样是一个普通的学生，观察、学习、做笔记，后来他将这些运用到自己的作品中。我记得，有个年轻人报上了一个假名，但是乔·贝尔在处方单上平静地写下了他的真名。他羞红了脸离开了。走了之后，乔说道："我猜你们注意到我做了什么。很明显，约翰·史密斯不是他的真名，而我在他的衬衣牌子上看到了真名。"他告诉我们这些业余的"华生"要学会观察。

这是不是又让熟悉福尔摩斯故事的读者想起了《海军协定》中的情节呢：

"我们还不知道案子的详情，"福尔摩斯说道，"我看你不是他们家里的人吧。"

我们的新相识表情惊奇，他低头看了一下，开始大笑了起来。

"当然你是看到我项链坠上的姓名花押字首'JH'了。"

这样的例子我们可以举出很多。甚至，我们可以找到贝尔博士协助警方破案的例子。其中最出名的便是1878年的"香垂尔谋杀案"。这个案子即便在英国犯罪史上也属于著名的案例，如果没有贝尔，高智商的罪犯很可能逃过法律审判。

尤金·香垂尔是个法国人，曾经学过医。1866年，他来到英国爱丁堡，找到了一份外语教师的职位。1867年，他娶年仅十五岁的伊丽莎白（莉齐）·戴尔为妻，两人婚姻生活并不美满。香垂尔常对妻子施加暴力，并且威胁、恐吓。1877年10月，他为妻子投保了一千英镑额度的保险。

1878年初，香垂尔向警方报案，称妻子因煤气中毒而生命垂危。贝尔和警员闻讯后立即赶到现场。警方调查了一圈，没有发现任何异常。正当他们打算以"意外事故"了结这起案件时，贝尔却发现了疑点：他把鼻子凑到死者口边，仔细闻了闻；然后从死者床上拿起一片沾满呕吐物的枕巾，也闻了闻。随后，他一言不发，把枕巾叠起来拿走。此时，香垂尔先生的脸上露出一丝惊恐的神情。原来，当贝尔看到枕巾上的呕吐物时，就觉得事有蹊跷：呕吐并不是煤气中毒的症状。而且，煤气中毒者的口中会散出难闻的恶臭，可香垂尔夫人口中并没有这种气味。贝尔判断：香垂尔夫人是服用鸦片致死的。

经调查，香垂尔先生在其夫人死前曾买过三十份鸦片。这令贝尔非常兴奋。然而，在死者的血液里却没有发现他预想中的毒素。正当贝尔失望之际，那块枕巾提供了答案：实验室检测出上面的呕吐物中鸦片的成分。几天后，香垂尔先生被警方逮捕，不久被判处绞刑。

而1888年伦敦发生的著名的"开膛手杰克"一案的调查也有贝尔博士参与其中。从这年8月7日到11月9日间，伦敦东区的白教堂一带有人以残忍手法连续杀害至少五名妓女。犯案期间，凶手多次写信至相关部门挑衅，化名"开膛手杰克"，却始终未落入法网。其大胆的犯案手法经媒体一再渲染，引起了当时英国社会的恐慌。这起案件至今依然是历史上的疑案。因为1888年11月9日第五位被害人被发现遇害之后再未出现类似的受害人，因此线索中断，"开膛手杰克"好似人间蒸发一般。对于凶手身份众说纷纭，嫌疑人也有多名，但是都没有绝对的证据指证某人就是真凶。

案发后不久，英国警方就将相关资料寄给了贝尔。警方在资料中列出了三位嫌疑人：1.蒙塔格·约翰·杜立德，某间私立学校的老师；2.约翰·皮札，波兰裔犹太人，住在凶案现场附近，从事制鞋手工业；3.艾伦·柯明斯基，精神病，极端仇恨妇女和妓女。贝尔看完资料后不久，把自己认定的嫌疑人的名字写在一份文件里交给了警方。此后不久，头号嫌疑人杜立德神秘地自杀，连环凶杀案也告一段落。很多人认为，贝尔指控杜立德是凶手，并将消息透露给他，迫使他自杀。

1902年1月《冒险史》单行本出版之后，柯南·道尔将这本书"献给我的老师，约瑟夫·贝尔"。同年12月号的《文人》杂志刊登了贝尔博士所撰的《〈冒险史〉书评》，后来收入再版的《血字的研究》一书作为前言，并且更名为《歇洛克·福尔摩斯先生》。这可算作两位"神探"相互致敬的证据。

附带一提，华生医生也是有原型的。约翰·狄克森·卡尔在传记《阿瑟·柯南·道尔爵士》中写道：

柯南·道尔在南海的朋友里有一位年轻的医生，名叫詹姆斯·华生，他还是朴茨茅斯文学与科学会的领导成员。如果把名字改成约翰的话，华生肯定不会因为用了他的姓而有意见吧？于是这个名字就定成了约翰·H·华生了。奇怪的是，在后来的几年里，在书中，华生的妻子管他叫"詹姆斯"，这是不是作者的笔误？至于真正的詹姆斯·华生在朴茨茅斯科学会会议记录簿上的签名，今天在朴茨茅斯图书馆里还是能看到的。

另一些研究者还提到，帕特里克·赫伦·华生医生也是约翰·华生医生的原型。帕特里克·华生是柯南·道尔时代苏格兰爱丁堡皇家医院的一位外科医生。曾参加过1855年开始的俄国和英、法等国发生的克里米亚战争，退役后，于1878年任皇家外科医师协会主席，后被封为爵士。

也有研究者猜测，伦敦上诺沃德的约翰·A·华生医生也是约翰·H·华生医生的原型。这是因为他曾参加过第一次阿富汗战争，还是一位撰写印度问题的作家，而柯南·道尔笔下的这位约翰·华生参加了第二次阿富汗战争，并且因伤退伍。

有关约翰·华生原型的问题还有其他说法。柯南·道尔的女儿简就认为父亲描写这个人物形象根本没有生活原型；而他的儿子艾德里安则支持这样一种说法，即华生这一人物的塑造，可能从作家的秘书阿尔弗雷德·伍德少校身上汲取了某些性格特征。

尽管福迷们清醒地认识到"福尔摩斯之父"是柯南·道尔，但是在进行福学游戏的时候，却总是把这位作家扔在一边。他们宁愿相信，柯南·道尔只是华生的文学代理人，偶尔也会对华生的小说进行一些修改。这一点如果被柯南·道尔知道了，恐怕会感到又好气又好笑吧。

唯灵论与侦探术

Spiritualism and Detection

传记作家在研究柯南·道尔时，总也绕不过一个难以解释的问题，那就是柯南·道尔对唯灵论的痴迷。在柯南·道尔笔下，福尔摩斯是一位崇尚科学的侦探，不愿意涉足鬼域。但是他的作者竟然与其背道而驰。柯南·道尔的传记作者丹尼尔·斯塔肖维说，当他在伦敦的旧书店寻访这位作家的相关资料时，曾有店员告诉他："柯南·道尔？哦，要福尔摩斯的话倒是又新又漂亮，不过柯南·道尔就不怎么样了，就在后头，有没有？'唯灵论等'类目下……"这是何等的不可思议！

早在1886年，柯南·道尔就开始对灵魂研究发生兴趣。1893年，他还加入了灵魂研究会。不过，在相当长一段时间里，他对此还并不热衷，安心小说创作。第一次世界大战给他带来许多坏消息，几位亲属都因为大战而丧命。第二任妻子简的兄弟马尔科姆·勒基是第一个。接着，柯南·道尔的两个侄子、妹夫E·W·赫尔南相继去世。弟弟英尼斯和长子金斯利虽然逃过战争浩劫，却被病魔夺去了生命。这个时候，柯南·道尔意识到，对于战争和死亡他无能为力。于是，唯灵论理论便更加让他着迷。1915年末，他成为一名虔诚的唯灵论者。

如今我们一听到"唯灵论"、"招魂术"这样的词语不免要嘲笑一番，但是二十世纪早期的人们却不这样想。他们所处的时代正是各种新发明新发现爆发的时代。电灯、留声机、汽车、飞机，各种新事物层出不穷，没有理由否认灵魂的力量也是一种新兴事物。对于柯南·道尔来说，他不相信宗教，但是唯灵论在他眼中不是宗教，而是一种科学。他曾经是一名医生，受过科学的教育，而他认为自己所标榜的唯灵论是有科学依据的，是有证据可以证明的。

他沉迷于唯灵论。尽管很多知名科学家的文章也让他产生了动摇，但是，他坚信自己就是最好的见证人，那些通过灵媒之口说出的死者的话语就是最好的证据。后来的研究者指出，柯南·道尔是一个容易受骗的人。英国精神学者哈利·普莱斯在三十年代说："他（柯南·道尔）太老实了，没有想到自己的同情心被利用了，从而上当受骗。"

柯南·道尔最著名的上当例子是"卡丁利仙女事件"。1917年，卡丁利的两个年轻女孩埃里斯·怀特和她的堂姐弗朗西斯·格里菲斯拍下了第一张仙女的照片。照片中弗朗西斯正与一些小巧、带翅膀的小人一同坐在森林里。埃里斯的父亲冲洗了底片，但他不相信仙女的传说，所以告诉女孩这只不过是舞台场景而已。但是女孩子们却坚持说她们已经见过好几次仙女了。

一个月后，她们有了第二张照片，这次埃里斯是和土地神侏儒坐在一起。埃里斯的爸爸仍然持怀疑态度。但是她妈妈给一位朋友看了照片，碰巧那位朋友对超自然的事非常感兴趣，于是，这个故事很快传开了。1919年6月，正当柯南·道尔准备素材，为

欺骗了柯南·道尔的仙女照片之一

《海滨杂志》圣诞号撰写一篇有关仙女的文章时，他听说了卡丁利仙女的事情，对此很感兴趣。他与其他对此感兴趣的人一同咨询了各方面的专家，验证这张照片是否系假冒的。虽然有人指出这些仙女的发型太现代了，但是却没有人有证据说明照片是假的。随后柯南·道尔将此事写入自己的文章，大肆宣传。这在相信仙女的人中间引起了轰动，同时，怀疑者的批评声也越来越大。到了1920年，这两个女孩又拍了几张仙女照片，掀起了新一轮的热潮。

对于卡丁利仙女真实性的争论持续了几十年，直到1981年，弗朗西斯和埃里斯才承认她们在照相的时候作了假。她们先在纸上画了仙女，然后用曲别针把她们钉在树杈上。弗朗西斯还记得当看到真有人相信她们的故事的时候自己有多么惊讶。她说，在照片上甚至还能看见曲别针，但不知何故从没有人注意过它。

柯南·道尔在世期间出版了十三本与唯灵论有关的书籍，还有大量的文章。与小说不同，这些书籍很少有出版社愿意出版，甚至不得不自费印刷。他还周游世界，宣讲唯灵论，足迹遍布英国、澳大利亚、南非。他还想去欧洲每个国家的首都发表唯灵论演说，但是终因身体原因没有完成。他两度去了美国，行程达到五万多英里，听众逾二十五万。他花费了大量金钱用于演讲旅行，还设立了唯灵论主题书店、出版社、博物馆。尽管他的心脏有了毛病，医生也忠告他如果再这样费力劳神无异于自杀，但他还是为了宣传唯灵论而不断奔走。

唯灵论给柯南·道尔的生平抹上了一丝阴影，却阴错阳差地使柯南·道尔与阿加莎·克里斯蒂的失踪案牵上了联系。

1926年12月，当时声名鹊起的侦探小说家克里斯蒂突然失踪，使得整个英格兰都动员起来寻找她。伦敦《泰晤士报》以大幅标题"失踪的女性小说家"报道了事件的起因：

玛丽·阿加莎·克拉丽莎·克里斯蒂太太从她位于伯克郡苏宁戴尔斯泰尔斯的家中失踪。她是克里斯蒂上校的妻子，现年三十五岁，身高五英尺七英寸，头发微红，短发，灰色眼珠，肤色白皙，身材姣好，穿着灰色针织裙子，绿色套头外衣，灰色和深灰色开襟羊毛衫，头戴绿色丝绒小帽，还戴着一枚镶嵌珍珠的白金戒指，没有戴结婚戒指。她拎着一个黑色手提包，里面可能有五到十镑。星期五晚上九点四十五分她开着一辆莫里斯考利轿车离开家，留下一张字条说她出去兜风。第二天早晨车子在萨里郡纽兰德角被发现弃在路边。

接下来的十天里，针对克里斯蒂"徒劳的搜索工作"占据了英国的报纸。不管是克劳德·莫奈在吉维尼去世的消息，还是温斯顿·丘吉尔和贝尼托·墨索里尼在法国会面的新闻，都没有将克里斯蒂事件赶下头版。

此时的柯南·道尔已经是一位广受关注的名人，而克里斯蒂还只是初出茅庐、小有名气的侦探小说家。《罗杰疑案》这部里程碑式的作品在这年早先时候刚刚出版，获得了很高赞誉。克里斯蒂和她的丈夫、皇家陆军航空队阿奇博尔德·克里斯蒂上校也开始享受起新的好日子。两年前，他们搬到伦敦以外三十英里的苏宁戴尔，在那里他们买下一座大房子，命名为"斯泰尔斯"，这是取自她的处女作《斯泰尔斯的神秘事件》。

失踪事件发生时，克里斯蒂虽然在经济上已经获得成功，但是个人生活却陷入不幸。1926年春，母亲的去世使克里斯蒂陷入了极度消沉。8月，事情变得更糟糕了，克里斯蒂上校透露他和一位名叫南希·尼尔的年轻女子相爱了，尼尔是他们家的熟人。克里斯蒂反对离婚，他们的关系变得更加紧张。

12月3日星期五，一个客厅女仆偷听到克里斯蒂夫妇在早晨的一场激烈的争论——不过克里斯蒂上校后来否认了这一切。当天早晨晚些时候，上校开车出去和古达尔明附近的朋友一起度周末。他的新爱人南希·尼尔也会参加。甚至谣传克里斯蒂上校想要在聚会上宣布和尼尔小姐订婚的消息，即便他的妻子还不肯离婚。

当晚10点过后不久，克里斯蒂离开了斯泰尔斯，留下一张小纸片。第二天早晨，她那辆莫里斯考利两座轿车在纽兰德角被发现，距离古达尔明大约五公里，克里斯蒂上校就待在那里。车子弃在路边，车灯还亮着。里面有一件棕色的毛皮外衣和一个小手提箱。箱子已经打开，里面有衣服、鞋子，还有一张到期的驾驶执照，持有人是阿加莎·克里斯蒂。附近有个小水塘，名叫无声池。

因为担心发生不测，警方出动了大量人员搜索该区。警犬和民兵也加入进来。一队潜水员在无声池中打捞。拖拉机清理了丛林里厚厚的土地。克里斯蒂上校也积极参与，甚至让妻子的硬毛狭犬参与搜寻。几天过去了，搜寻人数增加了，但是仍然一无所获。

一些奇怪的、自相矛盾的故事开始流传起来。有个男人报告出事当天的晚上遇到一名束手无策的女驾车者，那人"行为举止很奇怪"。她没有戴帽子，也没有穿外套，头发上"有一层霜"。这名男子帮助她重新发动了莫里斯考利轿车，她驾车离开的方向指向纽兰德角。渐渐地，公众的矛头开始指向克里斯蒂上校，甚至将他看作嫌疑人。

柯南·道尔插手此事时，克里斯蒂已经失踪了一个星期。他与这件案子的关联还带有一些官方色彩。1902年受爵时，柯南·道尔同时也被授予萨里郡的副郡尉之职。这一关系让萨里郡的警察局局长找到借口向他寻求帮助。或许他是寄希望于柯南·道尔运用严格的逻辑推理方法找出克里斯蒂失踪的真相，因为在乔治·爱德杰和奥斯卡·斯莱特案件时，柯南·道尔的调查方法让人印象深刻。但是，出乎意料的是，柯南·道尔却希望借助通灵的方法解决这一案件。

柯南·道尔相信，克里斯蒂案件是一个绝佳的时机，可以借助通灵调查发现线索和联系，从而推广唯灵论。为了达成这一愿望，他联系了克里斯蒂上校，并且获得了这位失踪女士的一只手套。接着，他将手套交给灵媒贺拉斯·里夫，在他看来这个男人是最优秀的通灵者。柯南·道尔写道："我觉得他是这一领域的代表，有着这一领域应有的各方面的聪明才智，同时还有着优美的演讲台风，但是，最重要的，他有着我所缺少的东西，即个人的通灵能力，这让他成为真正的典范。"

里夫的主要领域是心灵占卜，即从某个物品中接收到心灵感应。里夫在其所著的《灵媒的心理和发展》一书中解释说："方法非常简单，某人用过的物品，交到心灵占卜师的手上或者压在前额就能发生心灵感应，想到，感觉到，甚至是看到与那人有关的事情。"

"我没有给他任何线索，比如我想要知道什么，或者这个物品属于谁，"柯南·道尔在一封写给《晨邮报》的信中写道，"他从来没有见过这只手套，直到我在咨询的那刻放在桌子上他才第一次见到，不管是手套还是我，都和克里斯蒂案件没有什么联系。那是上周日。他立刻说出了阿加莎的名字。"当然，这只是柯南·道尔的一面之词，或许因为这桩案子已经成为英国的头号新闻，使得里夫产生了联想。

里夫继续说："这个东西有某种麻烦，它的主人一半是头脑发晕一半是有目的的。她没有死，就像许多人想的那样。她还活着。你会听到她的消息，我想，就在下周三吧。"这时候，普遍推测克里斯蒂太太已经死了，连伯克郡的警方也这样认为，他们努力的目标就是找到尸体，而不是找到失踪者。里夫明确断言会发现她，这一说法倒是与众不同。

让我们把时间回溯到12月4日星期六，也就是克里斯蒂失踪的第二天。这天早晨，一个名叫特蕾莎·尼尔的女人坐着一辆出租车来到约克郡哈罗盖特水疗饭店，随身没有行李，只有一个小手提包。其他客人看到她憔悴的面容，感觉她像是刚刚从失去孩子的悲痛中恢复过来。但是接下来几天，尼尔太太渐渐地心情舒畅起来，她买了新衣服，变得好交际了。晚上，她开始与其他客人跳舞。有时候，尼尔太太还会唱歌或者在休息室弹钢琴，偶尔也会在台球桌边一试身手。

饭店乐队的班卓琴手鲍勃·塔平不由得注意到特蕾莎·尼尔与阿加莎·克里斯蒂惊人地相似。其他客人也注意到了，有人甚至当着她的面指出来，不过她均予以否认。塔平等了一天左右，然后向警方报告了他的怀疑，警方将克里斯蒂上校召至哈罗盖特。"我想，我哥哥来了。"特蕾莎·尼尔看到克里斯蒂上校时如是说。

当新闻记者蜂拥而至，大声喧哗着要求知道详细情况时，两人双双退缩到一间密室中。当晚晚些时候，克里斯蒂上校发表了一通简要的声明："身份毫无疑问了，这就是我的妻子。她失去了大部分记忆，我觉得她不知道自己是谁。"第二天早晨，一对假扮的夫妻转移开了新闻界的目光，而真正的克里斯蒂夫妇钻进饭店侧门一辆早已等候多时的汽车里走了。

等妻子回忆起朋友之后，克里斯蒂上校又把那个健忘症的故事详述了一番。"我的妻子确实身体不好，"他对新闻界说道，"她的生活消失了三年。她想不起这期间发生的任何事情。实际上，连住在苏宁戴尔这个事情她都不知道，她也不知道自己的家在斯泰尔斯。至于离家之后发生的事情她脑子里一片空白。她一点也想不起去了纽兰德角或者之后去了哈罗盖特的事情……甚至她都不知道自己有个女儿。我们给她看她和女儿小罗莎琳德的照片，她甚至还问这个孩子是谁，'孩子怎么样？''几岁啦？'"

不论是新闻界还是公众对这个解释都不满意。各种说法纷至沓来。有人认为整个事件就是一次作秀。还有人认为克里斯蒂希望这一戏剧性的事件使她丈夫能维持这段婚姻。她选择的"尼尔"这个姓氏正是克里斯蒂上校新欢的姓氏。还有一种说法指出克里斯蒂设计让丈夫背负谋杀的名声，也许这样一来她自己就能在至关重要的当口解救他。

柯南·道尔并没有对克里斯蒂失踪的动机发表看法。对他来说，这件案子是心灵占卜的成功例子。"克里斯蒂案绝佳地证明了使用心灵占卜可以帮助警方，"他在写给《晨邮报》的信件中写道，"必须承认，有某种力量是难以捉摸的、不可预测的，但是有时候确实是有效的。法国和德国警方常常这样做，但是如果我们的警方这样做了，必定是私下的，因为对他们来说，邀请这些受到法律迫害的人参与办案很困难。"柯南·道尔的说法有些过头。英国警方很快以匿名的方式发表了看法，某位警官说："我们是不会让没有希望的疯子参与到这个国家的警察队伍中来的。"

失踪案结束之后不久，克里斯蒂就摆脱了事件的影响，同时，她同意与克里斯蒂上校离婚。上校后来娶了南希·尼尔；她则在四年之后嫁给了考古学家马克斯·马洛万。在她剩下的岁月里，她一直对失踪的十一天闭口不谈。

似乎冥冥之中自有安排。在克里斯蒂失踪案发生前两年，即1924年，克里斯蒂的短篇小说《失踪女士案》在杂志上发表。这是汤米和杜本丝·贝德福德夫妇探案的故事，他们接受委托帮助寻找一位失踪的未婚妻。这个系列在1929年结集为《犯罪团伙》。有趣的是，这个系列中汤米在每一桩案件里都会模仿一位著名的侦探。而《失踪女士案》中，汤米模仿的对象就是福尔摩斯。

故事中的汤米带有强烈的戏仿意味。他在打量委托人时说道："事实告诉我：这事非常紧急；你是乘出租车上这儿来的；你刚去过北极——或者可能是南极，除此以外，我就一无所知了。"而且，汤米正在写一篇"专题文章"，讨论午夜的阳光的作用，而且还拉小提琴——但是拉得很糟糕，甚至杜本丝还要给他拿一瓶可卡因！

随着故事的发展，最初对于女士失踪的无稽的怀疑被证明是没有理由的。这位未婚妻仅仅是为了让身材苗条而去了一家疗养院。汤米垂头丧气，希望这件案子不要留下记录。他说："这个案子绝对没有什么不同寻常的特点。"这真是与两年之后的失踪案有着奇妙的巧合！

福尔摩斯的嫡出 "外传"

The Apocrypha of Sherlock Holmes

　　许多刚看完福尔摩斯全集的读者会问这样一个问题，柯南·道尔所写的福尔摩斯故事是否只有这区区六十篇呢？实际上并非如此。这六十篇福尔摩斯故事被称为"正典"或者"圣典"。除此之外，还有少量柯南·道尔撰写的福尔摩斯的其他作品，一般这些作品并不收入福尔摩斯全集之中，但是由于它们与他人的仿作有着本质的区别，故而对于福尔摩斯的研究和欣赏也有着不可低估的作用。这类作品我们便将其视作"外传"。

　　截至目前为止，针对外传的研究并不充分，对于其定义起来也比较模糊。1962年和1963年，英国《歇洛克·福尔摩斯期刊》上分两期刊登了彼得·理查德的研究文章《正典的补充》。二十世纪八十年代，有三本福学书籍以"外传"为主题出版，分别是：杰克·崔西的《歇洛克·福尔摩斯：已出版的外传》（1980）、彼得·韩宁的《歇洛克·福尔摩斯的最后冒险：正典的补充》（1981）和理查德·兰斯林·格林的《未曾结集的歇洛克·福尔摩斯故事》（1983）。2009年，莱斯利·S·克林格又选编了评注本《歇洛克·福尔摩斯外传》。

　　当然，这几本书所收录的外传也不尽相同。综合四本书来看，外传可以根据其体裁分为：小说、剧本、诗歌、杂文。其中，小说和剧本最值得研究和欣赏。下面，我们就针对这两种体裁的外传——按年代顺序进行介绍。

《黑暗天使》【剧本】

　　这部舞台剧大约是在《血字的研究》之后不久创作的，主要改编自《血字的研究》的第二部分。场景都发生在美国，叙述了侯波和露茜这对恋人与摩门教斗争的故事。整部剧中福尔摩斯并未出场，但华生却出场了，在后半部分扮演了比较重要的角色，可以称之为"华生外传"。

　　《黑暗天使》在柯南·道尔生前并没有发表，这份手稿只有柯南·道尔家人知道。直到1945年，艾德里安·柯南·道尔才在一本有关他父亲的短小传记（《真实的柯南·道尔》）中提到了此作，约翰·狄克森·卡尔在他的传记《阿瑟·柯南·道尔爵士》（1949）中也略略谈过。1951年英国节期间，这份手稿在歇洛克·福尔摩斯展览上展出，1952年又在纽约广场画廊展出。

　　长期以来，公众对此剧本知之甚少，只知道人物表中没有歇洛克·福尔摩斯，华生医生在剧中占了不少比重。1992年，根据艾德里安的遗孀安娜·柯南·道尔的

Dramatis Personæ.

John Ferrier   [A Gentile farmer of Utah.]
Jefferson Hope   [Washoe Hunter & Silver miner]
Elias Fortescue Smee   [Traveller in notions]
John Watson. M.D.   [San Francisco Practitioner]
Sir Montague Brown   (Aristocratic English globetrotter)
Splayfoot Dick   (Ferrier's negro Servant)
Elder Johnstone   (the latter day saint).
John Drebber   } Leaders of Avenging Angels
Lovejoy Stangerson }
Short   }   (Avenging angels)
Stephens   }
Hiram Cooper.   Unorthodox Mormon
Ling-Tchu.   Ferrier's Chinese Laundryman

Lucy Ferrier   (John Ferrier's daughter)
Biddy McGee.   (Ferrier's Irish Help).
Mrs Carpenter   (Keeper of San Francisco boarding House)
Rose Carpenter   (Her daughter)

柯南·道尔生前不曾发表的剧本《黑暗天使》手稿的一页

遗嘱，这份手稿赠送给了多伦多公共图书馆。2001年，剧本由美国贝克街小分队出版，影印了部分手稿，并且将全部文字编排出来。至此，这部剧本才得以让一般读者一窥全豹。

《球场义卖会》【小说】...

　　这篇短小的作品发表在1896年11月20日爱丁堡大学学生杂志《学生》上。它是柯南·道尔献给母校爱丁堡大学的礼物。爱丁堡大学当时正在筹措资金扩大板球场场地，而柯南·道尔本人就是一名狂热的板球爱好者。故事情节也很简单，是福尔摩斯对华生收到的信件进行的一番推理。

《歇洛克·福尔摩斯：四幕剧》【剧本】.......................................

　　这部剧本名义上是由柯南·道尔和威廉·吉列共同撰写，实际上主要由吉列完成。1899年10月23日在美国纽约州布法罗首演，同年11月6日在纽约上演。这出剧目的成功演出使威廉·吉列成为了大洋两岸最知名的福尔摩斯演员之一。

　　大概在十九世纪九十年代初，百老汇就和柯南·道尔有过接触，想排演福尔摩斯剧目。大约在1897年或者1898年初，柯南·道尔萌生了一个想法。他认为如果自己创作关于福尔摩斯的剧本必定能在经济上大获成功，于是写下了一部五幕剧，内容是福尔摩斯侦探生涯早期和莫里亚蒂教授的较量。百老汇制作人查尔斯·弗洛曼却认为这部剧不适合排演。不过他还是看出其中的可取之处，于是不远千里来到英国和柯南·道尔见面商讨。他建议由威廉·吉列将其重写，并由吉列主演福尔摩斯。

　　柯南·道尔答应授权，威廉·吉列将剧本大幅修订，包括情节和人物等。吉列还发电报问柯南·道尔："我可以让福尔摩斯结婚吗？"出乎意料的是，柯南·道尔同意了。他回电说："你可以让他结婚，甚至杀了他，随你处置。"

　　这部剧目的情节来源于多部作品，包括《波希米亚丑闻》、《最后一案》、《血字的研究》、《四签名》、《博斯科姆比溪谷秘案》和《希腊译员》，等等。不过，很多情节都是衍生出来的。

《斑点带子案》（又名《斯托纳案件》）【剧本】...........................

　　根据小说《斑点带子案》改编，情节大体上相同。1910年6月4日在伦敦阿德尔菲剧院上演。这出舞台剧上演之后非常成功。有评论家指出，它完全可以同威廉·吉列的

《歇洛克·福尔摩斯》相媲美。

1910年，柯南·道尔将自己的小说《罗德·斯通》改编为舞台剧《坦普利家族》。此剧在阿德尔菲剧院上演之后反响平平，主要因为公众对体育题材剧目缺乏兴趣。为了获取收益，柯南·道尔决定以福尔摩斯舞台剧取而代之。于是，他仅仅花费一周时间就将此剧完成。

最初上演时由H·A·桑特斯伯扮演福尔摩斯，林·哈丁扮演格里姆斯比·罗伊洛特医生。桑特斯伯是一名经验丰富的舞台剧演员，在《歇洛克·福尔摩斯》一剧巡回演出中曾上千次地扮演过福尔摩斯。演对手戏的哈丁则是莎剧演员，同时也是该剧制片人。哈丁希望将医生的戏份加重，成为主角之一。柯南·道尔最终听取了他的意见。该剧上演之后相当受欢迎。作为《坦普利家族》的替代品，柯南·道尔此举可谓因祸得福。

《王冠钻石，或歇洛克·福尔摩斯的一夜》【剧本】

这是柯南·道尔创作的又一部福尔摩斯舞台剧。最值得注意的是，这部剧催生了一篇福尔摩斯小说——《王冠宝石案》。一般来说，福尔摩斯舞台剧都是改编自小说，但此篇例外。

1921年5月2日，《歇洛克·福尔摩斯的一夜》在布里斯托尔竞技场剧院进行了预演，5月16日在伦敦的大剧院正式公演。舞台剧中福尔摩斯的对手是莫兰上校，小说中则变成了内格雷托·西尔维亚斯伯爵。

《华生学推理》【小说】

1924年，伦敦展出了一座为国王乔治五世的妻子玛丽王后建造的玩具屋。这栋迷你王宫高三十九英寸，还拥有自来水和电力照明设施。室内悬挂的邮票般大小的油画均出自英国大师之手，图书室内珍藏的全是英国当时最伟大作家的微型力作，比如说，吉卜林、哈代、康拉德。柯南·道尔也写了一篇小说，便是这篇仅五百多个单词的《华生学推理》。

展览结束之后，公众便无缘得见这篇出自柯南·道尔之手的外传了。不过1951年4月，《贝克街期刊》上终于刊登了小说的全文。这篇小说的内容也十分简单，华生模仿福尔摩斯的推理方法，却遭遇大失败，带有戏作成分。福学家认为这篇作品最重要的地方是暗示了福尔摩斯出生于萨里郡，他的祖先可能就是萨里郡的乡绅。

《高个子的男人》（又名《一篇歇洛克·福尔摩斯故事的大纲》）【小说大纲】

　　传记作者赫斯凯茨·皮尔森在柯南·道尔的文件中发现了一篇没有完成的故事，附有大纲和评述。1943年8月，皮尔森在《海滨杂志》撰文说："在道尔的文件中我发现了一篇没有完成的福尔摩斯故事，在这篇作品中，侦探遇到了一位狡猾的罪犯，他通过让犯人恐惧抓狂的方法迫使其招供罪行。这一幕由一位演员协助参与，他化装成被杀的受害人，将可怕的头伸进凶手的卧室窗户，以一种仿若鬼魂从坟墓中发出的声音叫着他的名字。凶手因为恐惧一股脑儿说出实情，于是案件真相大白。"大纲后来收入皮尔森的传记作品《柯南·道尔》（1943）一书。

　　这篇大纲并没有标题，"高个子的男人"系后人根据小说的情节为其所取的名字，也称为"一篇歇洛克·福尔摩斯故事的大纲"。故事讲述了一个女孩找到福尔摩斯，她的恋人因为涉嫌谋杀了女孩的叔叔而遭到逮捕。谋杀的地点位于二楼，沾了泥的梯子、刻有名字的手枪，一切证据似乎都指向这个青年。但是福尔摩斯调查现场之后却发现了一些端倪，用一种相当戏剧性的手法抓住了真正的凶手。

　　这篇手稿的创作年代以及作者的真实性都无法确认。不过可以确定的是，目前六十篇正典中没有使用过类似情节。1947年，美国知名福学家罗伯特·A·库特将这篇大纲扩充成小说。

《通缉犯逃遁案》（又名《谢菲尔德银行家案》）【小说】　⋯⋯⋯⋯⋯⋯⋯⋯⋯⋯⋯⋯

　　二十世纪四十年代初，皮尔森在为柯南·道尔传记收集资料时，从作家的文件中发现了这篇手稿。1942年9月12日，美联社宣称，柯南·道尔之子艾德里安·柯南·道尔在一堆家族文件中发现了一篇未经发表的福尔摩斯故事，手稿字迹完全出自柯南·道尔之手。艾德里安拒绝发表这篇小说。一个月之后，贝克街小分队写信给美国杂志《星期六文学评论》，坚持认为小说应该发表。1943年8月，皮尔森在《海滨杂志》撰文写道："我的另一个发现更为有趣：一篇业已完成的福尔摩斯故事，名为《通缉犯逃遁案》。这篇故事算不上高水准之作，因此柯南·道尔不将其发表是明智的。然而我的这一发现传到美国时，小说的秘而不发几乎要变成国际问题，有福迷甚至声称因为这篇福尔摩斯传奇故事没有公之于众，有可能会对两国未来的关系造成危害。"

　　美国杂志出版商一直追着担任柯南·道尔遗嘱执行人的丹尼斯·柯南·道尔，希望获得小说的发表授权。1948年，美国媒体巨头赫斯特集团获得了授权，将这篇小说发表在旗下的《四海为家》杂志当年的8月号上。1949年1月，伦敦的《星期日快报》也刊登了这篇小说。故事讲述了有人从谢菲尔德数家银行通过伪造支票骗取了巨款。雷斯垂德得到消息说嫌犯乘坐轮船去了纽约，于是立刻发布命令逮捕他。但是搜遍了轮船却没有找到，不得不让福尔摩斯出马。从这篇小说发表之初起，对其真实性便充满了争论。福学家文森特·斯塔瑞特怀疑这篇故事并非出自柯南·道尔之手，乃是艾德里安自己创作的。

1945年9月，皮尔森收到一封信。写信人是一位名叫阿瑟·惠特克的建筑师。他于1911年将这篇故事寄给柯南·道尔，建议两人共同署名发表这篇作品。柯南·道尔表示拒绝，但是寄给惠特克一张十英镑的支票作为这篇小说的报酬。惠特克本人仍然保留了一份手稿复写件。后来，惠特克看到《星期日快报》刊登了这篇小说，于是写信给丹尼斯·柯南·道尔解释他才是这篇作品的真正作者。丹尼斯将信转给了艾德里安。艾德里安相当生气，要求惠特克提供证据，并扬言要诉诸法律。1949年，在看了手稿复写件以及听取了曾经在1911年读过这篇小说的证人证词之后，柯南·道尔家族承认惠特克是这篇小说的作者。不过这篇作品仍然被广大福迷认为是柯南·道尔的遗作。"谢菲尔德银行家案"这一标题据称是柯南·道尔打算在发表时采用的。

除了上述作品以外，柯南·道尔的两篇侦探小说《多表之人》、《失踪的快车》也被一些研究者划定为外传。这两篇小说分别发表在1898年7月和8月的《海滨杂志》上。它们虽然是侦探小说，但是通篇都没有出现福尔摩斯和华生。D·马丁·达金在他的《歇洛克·福尔摩斯评注》中专列一篇文章讨论这两篇外传，指出其中的一些推理过程和推理方法有着明显的福尔摩斯特征。有人指出，《多表之人》中的著名的刑事案侦探和《失踪的快车》中的小有名气的业余推理者就是匿名的福尔摩斯。不过，《多表之人》提到案件是1892年春发生的，而此时福尔摩斯正处于大空白时期。

本文提到的各篇外传将结集成《歇洛克·福尔摩斯——失落的篇章》一书，由百花文艺出版社出版。

柯南·道尔身后事

The Struggles for Inheritance

柯南·道尔的一生共经历了两次婚姻。第一次婚姻是在1885年，与露易莎·霍金斯结婚。二人婚后生有一男一女，长女玛丽和长子金斯利。金斯利在第一次世界大战中去世。而玛丽一直活到二十世纪七十年代中期。1906年，露易莎因病去世。1907年，道尔迎娶简·勒基。他们有三个子女——丹尼斯、艾德里安和简。根据柯南·道尔的遗嘱，长女玛丽并不拥有文学作品的继承权，继承权归属第二次婚姻的三个子女分享。

可是，丹尼斯和艾德里安（特别是后者）都是挥霍无度的花花公子。丹尼斯所娶的尼娜·米德瓦尼，据说是乔治国王家族的公主。（她的兄弟们与众多好莱坞女演员、美国女继承人结婚又离婚，甚至都成了一种习惯。）艾德里安则娶了一位比较冷静的丹麦女子安娜·安徒生为妻，住在瑞士的一座城堡里。

这两个儿子将柯南·道尔的遗产作为摇钱树。二人一生中没有做过多少有用的事情，只是千方百计地维护他们所谓的父亲的声誉。一旦有人想写关于他们父亲的传记，他们便想方设法使其流产，并以此为乐。他们甚至阻止贝克街小分队成员自娱自乐的游戏行为，在他们看来，这会令他们父亲的名字有些许蒙羞，如果有人将华生医生视作歇洛克·福尔摩斯的传记作者，便会不可避免地使柯南·道尔的地位大打折扣。

柯南·道尔的第一任妻子露易莎

柯南·道尔晚年

但是，这两个儿子也认识到一部好的传记可以提升去世作家的声望。早在1930年末，遗孀简就曾拒绝过一位包工作家W·H·霍斯金，而选择约翰·拉蒙德为柯南·道尔立传。简和丈夫一样是唯灵论的拥护者，而拉蒙德也是一位虔诚的唯灵论者。简认为拉蒙德会突出柯南·道尔对超自然现象的狂热兴趣。世人当然不想看到这些，就算她的儿子们也觉得这样一部书无法令人满意，于是这部作品流产了。

在简于1940年6月去世之后不久，他们勉强答应多产作家赫斯凯茨·皮尔森撰写一部传记。皮尔森很早就崇拜柯南·道尔。第一次世界大战之前，他曾经在亲戚弗朗西斯·加尔顿家见到过这位偶像。他失望地看到，这样一个结实、方脸、"身上的谜团不比南瓜多"的人竟然谴责歇洛克·福尔摩斯阻碍了他创作自己喜欢的历史小说。然而尽管如此，他还是一如既往地崇拜柯南·道尔。

皮尔森的作品出版之后，两兄弟并不满意，他们认为书中暗示父亲成功的秘诀在于他是"普通人"，这贬低了他们的父亲。当出版平装本时，艾德里安扬言要追究皮尔森这部"伪造传记"的法律责任。他自己写了一本书作为还击，那就是《真实的柯南·道尔》。他还想让德国人埃米尔·路德维希来撰写一部权威的传记。路德维希是贝多芬的传记作者，艾德里安想借此形成对照关系。

路德维希表示拒绝之后，艾德里安允许约翰·狄克森·卡尔查阅他父亲未发表的信件和文件，从而着手创作一部权威的传记。卡尔是美国的侦探小说作家，曾经参与了《失落的世界》广播剧的改编，当时正希望编纂一部柯南·道尔作品选集。卡尔和艾德里安的关系不错，对柯南·道尔同样十分敬仰，对传记工作也尽心尽力。卡尔的传记于1949年出版。这是一部栩栩如生的作品——也许太过栩栩如生了，它捏造了一些对话，缺少精确性，带有小说家的虚构笔法。不过总体来说，这部作品还是很不错的，并在后来获得了美国侦探作家协会的埃德加特别奖。

对于以后的传记作家来说，有一样资源非常有用。卡尔收录了一份附录，其中列出了十一个档案盒，超过三十个封袋，十五本以上的笔记本和摘录簿，还有六十本剪贴簿。他在书中引用了这些家族文件的内容。大约这时，艾德里安、丹尼斯和妹妹简进行了所谓的分家，他们分割了一些文件和纪念品。比如，他们每人挑选了七幅西德尼·佩奇特为《海滨杂志》绘制的歇洛克·福尔摩斯原始插图。此外，简要了一座歇洛克·福尔摩斯半身像，丹尼斯要了父亲的写字桌，艾德里安要了一张台子，家族先辈曾经用这张台子招待过一些著名的访客，比如狄更斯、萨克雷等。

1955年3月，丹尼斯去世，终年四十六岁。年底前，温德尔沙姆的房子要卖掉，柯南·道尔和妻子简的尸骨被从家中的花园转移到汉普郡明斯泰德的全圣徒教堂，这块新的安息地靠近他们之前在比格内尔伍德的宅邸。这件事也引起了一番纷争。改葬不仅需要内政部的许可，而且英国国教对于这位从未掩饰过对教廷敌意的唯灵论者也表示了机警。因此，柯南·道尔家族将其安置在墓地最外面的一块地方。不过也有传言说他们被葬在那里是为了有朝一日灵魂复苏，而这也仅仅是迷信罢了。

遗产的正式管理者艾德里安搬到了瑞士，不久哥哥的遗孀尼娜便找上了门。她曾口口声声说自己的爱属于去世的丈夫，但是没过多久，就像其他米德瓦尼家人一样，他在她心目中的地位就被安东尼·哈伍德取代了。这是一位前理发师，曾经做过丹尼斯的秘书。1957年9月，艾德里安宣称，丹尼斯的遗产亏欠他和妹妹简十八万九千美元。尼娜报复性地宣布，艾德里安身为柯南·道尔版税的管理人，隐瞒了她作为丹尼斯遗产继承人应享有的份额的三分之一。肯·麦考密克是柯南·道尔作品在美国的出版商道布尔戴公司的总编辑，对此，他简明扼要地表示："我极度不愿意卷入这场纷争，因为这个家族中的每一个人都难以置信地那么令人讨厌。"

艾德里安决定按照自己的方式推动柯南·道尔文学作品的传播工作。1959年，他监制了一本纪念父亲百年诞辰的文集，这本书的推手是他的朋友、伦敦出版商约翰·默里。他尝试让道布尔戴公司也出版这本书，但是没有成功。他认为对方忘恩负义，因为在他看来，正是父亲的作品才让这家公司于十九世纪末免于破产。这时候，英国广播公司（BBC）打算委托赫斯凯茨·皮尔森制作百年纪念节目。艾德里安宣称，如果BBC敢这样做，那么今后它就将无法再播出歇洛克·福尔摩斯故事。BBC摄于压力，取消了计划。

和艾德里安一起合作编辑这本百年文集的是法国人皮尔·诺顿。此时，诺顿还是索邦神学院（后来的巴黎大学）的一名学生，正在着手准备博士论文，主题就是关于柯南·道尔。诺顿的学者风范令艾德里安印象深刻，他允许这位年轻的法国人将论文变成一部传记。这部作品于1964年在法国出版，之后由弗朗西斯·派崔奇翻译成英文，于1966年由约翰·默里公司出版。

艾德里安决定将家族文件在洛桑北部的卢森城堡展示。1965年6月，他与瑞士瓦特州做了一个交易。为了归还购买城堡的借款，以及支付额外的税款，他同意设立阿瑟·柯南·道尔基金会，其目的是存放、保存和公开展示已故的歇洛克·福尔摩斯塑造者留下的"文件、手稿和书籍"。

基金会的条例给予了艾德里安和委员会其他四名成员自由支配金钱的权力，但是也确定藏品和城堡本身不能让与他人。但是这一束缚性条约并没有明确藏品到底有哪些。手稿和信件并没有列入目录清单，尽管随后基金会出版了一个小册子，提及该基金会拥有"数以千计的稿件原本，构成了柯南·道尔的传记性档案"。

此外，艾德里安继续与美国得克萨斯大学谈判。他通过纽约一名书商刘·费德曼和对方讨论出售城堡以及其中所有物件的事宜。该大学的哈里·兰塞姆中心已经收集了大量柯南·道尔的素材，还需要更多的收藏。费德曼名下的埃尔·德夫书屋长期以来一

柯南·道尔的墓碑

直为艾德里安和丹尼斯充当代理，是当时著名的柯南·道尔和福尔摩斯藏品卖家。

1966年5月，艾德里安主张，城堡和其中的物品作价两百万美元。不过得克萨斯大学只愿意出价一半，艾德里安表示不愿意让步。大学的代表乔·尼尔博士在两年之后拜访了卢森城堡，查看了要交易的手稿，对这些手稿兴趣不大，因此大学放弃了谈判。但是，艾德里安坚持在美国市场上出售这些手稿。他宣称这些物品总计六千封信件，包括一千五百件柯南·道尔写给母亲玛丽·道尔的信件。

这时，艾德里安的妹妹简站出来主张自己的权利。她在皇家女子空军中的道路发展稳健，1963年成为了这支部队的长官，还获得了女爵士头衔。1965年她五十三岁时，嫁给了空军副元帅杰弗里·博梅特爵士，杰弗里爵士曾是一战王牌飞行员，比她年长二十多岁。

在1969年4月23日的信中，艾德里安愤怒地回复妹妹的质询，蛮横地反问为何她和博梅特结婚之后才问起这些事情。他重申二十世纪四十年代末分家的约定，宣称她和丹尼斯选择了手稿，而他自己选择了家族的信件和文件。他还补充说，父亲在世时交给他一大堆信件，这些信件粘在一个胶水罐下面，胶水泼在了上面。他自己花费了很长时间用蒸汽和刀片将信件一一分开，这就解释了为什么他的许多藏品上面有胶水痕迹。为了给自己辩护，他否认侵吞了共有物品，他告诉简，母亲曾经命令他将两盒父母间的情书烧掉。母亲去世的那天，他回到了温德尔沙姆，因为担心冒渎死者，他遵从了她的指令。

他宣称，从1932年买下第一封柯南·道尔信件以来，他都是父亲名誉的忠诚守护者。同时，他还在《泰晤士报》上定期发布广告，通过一个信箱号码作为交易途径购买阿瑟爵士的任何信件。但是为了保护遗产和基金会，如今他需要卖掉一些收集的文件，百分之九十是过去三十五年他买下的东西，剩下的百分之十是他分家所得。他声称，正是出于他的努力，遗产收入从每年三千英镑增长到1956年以来的每年三万英镑。但是如果他的妹妹需要，他可以考虑以一百二十万瑞士法郎的价格将自己在基金会的权利出售给她。同时还要免除他从基金会借出的十万英镑。同时，他警告说，城堡有二十五万英镑的抵押款要归还，还要加上管理费用。这样说的言下之意是，这场交易不会让妹妹获得多少好处。

这场谈判因为艾德里安于1970年6月去世而结束。但是，这只不过是一个引子，此后两兄弟遗孀和简女爵士之间在遗产上争斗得更加厉害。不久，瑞士瓦特州接管了城堡，少量史前古器物留在了那里，信件和照片被转移到洛桑大学。

尼娜·哈伍德不再为艾德里安收集的文件而斗争，而是争取管理阿瑟爵士出版作品（特别是歇洛克·福尔摩斯故事）版权的权利。为了改善基金会收入不足的问题，她雇请伦敦的一位文学代理人乔纳森·克洛斯参与管理。克洛斯建议将版权卖给布克兄弟公司，这是一家跨国公司，代理一些重要作家的版权是他们的一项副业，在它旗下代理的作家包括伊恩·弗莱明[1]、阿加莎·克里斯蒂等人。

这一想法并没能触动尼娜。她磋商后，通过马恩岛一家名为"巴斯克维尔投资"的公司由她自己买下歇洛克·福尔摩斯文学作品的版权。简·博梅特女爵士和艾德里安的遗孀安娜·柯南·道尔也愿意放手这一职责，不过三人还是保留了对于遗产中未发表材料的权利。这些文件在1976年从日内瓦带回伦敦，随后被冷落在一位律师的储藏室里。

问题再度变得复杂起来。因为尼娜无法偿还由于这次购买交易而从银行借贷的款项，结果，1977年她被迫将版权卖给美国电影制片人谢尔顿·雷诺兹，他曾在二十世纪五十年代制作过一部歇洛克·福尔摩斯电视剧，由演员莱斯利·霍华德的儿子雷纳德·霍华德担当主演。

其实，真正的所有人同时也是出资人是雷诺兹的匈牙利妻子——安德里亚，她的母亲是奥利弗·邓肯爵士的遗孀。奥利弗爵士则是辉瑞化学公司的继承人，因此她母亲获得了一大笔财富。安德里亚·雷诺兹因在丈夫死后与丹麦贵族克劳斯·冯·比洛相爱而名声大振。二十世纪八十年代那场纷纷扬扬的法庭案件中，冯·比洛因为试图谋杀富有的妻子桑尼而被起诉，并最终被判无罪释放，这场审判中安德里亚就站在他一边（这件事后来被拍成电影《命运的逆转》）。最后，安德里亚嫁给了英国女王的前侍从肖恩·普伦克。她继续出售歇洛克·福尔摩斯版权，而柯南·道尔遗族常常在法庭上与她作对。

同时，艾德里安收集的信件和其他文件仍然在那位伦敦律师的家中积聚灰尘。尼娜在1987年3月去世，而她的去世并没有解决什么问题。她将她的权益遗赠给一位美国的米德瓦尼家族亲戚，此人之后不久也去世了，没有留下遗嘱。

剩下的继承人——简女爵士和安娜援引美国法律条文提出主张，即版权的持有人必须是亲近的家族成员。1990年，艾德里安的遗孀安娜也去世了，她将自己的份额留给三个人——查尔斯·弗利、理查德·道尔和卡瑟林·贝格斯。弗利是柯南·道尔妹妹艾达的孙子，后两人是柯南·道尔弟弟英尼斯的孙子和孙女。

根据弗利的说法，他远行到瑞士参加了安娜的葬礼。当他得知他是安娜遗产的继承人之一时，他和其他两位继承人一样大为惊讶。不过，他有些参与遗产工作的经验，

---

(1) 伊恩·弗莱明（1908—1964），英国作家，代表作为詹姆斯·邦德（007）系列间谍小说。

因为二十世纪六十年代他在卢森城堡待过一段时间，那时候他的父亲作为艾德里安的助手在那里工作。

1990年末，简女爵士非常罕见地接受了克里斯托弗·罗登的采访。罗登是阿瑟·柯南·道尔研究会的创始人。谈话中，她表示自己希望家族文件的所有争议能尽快解决，而且能够将其提供给"研究我父亲的生活的人们"使用。她还补充说，她希望文件能留在英国。

她能支配的只是属于她自己的那部分家族文件。直到1997年11月她去世之前很短一段时间，这些文件才被正式分割。年事已高的简选择保存柯南·道尔给他母亲玛丽的信件以及其他一些东西，安娜·柯南·道尔的继承人则拥有剩下的文件。交割契约拟定完成了。简女爵士的遗嘱执行人是查尔斯·弗利和迈克尔·泼利，泼利是她的教孙。

2004年3月14日，《星期日泰晤士报》上刊登了一篇文章，提到即将在克里斯蒂拍卖行举办一场柯南·道尔文件拍卖。文章强调说，这次拍卖包含大量信件（来自作家的信件，诸如温斯顿·丘吉尔、奥斯卡·王尔德和卢迪亚·吉卜林等）、史前古器物以及其他财产。

柯南·道尔研究专家理查德·兰斯林·格林对此事表现出强烈的不满。他被激怒了。他一直坚信简女爵士已经要求将这批藏品送去大英图书馆了。其实，这是安娜·柯南·道尔的继承人将他们那部分遗产拿来拍卖，这也意味着这批东西将会分散在全球各地。格林将他的顾虑反映给《泰晤士报》，报上报道了他试图中止拍卖的想法。尽管有来自学者和下院议员的支持，还是无济于事。为此，格林以自杀抗议。

这次拍卖按部就班地继续下去，尽管并没有像之前评估的那样卖到两百万英镑，而且有四分之一的物品并没有拍出，不过还是拍出了九十四万八千五百四十五英镑，在扣除佣金之后，这笔钱被平分给了安娜·柯南·道尔的三位继承人。幸运的是，一些最重要的传记性素材——柯南·道尔和弟弟以及姐妹之间的信件——被大英图书馆买下，而大英图书馆还拥有简女爵士遗嘱中遗赠给他们的信件和手稿。

可能就连柯南·道尔也不曾预料到，他的遗产在他去世半个多世纪之后仍然没有尘埃落定。

侦探小说大师们与福尔摩斯

Holmes and His Followers

福尔摩斯故事的兴起，让很多作家和出版商看准了侦探小说必将走向繁荣的趋势。在柯南·道尔创作福尔摩斯系列的间隙，涌现出了一大批侦探小说。这些作品大部分以福尔摩斯为原型加以再创作，比如阿瑟·莫里森的马丁·休伊特系列就是《海滨杂志》作为填补福尔摩斯故事空缺而邀约创作的。还有一些作品走到了福尔摩斯的反面，比如法国作家莫里斯·勒布朗创作的亚森·罗平系列就以怪盗作为主角。甚至，柯南·道尔的妹夫E·W·赫尔南也赶上这波风潮，创作出上流社会的业余窃贼拉菲兹。这就是侦探小说黄金时代的起源。

二十世纪二十年代之后到三十年代末，侦探小说从杂志走向书籍，从短篇过渡到长篇，形成它的"黄金时代"。其中的不少大师级人物都是以福尔摩斯故事作为启蒙，最终投身侦探小说创作事业的。

侦探小说女王阿加莎·克里斯蒂在《自传》中写道：

在我很小的时候，麦琪[1]就给我讲述了歇洛克·福尔摩斯的故事，将我引入侦探小说王国的大门。从此，我紧随她在侦探小说王国中游历。后来又读了保罗·贝克[2]系列、《马丁·休伊特纪事》，直至《黄色房间的秘密》[3]。这些小说激发了我的热情，我向麦琪表示我想写侦探小说。

在克里斯蒂提笔构思自己的作品之时，她想塑造一个独特的侦探，因为"只有一个侦探——歇洛克·福尔摩斯，是我永远也不能超越和效仿的"。最终，她的笔下诞生了一位崇尚灰色脑细胞的赫尔克里·波洛。

福尔摩斯故事的影子在她的早期作品中特别明显，尤其是体现在波洛的助手黑斯廷斯上尉身上。不论是性格还是在小说中的作用，黑斯廷斯都与华生相似。他是波洛的坚定支持者，勇敢、忠诚、爱国、同情他人，只是缺少了波洛的超人智力。他的性格温和亲切，属于让人钦佩的中产阶级。在故事中，黑斯廷斯是其他人物和侦探之间的桥梁，同时也是读者和侦探之间的桥梁。或许是克里斯蒂意识到，她很难将黑斯廷斯塑造成一个别具特色的人物，因此，她后来的作品往往使用第三人称叙述，而黑斯廷斯上尉出场的机会也少了。

一开始，克里斯蒂的作品还保留着福尔摩斯系列的叙述模式和文章结构。但和福

---

(1) 克里斯蒂的姐姐。
(2) 英国作家M·麦克唐奈·博德金（1850—1933）笔下的侦探，同样也是深受福尔摩斯影响的人物。
(3) 法国作家加斯东·勒鲁（1868—1927）创作的侦探小说，主角是新闻记者鲁尔塔比伊。

尔摩斯时代拿着放大镜追查线索的办案方式相比已经发生了根本变化。克里斯蒂专注于心理分析，试图通过一系列人物关系以及细小线索查明真相。读者惊喜地发现：不需要知道如何破解密码，不需要熟悉各种艰深的专业知识，只要通过对人性的了解和细心的观察，自己也有可能找到破案线索（至少开始他们会这么认为）。克里斯蒂的多数作品充分体现了"公平游戏"的原则，为读者提供案件几乎所有的背景，侦探在对线索的掌握上并不比读者占多少优势。

另一位侦探小说女杰人物多萝西·L·塞耶斯同样是看福尔摩斯故事长大的。她的传记作家写道："她的父母都热衷读书，如果他们没有读过柯南·道尔的作品，那可就奇怪了。"塞耶斯不仅对侦探小说发展有着专家般的兴趣，甚至还把彼得·温姆西爵爷的住址安排在皮卡迪利110号甲，正好是福尔摩斯居住的著名的贝克街221号乙门牌的一半，由此向大侦探致敬。塞耶斯研究会的菲利普·斯考克罗夫特考证出，塞耶斯的长篇小说中有八十处提到福尔摩斯。比如，《谁的尸体》开头，彼得爵爷在放弃买书而去做侦探的时候说："我要加入福尔摩斯们的行列了。"《非常死亡》里，温姆西介绍自己时说："歇洛克是我的名字，福尔摩斯是我的天性。"

塞耶斯还以极大的热情投身于福尔摩斯的研究。在二十世纪二十年代末期和三十年代初期，塞耶斯不仅参与组建了侦探作家组织——侦探俱乐部，还合作创办了歇洛克·福尔摩斯研究会。这个研究会于1934年4月在伦敦成立，是英国第一家此类组织。会员们于1934年6月6日在贝克街坎奴图餐馆举行了第一次宴会，塞耶斯和福学家H·W·贝尔是其中的重要成员。塞耶斯还写过一些颇有见地的文章，讨论包括《红发会》的年代学问题、华生的教名问题等。只是二战来临，时世变得艰难起来，这一兴趣也就被搁置了。

到了五十年代初期，塞耶斯对福尔摩斯的崇拜现象提出了反省，认为这种崇拜可能"过分了"，特别是在美国。她拒绝加入重新组建的伦敦歇洛克·福尔摩斯研究会，不过，还是希望那些福迷组织"都能成功，举办许多有趣的聚会"。其实，她的福尔摩斯情结并没有消失。1954年，她为英国广播公司的"歇洛克·福尔摩斯庆典"广播节目写了一篇短小的剧本。1955年10月，侦探俱乐部的年度宴会上，她在卡尔撰写的一出福尔摩斯滑稽短剧里扮演了赫德森太太一角。

伦敦歇洛克·福尔摩斯研究会的主席理查德·兰斯林·格林赞誉道："多萝西·L·塞耶斯在进行这场游戏之前，比任何人在这方面的了解都要深入，她的福学研究给这场智力活动带来了可信性和幽默感。她以侦探小说大家以及重要先驱者的身份鼓励了这一学术领域，而且她的……福学研究从任何方面来看都是里程碑式的。可以毫不夸张地说，她就如同华生口中的艾琳·艾德勒，对福学家来说她就是'那位女人'，而且……她'才貌超群，其他女人无不黯然失色'。"

黄金时代另一位巨匠人物，美国作家埃勒里·奎因也深受福尔摩斯的影响。奎因背后是曼弗雷德·B·李和弗瑞德里克·丹奈这对表兄弟。丹奈曾经回忆，他第一次接触侦探小说就是由福尔摩斯开始的。1917年冬天，十二岁的丹奈因为左耳脓肿卧床养病。一位阿姨来到病房，带给他一本从附近图书馆借来的书，从而让他第一次接触到了侦探小说。这本书是柯南·道尔的福尔摩斯故事集《冒险史》。丹奈始终对当时的感受记忆犹新：

我翻开《波希米亚丑闻》的第一页，真的，游戏开始了。无法忍受的耳痛消失了！一个十二岁的男孩深深地陷入其中忘记了一切！

那晚我看完了《冒险史》。我没有悲伤——我很高兴。这不是结局——这是开始。我勇敢地叩开了一个新世界的大门，我被接纳了。前面还有很长的路——甚至比我所想的还要长得多。那晚，我合上书，感觉到这本书是史上最伟大的书之一。今天我仍惊讶于十二岁的我竟如此正确而有预见性。以我如今较为成熟的文学判断力来看，我仍然认为《冒险史》是世界名著之一。

那晚我没怎么合眼。如果我睡着了，我只是从一个梦的世界通向另一个——梦见无限的惊奇。我记得早晨来临时阳光如何穿过我的窗子。我从床上跳起，穿衣，那卷黄色的、带污渍的棉花还在我的耳朵里，我偷偷出了屋子，摇晃着去公共图书馆。当然，太早了，图书馆还没有开门，我坐在台阶上等待着。尽管我等了几个钟头，但觉得只有几分钟。一位穿戴整齐的老妇人来了，打开了前门的锁。

可是，我没有图书证。是的，我要填写表格，带回家，让我父母签字，三天后——三天！度日如年啊！——我才能来拿我的图书证。

我请求，我肯求——我的声音和眼中有种不可抗拒的东西。现在谢谢你，那位图书馆女士！这个谢谢实在太迟了。那个好心的老妇人破例给了我一张图书证——并且眨着眼告诉我在哪儿能找到道尔的书。

我冲向架子。我第一个反应是可怕而失望的。是的，架子上有道尔的书——但是太少了！我希望图书馆里有整架整架的歇洛克，等待我大干一场。

我发现宝贵的三本书。我把它们夹在我的膀子下面，印上戳，跑回家了。回到床上，我开始读——《血字的研究》、《回忆录》（卷首插画把我吓得半死[4]）、《巴斯

---

[4] 卷首是《最后一案》的插画。

克维尔的猎犬》。它们是食物、饮料、药品——难以割舍。

一般认为，奎因笔下的埃勒里·奎因系列乃是模仿S·S·范·达因的菲洛·万斯系列。而实际上，万斯系列的模式也是延续自福尔摩斯的。奎因在推理方法上则继承福尔摩斯更多。埃勒里自己说道："纯粹的推理包含着当你穷尽了每个可能性时，却还有一个在一个给定的等式中，一个不管多么不可能，不管多么荒唐的可能性，它可能看起来未被证实，但肯定是正确的那个。"（《罗马帽子之谜》）这种手法和福尔摩斯的消去法很接近："当你把绝不可能的因素都除出去以后，不管剩下的是什么——不管是多么难以相信的事——那就是实情。"（《四签名》）前期奎因作品强调物理化线索（证据）也是受到福尔摩斯的影响，比如《法国粉末之谜》中的白色粉末、《Y之悲剧》中奇特的凶器、《半途之屋》中的火柴，等等。

在福尔摩斯故事中，华生的角色主要有两个作用：一是记录案件，将委托人叙述的案情和福尔摩斯的行动借由华生的耳朵和眼睛告诉读者；另一作用是提供一些对于案件的推论。但是华生的推理也就在常人的水平，这样一来就和福尔摩斯的推理形成了鲜明的对比。奎因笔下埃勒里和理查德之间的关系在福尔摩斯和华生模式基础之上有继承也有发展。理查德是埃勒里的绿叶，但是他却为埃勒里提供了更多帮助。更重要的是，理查德和埃勒里之间有着最无法割舍的感情——亲情，有着一致的目标——查明犯罪的真相。二人身上鲜明的不同点又使他们之间充满了争执，这也成为小说看点之一。

丹奈还加入了著名的福迷组织贝克街小分队，受封"临终的侦探"（这是因为他的作品中常出现临终留言）。他主编有著名的福尔摩斯仿作和戏作文集《歇洛克·福尔摩斯的失败史》，为福尔摩斯电影《恐怖的研究》担任编剧，之后又将其改编成同名小说。

"密室之王"约翰·狄克森·卡尔与柯南·道尔的渊源也值得大书特书一番。促使卡尔走上侦探小说道路的力量之中，影响最大的是阿瑟·柯南·道尔、G·K·切斯特顿以及托马斯·W和玛丽·E·汉修。早在1922年6月26日的《联合镇每日新闻报》上，卡尔就在自己的专栏"如是我见"中指出，在抢劫案或者谋杀案中，在苏格兰场还深陷于众多嫌疑人和种种推测之中无法自拔时，歇洛克·福尔摩斯式的归纳推理就已经锁定了凶手。

之后，他一直对福尔摩斯故事钦佩有加。1943年他住在赫德森河畔的柯罗顿时，曾经参加过当年1月的贝克街小分队聚会。1950年，卡尔在他选编的《十大侦探小说》中，也将柯南·道尔的《恐怖谷》列于其中。

综观卡尔的小说，可以看到卡尔从柯南·道尔那里继承了相当多东西，比如行为乖张的大侦探、似是而非的评论、看似指向某个方向实际上背道而驰的线索，等等。不仅如此，《瘟疫庄谋杀案》中还提到亨利·梅利维尔爵士的绰号叫"迈克罗夫特"。书中有这样一段话：

在关于贝克街那位鹰脸绅士的故事里，最有趣的人物根本不是福尔摩斯，而是他的哥哥迈克罗夫特……我告诉你，如果我们的H.M.再庄重一点点，每次记得把领结戴上，在一屋子女性打字员中间晃荡的时候，不要哼那些乱七八糟的歌，那他绝对是个不错的迈克罗夫特。

《帽子收集狂》中有一位法医名叫华生医生，他带有戏谑口吻地说出这个名字给他带来的影响："人们在角落里嘘我。他们问我有关注射针、四轮马车以及船牌香烟的问题，还有我身边是否带着手枪。每一个愚蠢的便衣警探都耐心地等待我的报告，他们好说：'简单，我亲爱的……'"

另外，《弓弦城谋杀案》中有个场景，卡尔安排侦探约翰·高特模仿歇洛克·福尔摩斯和他的哥哥迈克罗夫特在第欧根尼俱乐部的窗前推理行人身份的桥段（《希腊译员》），在弓弦城的窗户前做出推理。这些都是直接向柯南·道尔致敬的例子。

1947年末，受柯南·道尔儿子艾德里安·柯南·道尔的邀请，卡尔开始着手创作柯南·道尔的传记。他对此十分重视，作为向柯南·道尔致敬的礼物。1949年初，《阿瑟·柯南·道尔爵士》一书在英美上市，反响强烈，并且获得当年美国侦探作家协会颁发的特别奖。对于卡尔来说，创作传记的目的就像写小说的目的一样，并不是从心理层面告诉人们那个人物怎么会这样，而是为了通过描述人物的活动展现其作为人的一面。整体而言，卡尔成功地将柯南·道尔描写成一位浪漫的英雄——一个为了自己的信念希望改变世界的值得尊敬的理想的人物。在柯南·道尔本人是不是歇洛克·福尔摩斯的问题上，卡尔指出，约瑟夫·贝尔是福尔摩斯的原型，但是另一方面他举了几个柯南·道尔自己探案的例子。在讲述了乔治·爱德杰案件之后，他发出这样的疑问——"谁是歇洛克·福尔摩斯？"而在讨论《最后致意》中的阿尔塔蒙时，卡尔说："柯南·道尔最后还是把自己看成了福尔摩斯。"

这次成功也促使卡尔和艾德里安讨论合作撰写福尔摩斯的仿作。1954年，短篇集《福尔摩斯的功绩》出版。可惜的是，因为身体原因，卡尔和艾德里安仅合作了《七个钟表》和《黄金猎人》两篇故事，独立撰写了《蜡像赌徒》和《海盖特奇迹》，其余八篇则由艾德里安独立完成。这部仿作集是公认最具原著气氛的作品，深得福迷的喜爱，至今仍有再版。

在卡尔的一生中，他与柯南·道尔的缘分还不止这些。卡尔仅为八本书写过导读或序言，其中五本都是柯南·道尔的作品，包括1950年英国埃尔和斯泼兹伍德出版社的《失落的世界和毒药带》、1950年美国矮脚鸡出版社的《恐怖谷》、1953年美国道布尔戴公司出版社的限定版《福尔摩斯探案全集》、1964年美国麦克米伦出版社的《毒药带》和1968年美国W·W·诺顿出版社的《玛拉柯深渊》。此外，1959年，为了纪念柯南·道尔百年诞辰，卡尔选编了一本柯南·道尔小说精选集，由约翰·默里公司出版。他也撰文对柯南·道尔发出由衷的敬佩和赞赏。根据1974年4月23日卡尔的信件显示，当时他正打算创作一部场景为十九世纪九十年代的历史推理小说，而其中的业余侦探正是阿瑟·柯南·道尔本人。可惜的是，卡尔当时身体状况相当恶劣，已经无法完成小说创作了。

另一位美国作家雷克斯·斯托特笔下的尼禄·沃尔夫也是不得不提及的人物。沃尔夫是推理史上最胖的侦探，重达一百三十公斤。他极其讨厌出门，始终待在自己的褐石公寓里。可是，他又开设了一家私人侦探社。尽管他乐于在安乐椅上推理，可是还是需要有人跑腿查找线索，于是他雇用了阿奇·古德温担任助手。

在有一次被问及为何给自己的侦探起这样一个名字（尼禄是古罗马暴君的名字）时，作家解释说：

他（斯托特）根据歇洛克·福尔摩斯起了尼禄·沃尔夫的名字，一开始他就想找个和这位大师名字密切相关的名字。

表面上看，尼禄·沃尔夫和歇洛克·福尔摩斯有什么联系呢？唔，其中一个联系是显而易见的：两者有同样数量的音节和相同的音节分布：歇洛克有两个音节，福尔摩斯有一个——尼禄同样有两个，沃尔夫有一个。但是这只是表面上的关系：这种关系太薄弱了。可以考虑一下歇洛克·福尔摩斯（Sherlock Holmes）名字中的元音和它们的分布。Sherlock有两个——e和o；Holmes也有两个——同样的两个，但按照相反的顺序排列为-o-e。现在看尼禄·沃尔夫（Nero Wolfe）的元音：Nero有两个——和Sherlock的两个相同，而且顺序也完全一样！Wolfe也有两个——和Holmes的两个相同，而且也是相同的倒序！

人们的猜测还不仅限于此。1956年，约翰·D·克拉克在《贝克街期刊》上发表了一篇文章，指出沃尔夫是福尔摩斯和艾琳·艾德勒的后代。1892年，他俩在黑山发生了一段风流韵事，沃尔夫便是后来生下的孩子。著名的福学家威廉·S·巴林-古尔德采纳了这一观点，将其写入他的福尔摩斯传记中。虽说雷克斯·斯托特也是知名的福迷和福学家，但是并无证据表明他本人抱着这样的想法塑造了沃尔夫，小说中也不曾显露蛛丝马迹（只是沃尔夫的助手阿奇·古德温的办公桌上放着一幅福尔摩斯的画像）。不论从外貌还是性格上，沃尔夫更接近于歇洛克的兄长迈克罗夫特。

日本"新本格教父"岛田庄司笔下的御手洗洁在人物塑造上受福尔摩斯影响深厚。岛田庄司曾表示,他从小就一直喜欢读福尔摩斯系列,对这一人物很熟悉,"就像是了解自己似的那么熟悉"。他在《占星术杀人魔法》中创造的御手洗洁虽然综合了各类人物的特征,但是最重要的还是福尔摩斯。

御手洗洁是个在横滨开事务所的占星师。身材瘦长,有着极端的躁狂抑郁气质。属于不善社交的挖苦型,经常会有记住别人生日但忘记别人名字的事情发生。当然,除了助手石冈和己以外他也极少有朋友。他的天文学知识很丰富,数学、精神医学等也很精通,曾赴哈佛大学留学,能讲很流畅的英语。办案过程中他总是把所有关于事件的数据都输入大脑,然后并不交谈,只是废寝忘食地埋头推理。因此常常被当成怪人看待。

我们不难将这些特征一一对应到福尔摩斯身上。岛田庄司本人也表示:"我觉得福尔摩斯对御手洗洁个人的性格有很强烈的影响。如果要问是哪些地方,就是幽默的表现方式,有点装模作样的怪癖,对于骑士精神、公平游戏的态度以及对女性的冷静对待,开朗,对科学的信赖感,不懈怠学习最尖端科技的向学精神等吧!也就是说,对我来讲,福尔摩斯就是这样的一号人物。"

而在小说创作理念方面,御手洗洁系列短篇小说与福尔摩斯故事非常类似。比如短篇小说《紫电改保存研究会》在诡计和故事模式上和《红发会》很相似。某人莫名其妙地卷入一桩和紫电改战斗机相关的事件中,还抄了一下午的人名。这桩看似奇谈故事的案件在御手洗洁精妙的推理之下最终变成一起犯罪事件的重要组成部分。岛田庄司认为他自己并不曾刻意模仿福尔摩斯,而这种相似的特征乃是从他脑中自然而然地涌现的。他说:"在我写短篇小说时,对于从体内涌现的想法完全不加抵抗,所以会与福尔摩斯特别相似。我自己很喜欢福尔摩斯,但也有自信不会去模仿他。理由是:作为作品核心的构思而言,两者是完全不同的。这个区别在长篇里更为明显,因为写作时的动机完全不同。"

综观侦探小说的发展脉络,侦探作家们的创作历程,甚至侦探小说爱好者的阅读体验,福尔摩斯在其中常常扮演着至关重要的角色。这样的影响在过去存在,在现在存在,而在将来也必将长久地延续下去。

柯南·道尔年表

The Chronicles of Conan Doyle

时间	事件
十二世纪以前	柯南·道尔的祖先福尔克斯·德欧利曾经和狮心王理查一世一起作战。
十二世纪	英法血统的道尔家族在法国兴起。这个家族最初发源于诺曼底鲁昂附近的德欧利港。
十四世纪	道尔家族一支从法国迁至爱尔兰。他们参与了征服爱尔兰的战争。1333年，爱德华三世将维克斯福德郡一处地方封给亚历山大·德欧利。
1618年	维克劳郡登记了道尔家族的纹章。
1638年	詹姆斯·道尔去世。
1668年	约翰·道尔因为倾向约克公爵导致其在爱尔兰的土地几乎全部被剥夺，仅留下巴拉库拉的一小处房产。
1762年	理查德·道尔被迫离开巴拉库拉的房产，迁至都柏林，成为一名丝绸商。
1797年	理查德·道尔的长子约翰出生。
1817年	约翰·道尔（即柯南·道尔的祖父）离开都柏林，成为一名讽刺漫画家，笔名"H.B."，住在海德公园附近的剑桥巷17号。
1827年	约翰·道尔发表第一篇讽刺漫画，同玛丽安·柯南结婚，育有七个子女：两个女儿，五个儿子。
1855年	7月31日，查尔斯·阿尔塔蒙·道尔（约翰·道尔的小儿子）和玛丽·弗利在英国爱丁堡结婚。查尔斯十九岁，玛丽十七岁。
1856年	查尔斯和玛丽的第一个孩子安妮特出生。
1858年	查尔斯和玛丽的第二个孩子凯瑟琳出生，不幸在仅六个月时夭折。
1859年	5月22日，查尔斯和玛丽的第三个孩子也是长子阿瑟·伊格内修斯·柯南·道尔在爱丁堡皮卡迪街11号出生，受罗马天主教洗礼。
1861年	查尔斯和玛丽的第四个孩子玛丽出生，两年后便夭折。
1863年	贝克街车站建成通车。
1866年	查尔斯和玛丽的第五个孩子卡罗琳出生，同样在孩童时期夭折。

时间	事件
1868年	约翰·道尔去世。 查尔斯和玛丽的第六个孩子康斯坦丝出生。
1868年—1875年	柯南·道尔在霍德的耶稣会士预备学校学习了两年，后来进入斯通尼赫斯特的本校学习五年。道尔家此时住在爱丁堡塞尼斯希尔路3号。
1869年	查尔斯和玛丽的第七个孩子卡罗琳出生。
1873年	查尔斯和玛丽的第八个孩子英尼斯出生。
1875年	查尔斯和玛丽的第九个孩子艾达出生。
1875年—1876年	柯南·道尔通过伦敦入学考试进入奥地利福尔德克希教会公学学习一年。
1876年—1877年	柯南·道尔听取布莱恩·查尔斯·沃勒的提议，进入爱丁堡大学学习医学，和家人租住在阿盖尔公园路2号。 在爱丁堡大学，柯南·道尔遇到两个对他今后的文学创作产生影响的人：一为约瑟夫·贝尔博士，他成为福尔摩斯的原型；一为威廉·鲁斯福德教授，他成为查林哲教授的原型。
1877年	查尔斯和玛丽的第十个孩子布莱恩出生。
1877年—1880年	沃勒将乔治广场23号出租给道尔家。柯南·道尔继续学医，并担任约瑟夫·贝尔的外科助手，获得临时性的奖学金；开始撰写小说并发表。小说处女作《塞沙沙山谷之谜》发表于《钱伯斯杂志》（1879年9月6日）；非小说处女作《常绿钩吻根的毒药研究》发表于《英国医学杂志》（1879年9月20日）。此前，柯南·道尔将《闹鬼的高斯索普农庄》寄给《布莱克伍德爱丁堡杂志》，没有收到回音。
1879年	查尔斯·道尔被送到疗养院。
1880年	2月—9月，柯南·道尔在格陵兰捕鲸船"希望"号上担任外科医生。
1881年	柯南·道尔毕业，获得医学学士和外科硕士学位。 沃勒和道尔家居住至爱丁堡兰斯代尔街15号。 10月，柯南·道尔在汽船"马约巴"号上担任外科医生，前往西非，途中结识了前往利比里亚的黑人废奴主义领导人亨利·海兰德·加尼特。柯南·道尔于次年1月回到英国。
1882年	年初，错误地选择了和乔治·布德在普利茅斯合作行医。 6月，与布德决裂，搬到朴茨茅斯的南海开业。

时间	事件
1882年	7月—8月，拜访娘家在爱尔兰沃特福德郡利斯莫尔的亲戚。 在《伦敦社会》、《一年四季》、《柳叶刀》、《英国摄影杂志》上发表文章。此后在南海的诊所名声渐起。
1882年—1883年	爱丁堡的道尔老家破裂。查尔斯·道尔因酗酒和癫痫从此被禁闭。玛丽·弗利·道尔住在沃勒在约克郡梅森吉尔的别墅中。1882年9月起，英尼斯·道尔和柯南·道尔住在一起，兼任诊所的听差。
1883年	1月，《北极星号船长》发表于《坦普尔街》1月号上。 开始创作《克鲁博之谜》。
1884年	发表《J·哈巴库克·杰弗逊的声明》（《康希尔杂志》1月号）、《吉尔曼霍利的女继承人》（《坦普尔街》1月号）、《出租马车夫的故事》（《卡塞尔星期六杂志》5月号）；创作《约翰·史密斯的叙述》和《戈德斯通公司》，前者实际上没能得到出版，一度被认为已经丢失，后从柯南·道尔的文件中重新发现，可能是他创作的第一部长篇小说。
1885年	发表《天使来客》（《伦敦社会》1月号）。 柯南·道尔诊所的住院病人约翰·霍金斯因脑膜炎去世。他的姐姐露易莎·霍金斯嫁给柯南·道尔。 与阿尔弗雷德·伍德少校相遇，后来成为了柯南·道尔的秘书。 8月，赴爱尔兰度蜜月。获得爱丁堡大学医学博士学位。
1886年	约3、4月，开始构思并创作一部侦探小说，即后来的《血字的研究》。 开始对灵魂研究感兴趣。
1887年	《血字的研究》发表于《比顿圣诞年刊》。
1888年	7月，《血字的研究》单行本由沃德·洛克公司出版。 12月，《克鲁博之谜》出版。
1889年	2月，关于1685年蒙默思谋反的长篇小说《米卡·克拉克》出版。 8月，美国《利平科特杂志》的代理人J·M·斯图达特邀柯南·道尔和奥斯卡·王尔德共进晚餐，请两位作家创作长篇小说。王尔德创作《道连·格雷的画像》，道尔创作《四签名》。这福尔摩斯系列的第二部作品仅花费六个星期即告完成。 第一个孩子玛丽·露易莎·柯南·道尔出生。 短篇集《神秘和冒险》未经许可即出版。

时间	事件
1890年	1月，《史蒂文森先生的小说创作方法》发表于《国家评论》。 2月，《四签名》发表于《利平科特杂志》。 4月，《戈德斯通公司》出版。 5月，第一部经柯南·道尔授权的短篇集《北极星号船长以及其他小说》出版。 10月，《四签名》单行本由斯宾塞·布莱克特出版。 创作剧本《黑暗天使》（三幕剧），改编自《血字的研究》。华生医生成为主角，主要场景设在美国。 赴维也纳学习眼科。
1891年	1月，《海滨杂志》创刊，主办人是乔治·纽恩斯。第一期发行大约三万本。 春，回到英国，在伦敦上温普尔街2号开设眼科诊所，寓所在蒙塔格路，后迁至南诺伍德。因为诊所病人很少，于是继续创作小说。 7月—12月，《冒险史》前六篇发表于《海滨杂志》。 10月，《白衣纵队》出版；《城市之外》首次发表于《勇气》，此杂志系《好好说》的圣诞特刊。
1892年	1月—6月，《冒险史》另外六篇福尔摩斯小说发表于《海滨杂志》。12月，新的福尔摩斯系列首篇《银色马》开始发表于《海滨杂志》。福尔摩斯在《最后一案》中"死去"，柯南·道尔表示希望有更多的时间创作更严肃的文学作品。 5月，《拉夫斯·豪的行动》出版（最初连载于报纸《回答》，时间为1891年12月—1892年2月）。 8月，哈里·豪的《与柯南·道尔博士的一日》发表于《海滨杂志》。 10月14日，《冒险史》由纽恩斯出版单行本。 10月31日，有关滑铁卢的小说《巨大幻影》出版。 纽恩斯再版《四签名》。 柯南·道尔和杰罗姆·K·杰罗姆同赴挪威，首次滑雪。 第二个孩子阿列恩·金斯利·柯南·道尔出生。
1893年	10月10日，查尔斯·道尔去世。 12月，《冒险史》由纽恩斯出版单行本。 《流亡者》出版。 《简·安妮》（和J·M·巴里合作创作的音乐喜剧）在萨伏伊剧院演出，遭遇失败。 加入灵魂研究会。

时间	事件
1894年	短篇医学小说集《红灯丛话》出版。 开始创作带有自传性质的小说《斯塔克·芒罗信件》，于次年完成。 《食客》出版。 与英尼斯·道尔赴美国巡回演说。 《杰勒德准将的奖章》发表于《海滨杂志》。
1895年	《杰勒德准将的成就》发表于《海滨杂志》。
1896年	2月，短篇集《杰勒德准将的成就》由纽恩斯结集出版。 在萨里郡希德海德定居，露易莎患肺结核需要静养。 11月，《罗德尼·斯通》出版。 11月20日，由自己撰写的福尔摩斯外传《球场义卖会》发表于爱丁堡大学《学生》杂志。
1897年	5月，故事背景为拿破仑时代的小说《贝纳克叔叔》出版。 三篇"沙克船长"系列海盗小说发表于《皮尔森杂志》（1月号、3月号、5月号）。
1898年	2月，《克鲁斯科悲剧》出版。 6月，诗集《战斗之歌》出版。 6月—12月，"围炉丛话"系列发表于《海滨杂志》，分别为：《甲虫专家》、《多表之人》、《失踪的快车》、《密封的屋子》、《黑医生》、《畸足的杂货商》、《巴西大猫》。 E·W·赫尔南塑造A·J·拉菲兹形象，并将故事献给柯南·道尔。
1899年	1月—5月，继续于《海滨杂志》发表"围炉丛话"，包括《日本漆盒》、《犹太胸牌》、《B24》、《拉丁文教师》、《棕色的手》。 3月，《临时合唱队的二重奏》出版。 10月—12月，拳击题材小说《克洛斯利大师》发表于《海滨杂志》。威廉·吉列在舞台剧《歇洛克·福尔摩斯》中扮演福尔摩斯。
1900年	在朗曼医院作为非官方督导协助布尔战争中的英军。 3月，短篇集《绿色旗帜以及其他战争和运动小说》出版。 10月，《伟大的布尔战争》出版。作为自由联盟的议员候选人参与爱丁堡地区选举落败。
1901年	8月，《巴斯克维尔的猎犬》于《海滨杂志》连载，副标题为"福尔摩斯的另一桩冒险"。

时间	事件
1902年	1月，《南非的战争：起因和行为》出版。 1月23日，弗兰克·西奇维克在《剑桥评论》发表福学文章。 5月，《巴斯克维尔的猎犬》由纽恩斯出版。 受封爵士。
1903年	9月，《杰拉德的冒险》由纽恩斯出版（之前连载于《海滨杂志》）。 10月，《归来记》系列发表于《海滨杂志》。 主要作品由史密斯·艾德公司出版十二卷本，纽约D·阿普尔顿公司出版十三卷本，柯南·道尔作序。
1904年	《归来记》继续刊登于《海滨杂志》；预计写至《格兰其庄园》结束，后以《第二块血迹》为最后一篇。
1905年	3月，《归来记》由纽恩斯结集出版。 12月，奈杰尔爵士系列连载于《海滨杂志》（持续至1906年12月）。
1906年	7月4日，露易莎（"图意"）去世。柯南·道尔深受打击。 11月，《奈杰尔爵士》单行本出版。 在哈维克地区一般性选举中胜出。
1907年	年初，为乔治·爱德杰洗清罪行。 9月18日，迎娶简·勒基。 11月，出版《穿过魔术之门》（1894年连载于《伟大的思想》）。
1908年	年初，搬到苏塞克斯的温德尔沙姆。 1月，西德尼·佩奇特去世。 9月，《围炉丛话》出版，除之前连载外还收录部分未发表作品。 9月—10月，新福尔摩斯系列开始连载，首篇《约翰·斯考特·艾克尔斯先生的离奇经历》（后来更名为《威斯特里亚寓所》）发表于《海滨杂志》。
1909年	成为离婚法改革委员会主席（直到1919年）。 第三个孩子丹尼斯·珀西·斯图尔特·柯南·道尔出生。 反对比利时对刚果的镇压。
1910年	9月，最后一篇杰拉德故事《准将的婚姻》发表于《海滨杂志》。 12月，《魔鬼之足》发表于《海滨杂志》。 租用阿德尔菲剧院六个月，上演舞台剧《斑点带子案》，演出三百四十六场。 第四个孩子艾德里安·马尔科姆·柯南·道尔出生。

时间	事件
1911年	4月，短篇小说集《最后的大船》出版。 受罗杰·凯斯蒙德影响，支持爱尔兰自治。
1912年	4月—11月，第一部查林哲教授小说《失落的世界》发表于《海滨杂志》，11月出版单行本。 第五个孩子简·莉娜·安妮特·柯南·道尔出生。
1913年	2月，撰写《大英帝国和下一次战争》（《双周评论》）。 8月，第二篇查林哲教授小说《毒药带》出版。 11月，《临终的侦探》发表于《海滨杂志》。 参与海峡隧道计划。
1914年	7月，《危险》发表于《海滨杂志》。 预见了战时对英国的封锁。 8月4日，英国对德国宣战。参加地方志愿军。 9月，《恐怖谷》连载于《海滨杂志》，持续至1915年5月。
1915年	2月27日，《恐怖谷》在美国由乔治·H·多兰出版单行本。 6月，《恐怖谷》在英国由史密斯·艾德出版单行本（艾德公司倒闭后将柯南·道尔的股份转给约翰·默里公司）。 德国拍摄五部福尔摩斯电影。
1916年	4月、5月，《1914年英国在法国和佛兰德斯的作战》发表于《海滨杂志》。 8月，《访问三处前线》出版。 罗杰·凯斯蒙德因为叛国罪受审，尽管柯南·道尔等人从中说情，但仍被判处死刑。 战时审查中止了柯南·道尔对1916年战争历史文章的撰写。
1917年	9月，《最后致意》（短篇小说）发表于《海滨杂志》。 10月，《最后致意》（小说集）由约翰·默里出版（收录《硬纸盒子》）。
1918年	4月，《新启示》出版，宣称自己是唯灵论者。 12月，《危险以及其他故事》出版，主要收录1916年至1917年间发表于《海滨杂志》的战争小说。 长子金斯利·柯南·道尔上尉因战斗负伤与流行性感冒不治身亡。
1919年	英尼斯·道尔准将因肺炎去世。
1920年—1930年	周游世界宣传唯灵论。
1921年—1922年	独幕剧《王冠钻石》上演，丹尼斯·尼尔森-特里扮演福尔摩斯。

时间	事件
1921年	10月，《王冠宝石案》（基于《王冠钻石》）发表于《海滨杂志》。 玛丽·弗利·道尔去世。
1922年	7月，约翰·默里出版六卷本非福尔摩斯短篇小说集。 9月，默里出版柯南·道尔《诗集》。
1924年	6月，亲自撰写的福尔摩斯外传《华生学推理》收录于"玛丽王后陛下玩具屋"的图书室。 9月，自传《回忆与冒险》出版（1930年修订后再版）。
1925年	7月，唯灵论小说《雾之地》开始连载于《海滨杂志》，主角是查林哲教授。
1926年	3月，《雾之地》出版单行本。
1927年	6月，默里出版《新探案》。
1928年	10月，默里出版《福尔摩斯短篇全集》。
1929年	6月，《柯南·道尔故事集》（包括1922年默里的六卷本）出版。 7月，最后一部小说集《玛拉柯深渊以及其他故事》出版。
1930年	7月7日上午8点20分，阿瑟·柯南·道尔去世。

福尔摩斯的身份案

The Life of Sherlock Holmes

"我祖上是乡绅"

华生医生与歇洛克·福尔摩斯相识很久，二人虽然亲密无间，但福尔摩斯极少提到他的亲属，也很少讲起早年的生活。以至于华生认为他是一个孤儿，没有亲属在世了。但是，某一天，福尔摩斯却在某个关于遗传的话题中谈道："我祖上是乡绅，看来，他们过着那个阶级的惯常生活。"（《希腊译员》）

这真是关于福尔摩斯身世的极大发现。研究者从各方面历史证据搜索这一说法的佐证材料。有人提出，福尔摩斯有着爱尔兰和大不列颠贵族血统。因为"福尔摩斯"这个姓氏可以追溯到爱尔兰贵族基尔马尔洛克的福尔摩斯，他是乔治三世在位第一年分封的一位男爵。第一代福尔摩斯男爵托马斯于1764年7月21日去世，没有留下男性继承人，这个爵位也就废止。但是1798年3月4日又恢复了这个爵位，国王在1797年10月25日的谕旨中封上一代男爵的外甥雷奥纳德·索希尔为福尔摩斯男爵。1804年5月，他也去世了，依然没有留下男性继承人，而他的长女伊丽莎白和第二任丈夫亨利·沃斯利爵士——他将福尔摩斯也作为姓氏，变成亨利·沃斯利·福尔摩斯爵士——育有一子，继承了头衔。不过，福尔摩斯所说的"乡绅"并非真正意义上的贵族，实际上只是一种小贵族或者地主阶级。

福尔摩斯的祖上也许是萨里郡的乡绅。因为，柯南·道尔本人所写的戏作短篇《华生学推理》中，福尔摩斯在看报纸上的板球新闻，读到"萨里队打败了肯特队"时，发出了"一声兴奋的惊呼"。福尔摩斯对板球俱乐部知之甚少（外传作品《球场义卖会》中福尔摩斯如是说）。如果他关心的是自己故乡的球队，那么就合乎情理了。因此，福尔摩斯的出生地很有可能是萨里郡。另外一点让人惊讶的巧合是，赖盖特就在萨里郡，难道福尔摩斯的祖上就是赖盖特乡绅的原型吗?！

关于萨里郡的说法得到过不少研究者的支持，因为正典中能发现不少看似巧合的地方。比如，赖盖特位于福尔摩斯达尔谷；至少六桩福尔摩斯案件直接与萨里相关，还有不少发生在临近郡；福尔摩斯在瓦解了莫波吐依兹男爵的阴谋（《赖盖特之谜》）之后，很可能想在自己的故乡找一处舒适的乡村休养生息。

还有一种观点是，福尔摩斯出生于约克郡的北里丁。这一观点的依据来自福尔摩斯哥哥迈克罗夫特的名字。作为长子，很可能是以家族地产命名的。约克郡北里丁有几

沉思中的福尔摩斯

处叫"克罗夫特（croft）"的庄园，也有几个名字里包含"克罗夫特"的字节，这是古老的撒克逊单词，意思是"附属之地"。福尔摩斯的先人为了将他的"附属之地"与别人的区分开来，因此称之为"我的附属之地（Mycroft）"，歇洛克的兄长即因此得名。而"holm"这个古代词语有河里、湖里或者靠近大陆的小岛之意，那片区域较之英格兰其他地方，也更符合这种意思。

当然，关于福尔摩斯的祖先，我们还有一条重要线索——福尔摩斯有法国血统，他的祖母或外祖母是"法国画家威尔奈的妹妹"。为了对这位法国祖母/外祖母的家庭有所了解，我们从本·伍尔夫的研究文章里摘取一段关于威尔奈家族的历史：

威尔奈庄园的创始人名叫安托万。他于1689年出生在阿维尼翁，1753年在那里去世。因为他育有二十二个孩子，有人推测他可能没有多余的时间外出旅行。似乎他也没有多余的闲暇时间画画，布莱恩特的《画家和雕刻家词典》中只记录了一幅画，即《花和鸟》，现在归属阿维尼翁的考维博物馆。

他的二十二个孩子中，四位成为画家……显然那位有着一大群孩子的父亲为了起名也颇费了脑筋。四个画家儿子中有两个叫安托万。另外两个分别叫克劳德·约瑟夫和弗朗索瓦·加百列……

四个画家儿子中，克劳德·约瑟夫于1714年出生于阿维尼翁，他的事业似乎最为活跃。十七岁时，有人赞助他到罗马学习。在旅途中，他遭遇了一场猛烈的暴风雨，根据传统，他爬到船的桅杆上，其目的是为了将来作画时能准确描绘出暴风雨的样子。船只和威尔奈都逃过一劫。在罗马，他开始借助记忆描绘暴风雨的海上。罗马的这段日子——也作为他学习的成果之一——他转向描绘罗马的废墟、风景和风俗，吸收了萨尔瓦多·罗萨的画风。他与主教的海军司令之女相爱，之后结了婚。

克劳德·约瑟夫待在罗马的时候，把画运回了法国。这些画作颇受赞誉——他的崇拜者包括德·蓬巴杜夫人。受到夫人的邀请，他在巴黎住了下来。他被允许进入皇宫，路易十五也让他绘制过一组二十幅关于法国海港的画作。他的事业似乎突飞猛进，不过晚年受到狂犬病折磨，而且妻子的去世令他饱受打击。附带一提，他的葬礼也并不奢华。1789年12月3日，他在罗浮宫去世……

还有就是安托万·查尔斯·贺拉斯（克劳德·约瑟夫的儿子），即凯尔，他于1758年出生在波尔多。据说他还是小孩的时候就画过马匹，主要和他父亲学习绘画。二十一岁的时候，他获得美术学院第二名，三年以后获得罗马佳作奖。

在意大利期间，他在一处燕麦播种场地受了很多苦，内心很是悔恨，几乎成了僧侣，但是他的父亲努力让他回到法国。在法国大革命期间，他起先对人民公社表现出同情，觉得自己和他们相形见绌。

他早期的作品带有古典风格，之后转向军事主题。他因《奥斯特里茨的清晨》于1808年获得骑士军团勋章。1836年去世。

查尔斯·贺拉斯（凯尔）有一子名叫埃米尔·让·贺拉斯……此人是个狂热的波拿巴主义者，甚至波旁王朝复辟之后仍持此观点，这些人对波旁王朝的厌恶程度达到了无以言喻的地步。不过埃米尔在策略上也并不逊色于他的画作水平。他重新在法国赢得了声望，也让自己适应了新的政府，可能是借助了在变革期间回避的做法（比如去欧洲其他国家做短暂旅行）。因为爱国心和高超的技巧，使他的画作得以在凡尔赛宫一展芳容……

福尔摩斯的祖母/外祖母应该是安托万·查尔斯·贺拉斯（凯尔）的女儿，埃米尔·让·贺拉斯的妹妹。她大约出生于1787年。最让人感到惊讶的是，福尔摩斯也遗传了某些舅公的特征。

根据音乐家门德尔松的说法，埃米尔有着天生的领悟力和惊人的记忆力，是一个非常有条不紊、讲究秩序的人，脑子就像整理得井井有条的衣柜，一打开抽屉，就能

福尔摩斯的舅公贺拉斯·威尔奈的自画像

找到他需要的东西。想想看福尔摩斯在《五个橘核》中的理论吧："一个人应当给他自己头脑的小小阁楼里装满他可能需要使用的一切。其余的东西可以放到他的藏书室里去，需要的时候，随时取用即可。"另外，这位舅公只消看一眼模特便能说出所有的必要细节。

在他的众多杰作之中，有一幅绘制于1822年的画作会引起所有福学研究者的特别关注。在那幅画里，画家描绘的是他自己身处画室之中，周围是一群顾客、访客、马匹、狗和模特，其间有几个拳击和击剑的人（福尔摩斯对这两方面都很擅长）。这幅画让人想起了在贝克街寓所里进进出出的委托人。

但是还有一个问题：这位威尔奈小姐到底是福尔摩斯的祖母还是外祖母呢？她是嫁给了某个姓福尔摩斯的人，生下了歇洛克的父亲，还是嫁给了某个其他姓氏的男人，生下了一个后来成为歇洛克·福尔摩斯母亲的孩子？这个问题缺乏实质性的证据。不过，人们一般认为，既然福尔摩斯的祖先是英国乡绅，那么威尔奈是外祖母的几率比较大。

福尔摩斯一家

关于父母，福尔摩斯只字未提。这让已故的美国总统富兰克林·罗斯福推测福尔摩斯是一个弃婴。罗斯福在一封信中写道："作为一名弃婴，他有一点很失败，那就是他寻找父母很久也仍然没有找到。"在后来的一封信中，罗斯福又放弃了之前的想法："进一步研究之后，我想对我所说的关于福尔摩斯是弃婴的说法进行修正。实际上他是一个美国人，由他父亲或者养父在黑社会的环境下带大，因此熟知美国犯罪的方方面面。"

威廉·S·巴林-古尔德推测，福尔摩斯母亲的教名是维奥莱特，因为正典及外传中有五位女士叫这个名字：《铜山毛榉案》中的亨特小姐、《孤身骑车人》中的史密斯小姐、《显贵的主顾》中的德·梅尔维尔小姐、《布鲁斯-帕廷顿计划》中的韦斯特伯莉小姐、舞台剧版《斑点带子案》中的斯托纳小姐的姐姐，而且，福尔摩斯对待她们超乎寻常的礼貌。

至于福尔摩斯的父亲，巴林-古尔德认为，他名叫西格德或者西格，因为歇洛克后来化名为西格森（Sigerson）。在挪威语中"西格森"同于"西格德森"。"son"有儿子的意思，"西格森"可以解释为西格/西格德的儿子。西格德是挪威神话中的英雄武士，他赢得了一笔受到诅咒的珠宝，使布伦希尔德从受魔力控制的梦境中醒来，后来他娶了一位公主，因受到布伦希尔德的妒忌而被谋杀。

福尔摩斯至少有一个哥哥——迈克罗夫特·福尔摩斯，他比歇洛克年长七岁。但是，如果迈克罗夫特和歇洛克都来自一个乡绅家族，那么为什么迈克罗夫特作为长子却没有继承家产呢？

可能福尔摩斯家有三兄弟，这位从没有出场过的福尔摩斯是家中的老大，继承了家产。也有一种解释认为，福尔摩斯的父亲也许投机股票而血本无归，所以迈克罗夫特才被迫在政府部门当差，歇洛克在大学里光鲜的生活也不得不中止，搬到蒙塔格街自谋出路当上了咨询侦探。

还有人指出，迈克罗夫特和歇洛克是第二次婚姻生下的孩子。在等级森严的维多利亚时代，这位有土地的乡绅——即福尔摩斯和他哥哥的父亲——一定还有一个继承人，而歇洛克·福尔摩斯似乎与他的家族没有任何联系，这一点也证明了第二次婚姻说。老福尔摩斯也许失去了第一任妻子，在十九世纪四十年代中期再婚。他去世之后，第一次婚姻的长子继承了家业，这便造成歇洛克的母亲带着他和迈克罗夫特离家开始新的生活。

再回到主角歇洛克·福尔摩斯身上。他又是何年何月何日出生的呢？

关于他的出生年份，正典中有几条线索：

1.《"格洛里亚斯科特"号三桅帆船》发生的时候，福尔摩斯正在上大学，而且是大学的头两年。

2.《博斯科姆比溪谷秘案》中，福尔摩斯称自己到了"中年"。

3.《最后致意》中，他扮作阿尔塔蒙时样子大约六十岁上下。

但是，这三点暗示并不确切。首先，前两桩案子发生的准确年份并没有获得共识。其次，福尔摩斯到底是读一年级还是二年级也无法获得佐证。而所谓"中年"是多少岁也难以统一意见，虽然三十五岁的年纪得到了勉强的认可。《最后致意》发生在1914年，但是也有人提出，那是福尔摩斯化装成六十岁的年纪，并不表示他一定就是六十岁。

不过，大体上看，福尔摩斯的出生年份不可能早于1853年之前很久，也不可能晚于1857年之后很久。福迷组织贝克街小分队就此问题讨论了很久，最终同意1854年为福尔摩斯的出生年份。这个问题算是被强行解决了。

至于月份和日子，作为证据的是《恐怖谷》。这桩案件是从1月7日开始的。那天早晨，福尔摩斯"一只手支着头，面前放着一口未尝的早餐"。为什么福尔摩斯没有胃口呢？有人推测，前一天晚上有一个小型的欢宴，纪念大师的生日，昨夜宴会的食物彼时尚未消化，故此没有胃口。

而且，福尔摩斯经常引用莎士比亚的话，而《第十二夜》是福尔摩斯唯一引用了两次的剧目。第十二夜就是1月6日，福尔摩斯之所以特别喜欢这出剧就是因为1月6日是他的生日。

占星术也提供了进一步的证据。1854年1月6日清晨，摩羯座正好处在命宫。摩羯座完全适合福尔摩斯冷漠的个性。他没有感情，勇于探索神秘事件，涉猎毒药学和化学。大师身上也有点室女座的影子——关注细节，喜欢分析和推理，集各种习惯于一身。天王星的出现使福尔摩斯身上有些怪癖，但也并不遢遇。关注私人广告栏是第三宫（第三宫在个人占星学中表示学习、日常交往）的行为，而金星在双鱼座也许能解释为什么他会被艾琳·艾德勒所吸引。

对1月说抱有异议的人认为福尔摩斯的出生月份是6月。他们的依据是，福尔摩斯成功解决了布鲁斯-帕廷顿潜艇图纸被盗一案之后，维多利亚女王赠送给他一枚绿宝石领带别针。研究者推测，如果女王想给某人一颗宝石，那么只会有一种选择，即选择一颗生日石。关于生日石也有不同的说法。在维多利亚时代，绿宝石是六月的不二之选。

对于生日石的问题，1月说派也提出了合理的解释：那是一枚绿色的宝石。1月生日石的首选是石榴石。而有一种非常罕见的石榴石是翡翠色的，名叫钙铬榴石。因此尽管看起来像绿宝石，但它实际上是一种石榴石，即1月生日石。

综上所述，歇洛克·福尔摩斯的准确出生时间是：1854年1月6日。

成长的经历

不管怎样，福尔摩斯都对他孩童时代和中学时代三缄其口。但是，从华生的表述来看，他身上似乎没有一般私立寄宿学校的痕迹，而他表现出的在自卫术方面的全面技能也不是从团体运动中所能学到的。据此推测，福尔摩斯是在家中接受教育的。

也有人从性格上推测，福尔摩斯不适合一般寄宿学校的生活，要么是从孩童时代开始接受家庭教师的教育，要么就是在一小段时间的寄宿学校生活之后，他便无法忍受，于是父母转而聘请家庭教师教他。

特雷弗·哈尔等学者相信那位老师不是别人，正是詹姆斯·莫里亚蒂。如果确实如此，那么福尔摩斯和莫里亚蒂之间冲突的起源就变得十分有趣了。哈尔指出，莫里亚蒂担任过歇洛克和迈克罗夫特的家庭教师。教授和歇洛克的母亲有了不正当的关系。父亲得知此事后怒火中烧，当着年轻的福尔摩斯的面将妻子杀害，这个悲剧给他留下终生难忘的印象。因为母亲是由于这个原因被父亲杀害的，两人的师生关系也随之结束。这一连串的事件对福尔摩斯影响极大，也是福尔摩斯生涯中两个主要特征的根源：其一，他不追到罪犯誓不罢休，特别是莫里亚蒂教授；其二，他对女性有着根深蒂固的不信任感。（《四签名》中，他说："即使是最好的女人，也绝不能完全信赖她们。"）

巴林-古尔德在他的福尔摩斯传记里给出了这样一种说法：福尔摩斯的早期时光大部分是在欧洲大陆旅行中度过的。巴林-古尔德指出，这样的成长方式并非异想天开，另一位维多利亚时代的名人也是如此。他是一位牧师兼作家，后来进入剑桥学习。他可以讲六种语言，但是从来没有在英国的学校里读过书，在那个时代乡绅的子弟这样的情况是很正常的。在旅行中福尔摩斯除了增长见识，也学到了一些本领，许多年之后这给他带来很大好处。比如，为了让儿子强壮起来，父亲教授他拳击，还送他去欧洲著名的拳击学校学习。

而从正典的蛛丝马迹里似乎可以推测，福尔摩斯早年在伦敦南部（后来的朗伯斯区、旺兹沃思区和坎伯威尔区）待过几年时间。证据就在《四签名》里。福尔摩斯表现出对伦敦南部的广博知识，但是他提到的其中两条街道的名字已经不用很久了。斯陶克维尔街在1872年改成斯陶克维尔路，而罗伯特街则在1880年被罗伯萨特街所代替。

不论福尔摩斯的中学生活是否存在，他都一定上过大学。《"格洛里亚斯科特"号三桅帆船》和《马斯格雷夫礼典》就是铁证。但是他到底读了几年大学，在哪所大学或者哪几所大学就读，这又成了谜团。

让我们罗列一下存在于以下两篇早期故事里的证据：

1.《"格洛里亚斯科特"号三桅帆船》是福尔摩斯接手的第一桩案件。他已经养成了"那些观察和推理习惯"，"归纳成一种方法，虽然还未体会到它对我一生将起的作用"。他告诉我们，老特雷佛的建议"首先促使我想到这种爱好可以作为终生职业的"。

2.福尔摩斯说"我在大学两年"——而且告诉我们，这两年里"结识的唯一好友"就是维克托·特雷佛。"本来极不善交游，华生，总喜欢一个人愁眉苦脸地待在房里，训练自己的思想方法，所以极少与同龄人交往。除了击剑和拳术以外，我也不很爱好体育，而那时我的学习方法与别人也截然不同。因此，我们根本没有往来的必要。特雷佛是我唯一结识的人。这是因为有一天早晨，我到小教堂去，他的猛犬咬了我的踝骨，这样一件意外的事使我们相识了。""后来他（小特雷佛）请我到他父亲那里去，他父亲住在诺福克郡的敦尼索普村，我接受了他的邀请，去度一个月的假期。"

3.福尔摩斯说，"在大学的后几年，人们经常议论我和我的思想方法"（《马斯格雷夫礼典》）。

4.福尔摩斯去伦敦之后，他在蒙塔格街住了下来，就在大英博物馆附近。"你很难想象，开始我是多么困难，我经历了多么长久的努力才得到了成功。"曾经"几个月来我无所事事"。

5.最后，"不断有人求我破案"，"主要都是通过我一些老同学介绍的"。

6."我破的第三个案件就是马斯格雷夫礼典案。而那使我兴致盎然的一系列奇异事件以及后来证明是事关重大的办案结局，使我向从事今天这一职业迈出了第一步。"

7.雷金纳德·马斯格雷夫和福尔摩斯在同一所大学，福尔摩斯与他"有一面之交"。但是，福尔摩斯已经"四年"没有见过马斯格雷夫，直到某个早晨他走进福尔摩斯位于蒙塔格街的住所。

8.福尔摩斯的早期案件（并非指《马斯格雷夫礼典》）"并不都是成功"，但是"其中也有许多很有趣"。

9.到他第一次见到华生的时候，福尔摩斯虽然"业务并非十分兴隆，但已有了很多主顾了"。

关于大学生活的讨论非常多，主要集中在牛津说和剑桥说。我们在这里仅仅列出巴林-古尔德的观点。他提出了这样一些疑点：

1.福尔摩斯提到"我在大学（学院）两年"，还说"在大学的后几年"。学院是大学的一部分，但是并不是每所大学的学生都在学院学习。那么，这就意味着福尔摩斯在大学待了至少三年，其中两年是在那所大学的某个学院度过的。

2.但是雷金纳德·马斯格雷夫和福尔摩斯在同一个学院，福尔摩斯与他"有一面之交"。因此，福尔摩斯和马斯格雷夫肯定不是在福尔摩斯和特雷佛同学两年的那个学院，因为在那个学院，特雷佛是福尔摩斯"结识的唯一好友"，也是"唯一结识的人"。

3.此外，福尔摩斯和马斯格雷夫是不是同学呢？如果马斯格雷夫是福尔摩斯的学长，那么以他刻板、孤傲的个性是不可能与低年级学生有任何关系的；如果他是福尔摩斯的学弟，也是不可能"奉承"某个学长的。如此看来，两人应该是同年级生。但是在福尔摩斯和特雷佛的那个学院就读期间，福尔摩斯"极少与同龄人交往"。

4.早期案子"主要都是通过我一些老同学介绍的"。如果不与同学交往，那么同学也就不可能介绍案子给他。

5.马斯格雷夫说福尔摩斯大学时代有着"令人惊奇的本领"，福尔摩斯也说"在大学的后几年，人们经常议论我和我的思想方法"。这不大可能是所谓的"大学（学院）

两年"，因为福尔摩斯"极不善交游"，"总喜欢一个人愁眉苦脸地待在房里"。

那么，是否可以得出一个大胆的结论：福尔摩斯在一所大学里待了两年，这两年时间他在那所大学的一个学院里求学；他又在另一所大学里待了至少三年，其中至少有一年时间他是在那所大学的一个学院里求学。

牛津基督教堂学院

当然，在一所大学里上了两年，又在另一所大学里至少上了三年，这很不同寻常，但也并非绝无仅有，爱德华七世、查尔斯·斯图亚特·卡尔弗利等人就在牛津和剑桥都上过学。为什么福尔摩斯会这样做呢？或许，福尔摩斯在某所大学上了两年学之后，经过一桩事情认为自己所学的课程与当时他已经决定从事的事业并不相符，因此想转去另一所更适合的大学。所谓的一桩事情就是"格洛里亚斯科特"号三桅帆船案件，因为福尔摩斯很清楚地提到："搞推断仅仅是我的业余爱好，首先促使我想到这种爱好可以作为终生职业的，就是他的劝告以及对我的能力的言过其实的评价。"福尔摩斯一定是在老特雷佛案件发生的那个漫长假期之后的秋季学期转入另一所大学的。在这所大学里，他的生活和在前一所大学时大相径庭，这就更进一步地证明了"格洛里亚斯科特"号三桅帆船案件是他生命中重大的转折点。

那么，福尔摩斯先后就读的两所大学又是哪两所呢？将《"格洛里亚斯科特"号三桅帆船》的发生时间与相应年份牛津和剑桥的假期进行对比可以发现，福尔摩斯从1872年秋到1874年那个漫长的假期开始之前是牛津大学的学生，从1874年秋到1877年末则是剑桥大学的学生。

唯一的咨询侦探

"格洛里亚斯科特"号三桅帆船案件最终促使福尔摩斯走上了侦探的道路。根据华生在《戴面纱的房客》开头的陈述，福尔摩斯"业务活动已达二十三年之久"。而他放弃私人侦探的生涯大约是在1903年。那么，福尔摩斯在伦敦蒙塔格街开业的时间应当是1877年[1]。

《马斯格雷夫礼典》是福尔摩斯开业之后接办的第三桩案子。之前的两桩案件不得而知。但是研究者在检索了大量历史文献之后，终于有所发现。

1877年和1878年时，英国来复枪协会发生了丑闻，在来复枪比赛的过程中出现了射手和记录员之间合伙作弊的情况。这个丑闻变得十分严重，以至于使协会陷入麻烦，还花钱雇请律师和调查员搜集涉嫌比赛作弊人员的大量证据。

而在1878年协会的亚历山大赛事的一场记录中，奖金为十英镑的第九名是北约克郡第十九团的福尔摩斯下士获得的，这位福尔摩斯先生在一场奖金为六英镑的圣乔治赛事中获得了第四十八名。虽然官方文件没有提到，不过，或许歇洛克·福尔摩斯受亲戚所托被雇请去调查作弊证据。这个丑闻被称为"穆里尼奥克斯案"，调查持续了三个月。案件处理手段很高明，没有诉诸法律，细节也没有公开。

到伦敦做咨询侦探初期，福尔摩斯可能经历过几次失败。《五个橘核》中他提到："我曾失败过四次——三次败于几个男人，一次败于一个女人。"其他值得一提的案子还有塔尔顿凶杀案、范贝里酒商案、俄国老妇人历险案、铝制拐杖奇案以及跛足的里科里特和他可恶妻子的案件。

---

(1) 福尔摩斯最后一次有据可查的业务活动是《爬行人》，此案接手于1903年9月，华生说，这是"在福尔摩斯退休之前不久办理的案子"。在1904年12月《第二块血迹》发表之前不久，他已经退休，在苏塞克斯丘陵地带养蜂。这二十三年，并不包括三年的大空白时期（1891年5月到1894年4月）。

福尔摩斯经手的案件不断增多，也让罪犯闻风丧胆，并且在苏格兰场警官中建立起一定的名声，只是警官们给予他的赞誉是相当吝啬的。到了1881年，他偶尔接受苏格兰场的邀请，协助侦破特别棘手的案件。随着声望的增长，他想找寻一处更加舒适的住所，但此时经济上还不算十分宽裕，无法独立承租一处房屋，因此需要找一名合租者。幸运的是，福尔摩斯认识了小斯坦弗，又通过他认识了约翰·华生医生。两人一拍即合，在查看了贝克街221号乙的屋子后同意合租下来。

起先两人在一起相安无事，不过华生看到进进出出拜访福尔摩斯的委托人和其他人员不免心生疑窦。自从知道福尔摩斯是一名侦探之后，两人的关系发生了变化，而福尔摩斯的侦探生涯也开启了新的篇章。

华生很快卷入福尔摩斯的案件之中，第一桩案子是伊瑙克·锥伯谋杀案。福尔摩斯的才华和成功破案让华生禁不住将这桩案件记录下来。在《血字的研究》的末尾，医生对福尔摩斯说："你的这些本领应当公布出来，让大家都知道一下。你应当发表这个案件。如果你不愿意的话，我来替你发表。"从此以后，华生成了福尔摩斯的助手和传记作者。

到1889年，福尔摩斯说他侦办了五百桩"重要案件"（《巴斯克维尔的猎犬》）。其中只有很少一部分由华生公布于众。仅仅两年之后，即1891年，他宣称自己办了一千桩案件（《最后一案》）。十多年中，福尔摩斯从一个默默无闻的侦探变成了享誉欧洲的名侦探。他的名声甚至在王室贵族中传播，于是得以承办了几桩涉及欧洲王室的案子，包括《波希米亚丑闻》中的波希米亚国王案、斯堪的纳维亚国王案（《贵族单身汉案》、《最后一案》）以及荷兰皇室案（《波希米亚丑闻》、《身份案》）。

在这期间，福尔摩斯发现隐藏在诸多犯罪事件背后的真正头目，就是号称"犯罪界的拿破仑"的詹姆斯·莫里亚蒂教授。福尔摩斯甚至认为只要铲除了莫里亚蒂教授，那么他便可以高枕无忧，退隐山林了。在《最后一案》中他告诉华生："我不太喜欢研究我们的社会的那些浅薄的问题，那是由我们人为的社会状态造成的，却更喜欢研究大自然提出的问题。华生，有一天，当我把那位欧洲最危险而又最有能耐的罪犯捕获或消灭的时候，我的侦探生涯也就告终了。"

经过福尔摩斯的努力，教授的犯罪王国土崩瓦解，莫里亚蒂也葬身在瑞士。但是，要想去研究他喜欢的大自然的问题，还必须使华生相信他和莫里亚蒂一起葬身于莱辛巴赫瀑布。他只将真相告诉了哥哥迈克罗夫特，因为需要拜托哥哥打理贝克街的寓所，并且获得经济上的支援。此后，福尔摩斯开始旅行和探险，这段时期便是所谓的大空白时期，时间从1891年持续到1894年。

此时，福尔摩斯退休的愿望并不强烈。他似乎计划最后还是要回到英国，并且重新开始侦探行当。"这时候公园路奇案的消息使我加速行动，不仅因为这件案子的是非曲直吸引了我，而且它似乎给我个人带来了最难得的机会。"公园路奇案即空屋一案。这个机会不仅为福尔摩斯提供了一桩棘手的案件，更让他有机会抓住莫里亚蒂集团的二号人物莫兰上校。

1894年4月，福尔摩斯出现在华生面前，此举着实令医生大吃一惊。空屋一案之后，福尔摩斯重新在贝克街开始了侦探事业。从1894年到1901年，他经手了数以百计的案子。最耀眼的一年是1895年，这一年他完美地破获了布鲁斯-帕廷顿计划案，并因此而受到维多利亚女王在温莎的私人接见，获赠一枚漂亮的领带别针。1901年，他侦破了霍尔得芮斯公爵之子萨尔特尔勋爵失踪案，后来记录为《修道院学校》。这个案子区别于其他案件的独特之处在于他从公爵那里接手了一张数额巨大的支票。"福尔摩斯折起他的支票，小心地放到笔记本里。他珍惜地轻拍一下笔记本，并且说：'我是一个穷人。'然后把本放进他内衣口袋的深处。"这桩事情让华生颇为惊讶，以至于医生在下一篇发表的案件《黑彼得》的开头还提到了这件事。实际上，福尔摩斯是一个很有个性的侦探，他往往不收委托人的酬劳，仅仅将案件作为报酬（《斑点带子案》中，他说："我的职业本身就是它的酬劳。"）。甚至，他还曾在1902年拒绝受封爵士（《三个同姓人》）。

福尔摩斯的事业达到巅峰的时候，他退休的想法也越来越强烈，他想要实践在很多年前《最后一案》中就已经表达出来的理想生活。只是相比当年，福尔摩斯如今已经接近五十岁，体力和精力并不如以前，而长久以来注射可卡因的习惯可能也引起了严重的过度疲劳，因此退休变得更有必要性。

《海滨杂志》1904年12月号上，华生宣布福尔摩斯"一定要离开伦敦，到苏塞克斯丘陵地带去研究学问和养蜂"（《第二块血迹》）。退休的具体时间不太清楚，约摸在1903年末或者1904。关于他在苏塞克斯丘陵生活的最佳写照，便是短篇集《最后致意》的序言和福尔摩斯自己执笔的《狮鬃毛》。在序言中，华生写道："歇洛克·福尔摩斯先生的朋友们将高兴地得悉，他仍然健在，虽然有时因受风湿病的侵袭而显得有点跛颠。多年来，他一直住在距伊斯特本五英里外的一处丘陵草原的农场里，以研究哲学和农艺学消磨时光。在这段休息期间，他谢绝了酬金极为优厚的各种案件，决定从此退休不干。"《狮鬃毛》里，他自己写道："我的别墅坐落在苏塞克斯丘陵的南麓，面对着辽阔的海峡……我的别墅是孤零零的。我，老管家，以及我的蜜蜂，就是这座房子的全部居民。"

第一次世界大战爆发之前，英国面临着危机，福尔摩斯勉强答应了首相的恳求，重出江湖。他的任务是潜入德国间谍头目冯·波克的间谍团伙。福尔摩斯化名阿尔塔蒙，身份是仇视英国的爱尔兰裔美国人。他渗入间谍团伙，逐步拆散了德国人的网络。这桩案子的高潮部分记录在《最后致意》里。

福尔摩斯长期的侦探生涯，每每涉及政府、达官贵人、王室贵胄。华生提到，福尔摩斯因为帮助波希米亚国王圆满地解决了艾琳·艾德勒事件，国王要将一枚戒指送给他（《波希米亚丑闻》），不过，福尔摩斯拒绝了戒指，而是要求送给他一张艾德勒的相片。后来在《身份案》中，福尔摩斯自己提到国王送给他一枚紫色水晶作为谢礼。他还因为帮助荷兰王室而获赠一枚戒指（《身份案》）。1891年，他帮助了斯堪的纳维亚王室，还去敖德萨调查特雷波夫暗杀案。不知道福尔摩斯是否因为调查特雷波夫案件从而和俄国政府产生了某种联系。到他退休的时候，他的功劳簿上又增添了许多大案，委托人的名单也增入了法国政府、土耳其苏丹，等等。由于追踪并且逮捕了布洛瓦街的杀人犯贺芮特，福尔摩斯还得到法国总统的亲笔感谢信和法国的军团荣誉勋章。不过，至于他破获冯·波克的间谍网络是否收获什么荣誉，这就不得而知了。

大空白时期

在福尔摩斯的一生中，最为隐秘的一段时间恐怕就是大空白时期，即1891年到1894年。福尔摩斯在《空屋》归来之后，曾向华生讲述了他这三年时间里的种种经历："我在西藏旅行了两年，所以常以去拉萨跟大喇嘛在一起消磨几天为乐。你也许看过一个叫西格森的挪威人写得非常出色的考察报告，我相信你绝想不到你看到的正是你朋友的消息。然后，我经过波斯，游览了麦加圣地，又到喀土穆对哈里发作了一次简短而有趣的拜访，并且把拜访的结果告诉了外交部。回到法国以后，我花了几个月的时间来研究煤焦油的衍生物，这项研究是在法国南部蒙彼利埃的一个实验室进行的。"

福尔摩斯的这段概述看似完整，但是正如许多研究者所指出的，其中存在许多错误和矛盾的地方。

第一个进入西藏的英国人是乔治·伯格尔，他于1774年进藏。1881年，托马斯·曼宁从印度进入拉萨，他是第一个到达拉萨的英国人。1891年，英国人柏尔上尉和希罗德医生穿过西藏的边境。1892年，英国妇女泰勒小姐深入西藏腹地一百五十英里。第一次和平穿过西藏是由利特代尔夫妇在1895年记录下的,但是他们远没有到达拉萨。从那时开始,所有的外国人几乎都放弃了将欧洲文化带入这片纯净土地的想法。直到1903年,荣赫鹏中校靠着英军的枪炮才打通了去拉萨的道路。这些记录使福尔摩斯进入西藏的说法变得十分不可信。而且,他提到的"大喇嘛"也并不明确。

至于1893年的波斯,局势动荡不安。所有的外国人,特别是英国人和俄国人受到当地人的怀疑,因为英国和俄国政府此时正在为攫取这个古老土地上的政治利益而明争暗斗。

1893年夏的麦加也和波斯类似,当时爆发了一场小规模的内战。穆莱达附近有一场激烈的战斗,这是宗教派系之间的战斗。该处正好处于从波斯的西部边境进入麦加的必经之道,因此,福尔摩斯将不得不通过这片地域。麦加作为伊斯兰教最神圣之地,在福尔摩斯的时代,英国人或者挪威人都不允许进入。

到喀土穆拜访哈里发的行为更不可思议。这段时间,哈里发穆罕默德·艾哈迈德·伊本·阿卜杜拉并不在喀土穆。这座尼罗河畔的历史重镇在1885年被夷为平地,政权的首府迁往乌姆杜尔曼。直到1888年,基钦纳打败阿卜杜拉,苏丹首府才又回到喀土穆。

对于法国南部的研究则没有多大问题,只是华生犯了拼写的错误,将"Montpellier(蒙彼利埃)"写成了"Montpelier"。前者是法国南部城市,后者则是美国多个城市或者村庄的名字。好在他重申是在法国南部的蒙彼利埃,这才省却了种种猜测。

尽管被指出这么多漏洞,但是依然有人为此辩护,证明福尔摩斯在大空白时期的经历绝非虚构。

A·卡尔·辛普森在其研究著作《歇洛克·福尔摩斯漫游记》里推测了福尔摩斯在那片神圣土地上冒险的每一步。福尔摩斯应该在大吉岭获取了探险的装备,一路艰辛前进,历经磨难,还要与喜马拉雅水蛭作斗争,最终到达了拉萨。在那里他接受委托解决讨厌的雪人之谜,那些雪人无影无踪,仅仅有脚印留在雪地上。福尔摩斯可能是踏足世界最高峰珠穆朗玛峰地区的第一个欧洲人。他很自然地经过东面的康雄谷地。对雪人的调查结束后,福尔摩斯向西来到英国控制下的拉达克补充给养。在拉达克旅行了一段时间之后,他朝向东方继续研究西藏中部的地理情况。之后,他踏上返回欧洲的旅程,经过波斯、麦加、喀土穆到达法国南部。

称得上波斯和麦加历史研究方面权威人物的本森·莫瑞指出,虽然波斯在1893年局势动荡,但是福尔摩斯也没必要退缩。比如格特鲁德·贝尔在1892年时就去过波斯,在他的图集中并没有看到动荡的场面。而麦加的冲突也不一定太激烈,不过是土耳其政府和麦加的行政长官之间的冲突，没有上升到战争的局面。

尽管访问麦加的限制非常严格，但是还是有一些人去过麦加，并留下了记录。最早的记录可以追溯到十六世纪。布克哈迪在1814年去过麦加，布顿在1853年去过麦加。大部分的拜访者是欧洲人。

莫瑞对于福尔摩斯去麦加的理由提出了一个有趣的说法："1877年，一个英国人拜访麦加。他在那里待了大约六个月，他对此的记录（1881年发表）很是有趣……在记录中，他提到有一个英国女子在麦加。从麦加回来之后，他尝试与之联系，看看她是否想从麦加回到英格兰。这篇材料列在该书的附录里，其中存在一些疑问，她真的是英国人吗？虽然记录里说她的英语非常不错。她应该是从1857年印度兵变之后住在麦加的。1877年之后不久，她似乎被带回到了印度，而且据报告，她不想'获得营救'。我对她以后的情况一无所知，但是很可能1893年她再次被带到麦加，这时候她渴望自己的余生能在英国度过。福尔摩斯此行【很可能就是为了营救她】，她那时候应该六十多岁。这本有趣的书是T·F·凯恩的《在麦加的六个月》，1881年在伦敦出版。"

对于喀土穆的疑问确实存在。但是，喀土穆和当时的首府乌姆杜尔曼实际上不过相距两三公里，喀土穆在尼罗河的右岸，乌姆杜尔曼在左岸。喀土穆曾经被马哈迪军包围，1885年1月26日该城被攻陷，当日马哈迪军队杀死了英军的戈登将军。喀土穆的每一座建筑几乎都被摧毁了。福尔摩斯拜访哈里发可能是在1893年末，那时候已经部分重建了喀土穆，虽然哈里发更可能是在乌姆杜尔曼，但是在喀土穆也并非绝对不可能。辛普森认为，福尔摩斯提到的实际上是西藏的康雄（Kharta）而不是喀土穆（Khartoum）。华生对康雄这个地名相当不了解，可当时的英国人对喀土穆却再熟悉不过。华生误将它与哈里发联系起来，于是有了这样的错误。

也有人认为这段经历纯属华生或者福尔摩斯杜撰的。大空白时期福尔摩斯不仅在伦敦，而且就和华生住在同一所房子里。福尔摩斯待在伦敦的目的是等待莫兰上校露出马脚。故而拘捕了莫兰上校之后，福尔摩斯便现出了真身。这时候华生为了隐瞒真相，于是捏造出这样一个虚构的福尔摩斯九死一生又回来的故事。还有人提出，福尔摩斯当时去了别的地方，但是因为身负重任，不便向公众透露，因此才说出这么一段漏洞百出的话。仿写作家们也相信这一点，常常将自己的作品设定在大空白时期。于是乎，福尔摩斯便在这段时间里忙碌地破案，出现在各界不同的角落里。

特征与个性

福尔摩斯是一位神探，但是同时也是一个人，一个食人间烟火的人。也唯其因为是有血有肉的人，才更能让读者印象深刻。

《血字的研究》中，华生对福尔摩斯的外貌作了一番描述：

他的相貌和外表，乍见之下就足以引人注意。他有六英尺多高，身体异常瘦削，因此显得格外颀长；目光锐利（他茫然若失的时候除外）；细长的鹰钩鼻子使他的相貌显得格外机警、果断；下颚方正而突出，说明他是个非常有毅力的人。他的两手虽然斑斑点点沾满了墨水和化学药品，但是动作却异乎寻常地熟练、仔细。因为他摆弄那些精致易碎的科学仪器时，我常常在一旁观察着他。

不少篇目都证实了福尔摩斯个子高，比如《博斯科姆比溪谷秘案》、《巴斯克维尔的猎犬》、《最后致意》、《王冠宝石案》、《歪唇男人》、《恐怖谷》等，此外也时常提到他的瘦削和面部狭长。他身材瘦削，甚至能称之为枯槁，但是这样的外表实际上是具有欺骗性的，因为福尔摩斯总是保持着良好的身体状态，时常锻炼身体。不过，他把盲目锻炼身体看作是浪费精力（《黄面人》），或许他借助拳击、跑步、剑术以及柔道来保持体形。在《绿玉皇冠案》中他宣称，自己的"手指特别有劲"。华生也在《最后致意》中提到福尔摩斯的手劲很大，值得一提的是，那时福尔摩斯已经年届六十。福尔摩斯壮年时力气非常大，他曾经将罗伊洛特医生弄弯的拨火棍重新掰直（《斑点带子案》）。如此强健的体魄和身体状况得以让他有资本做出某些有损身体健康的举动，比如连续几周工作和劳作，不吃东西，大量吸烟，注射可卡因等。

如果福尔摩斯不是为了渗入某个疑犯家中或者从伦敦的犯罪地下组织中获得消息而化装改扮，那么他在贝克街寓所之外的打扮总是很正式的。他"像猫那样地爱护着个人的清洁"（《巴斯克维尔的猎犬》），因此总是穿着很正式。《马斯格雷夫礼典》提到他"着装朴素而整洁"。他习惯穿着斜纹软呢的外套，不过他去乡间会穿着著名的"长长的灰色旅行斗篷"（《博斯科姆比溪谷秘案》），还有一顶紧紧箍着头的便帽、一顶带护耳的旅行帽（这就是著名的猎鹿帽，已经成为福尔摩斯的标志之一）。在城市中，他不可能穿着猎鹿帽和斗篷。他有时候会身着乌尔斯特长外套。在家里，他的穿着比较随意。他常常穿着睡袍。据推测，他至少有三件睡袍，一件紫色的（《蓝宝石案》)、一件蓝色的（《歪唇男人》)、一件灰褐色的（《空屋》、《布鲁斯-帕廷顿计划》)。

华生说福尔摩斯的个性"豪放不羁"，以至于华生觉得自己的性情还算有限度。《马斯格雷夫礼典》中，华生写道："我的朋友歇洛克·福尔摩斯的性格有一点与众不同的地方，经常使我烦恼。"又说："当我看到一个人把雪茄放在煤斗里，把烟叶放在波斯拖鞋顶部，而一些尚未答复的信件却被他用一把大折刀插在木制壁炉台正中时，我便开始觉得自己还怪不错的呢。"从华生的描述可以清楚地感受到，福尔摩斯确实相当豪放不羁，而且这种不羁延展到了很多地方，使得他作为世界上第一个咨询侦探的生活风格显得十分独特而不同寻常。

福尔摩斯几乎是一架用于推理和观察的最完美无瑕的机器。他不容许其他情感侵扰他自己那种细致严谨的性格，这只会使他分散精力，使他所取得的全部智力成果受到怀疑。华生认为，在精密仪器中落入沙粒，或者他的高倍放大镜镜头产生了裂纹，都不会比在他这样的性格中掺入一种强烈的感情更起扰乱作用的了。

但是，福尔摩斯在某些时刻也流露出深切的情感。《三个同姓人》中，当华生被打伤时，福尔摩斯扶他坐到椅上说："没伤着吧，华生？我的上帝，你没伤着吧？"他那明亮坚强的眼睛有点湿润了，那坚定的嘴唇有点颤抖。此时此刻，华生知道在这表面冷冰的脸后面有着多么深的忠实和友爱。这是仅有的一次机会，医生看见福尔摩斯不仅有伟大的头脑，而且有伟大的心灵。

在福尔摩斯的整个生涯中，时时流露出对女性的一种排斥和不信任的态度，对婚姻也非常蔑视。福学家们长期以来一直热衷于分析导致这一结果的心理学原因，而且不论是小说家、剧作家，还是电影制片人都涉及过这一问题。比如，在尼古拉斯·迈耶的《百分之七溶液》中，福尔摩斯目睹了不贞的母亲被父亲残忍杀害，因此有了根深蒂固的想法，认为女性不值得信任，只是红颜祸水。并且，还要仔细地研究她们的动机和真正目的，因为她们的目标并不总是明显的。福尔摩斯曾经多次表述了自己的态度：

即使是最好的女人，也绝不能完全信赖她们。（《四签名》）

你怎能这样轻信呢？有时她们一个细小的举动包含了很大的意义，一个发针或一把卷发火剪就可以显露出她们的反常。（《第二块血迹》）

他不喜欢也不信任女性，可是他永远是一个骑士气概的反对者。（《临终的侦探》）

我不是一个崇拜女性的人。（《恐怖谷》）

但是作为情人，他却会把自己置于错误的地位。他从来不说温情脉脉的话，更不用说讲话时常带着讥讽和嘲笑的口吻。（《波希米亚丑闻》）

女人的心理对男人来说是不可思议的谜。(《显贵的主顾》)

但同时，艾琳·艾德勒始终是福尔摩斯口中的"那位女人"。"在他的心目中，她才貌超群，其他女人无不黯然失色。这倒并不是说他对艾琳·艾德勒有什么近乎爱情的感情。因为对于他那强调理性、严谨刻板和令人钦佩、冷静沉着的头脑来说，一切情感，特别是爱情这种情感，都是格格不入的。"(《波希米亚丑闻》)福尔摩斯对这位曾经的歌剧演员和女冒险家念念不忘，经常若即若离地提到她："我见过的世面太多了，不会不知道一位妇女所得到的印象或许会比一位分析推理家的论断更有价值。"(《歪唇男人》)又比如："我重视一个女人在这些事情上的直觉。"(《狮鬃毛》)

在《魔鬼之足》中，福尔摩斯说："我从来没有恋爱过。"这当然是一句广受争议的话。不过从他与委托人和嫌疑人之间的关系来看，似乎也佐证了这一点。《铜山毛榉案》中可爱的维奥莱特·亨特小姐不曾引起福尔摩斯的兴趣。华生写道："至于维奥莱特·亨特小姐，我的朋友福尔摩斯使我感到有点失望。由于她不再是他问题中的一位中心人物，他就不再对她表示有进一步的兴趣了。"另一个值得注意的地方是《米尔沃顿》中福尔摩斯假扮水管工和米尔沃顿的女仆阿加莎订婚。但是，我们却并不知道福尔摩斯是如何让这位女仆倾心的。华生在《金边夹鼻眼镜》中对此作了暗示："如果福尔摩斯愿意的话，他是很会讨好女人的，并且他还能很快就取得她们的信任。"

他在饮食方面很节俭。"他的饮食总是很简单的，起居也极其简朴，近于节衣缩食。除了偶尔注射些可卡因以外，福尔摩斯没有其他恶习。每当没有案件可查，而报纸新闻又枯燥无味时，他便求助于麻醉剂，以解除生活的单调。"(《黄面人》)除了可卡因，他的消遣途径并不多。音乐算是其中之一，他还喜欢吃牡蛎，偶尔品尝下美食。烟斗、雪茄和香烟他都抽，但是这些似乎只是作为辅助大脑破案的工具。烟斗特别有用，常常根据不同的心情和场合抽不同的烟斗。

他习惯晚起。因此，在《斑点带子案》开头，福尔摩斯在七点十五分就穿戴整齐着实让华生吓了一跳。他的作息根据案情需要做出改变，"时常彻夜不眠"(《巴斯克维尔的猎犬》)。如果手上没有案子，他便会觉得无聊，于是通过注射百分之七的可卡因溶液来缓解这种无聊。"一遇无事可做的时候，我就会心绪不宁起来。"(《四签名》)在《三个同姓人》的开头，华生写道："福尔摩斯在床上一连躺了几天，这正是他不时表现出的行为。"不过，这确实也是在繁重的调查之后恢复精力的绝佳方式之一。

福尔摩斯对于食物的观点非常特殊。他可以几天不吃东西，不吃东西是因为不想精力过剩，导致浪费。这种习惯加上他天生的豪放不羁和禁欲作风使人们产生了这样一种普遍的观点，即福尔摩斯对吃漠不关心，食物不过是让他的头脑工作的一种途径罢了。但是这样的想法并不准确。福尔摩斯实际上是一个美食家，味觉高度敏感，在这一点上绝对比华生强。

福尔摩斯很享受早餐，每每在早餐桌上都很兴奋。《海军协定》中，他在早餐桌上将案子收尾。这顿早餐包括咖喱鸡、火腿蛋等。他说："赫德森太太很善于应急，她会做的菜有限，可是像苏格兰女人一样，这份早餐想得很妙。"《工程师大拇指案》、《诺伍德的建筑师》和《雷神桥之谜》中也提到了早餐。值得注意的是，福尔摩斯喜欢在早餐前后抽上一斗烟。早餐前抽的烟丝总是前一天剩下的。关于早餐后抽哪个烟斗并没有明确表述。

对于较为正式的餐饭，特别是午餐，主要分为两个大类，即在贝克街寓所食用的餐饭和在外面食用的餐饭。想在贝克街寓所吃到奢华丰盛的大餐有些困难，这一方面是因为美食的原料不易获得，另一方面是因为赫德森太太会做的菜有限。但是，福尔摩斯偶尔会亲自下厨，不过这样的情况极其罕见。弗莱彻·布拉特在《美食家福尔摩斯》一文中指出，福尔摩斯对于两顿饭十分满意，一次表现在《四签名》中，一次是在《贵族单身汉案》中。根据布拉特的说法，这两餐都是福尔摩斯亲自下厨的。在《四签名》中，福尔摩斯邀请埃瑟尔尼·琼斯警官共进午餐。"我准备了牡蛎和一对松鸡，还有些特选的白葡萄酒。华生，你不知道，我还是个治家的能手呢。"《贵族单身汉案》中，福尔摩斯准备的美味是"两对山鹬、一只野鸡、一块肥鹅肝饼和几瓶陈年老酒"。

在外面吃午餐的话，福尔摩斯喜欢的餐馆有很多，不过只有四家提到了名字，分别是《巴斯克维尔的猎犬》中的玛齐尼饭店、《布鲁斯-帕廷顿计划》中的哥尔迪尼饭店、《临终的侦探》中的辛普森酒馆和《显贵的主顾》中的皇家咖啡馆。但是福尔摩斯到底在这些餐馆里点了什么菜，又爱吃些什么，在书中并没有详细提到。其他篇目中也提到了就餐，包括《硬纸盒子》、《五个橘核》、《王冠宝石案》、《修道院学校》、《四签名》、《银色马》、《雷神桥之谜》、《三个大学生》、《恐怖谷》和《戴面纱的房客》。

根据华生的说法，福尔摩斯"是个热情奔放的音乐家，他本人不但是个技艺精湛的演奏家，而且还是一个才艺超群的作曲家"（《红发会》）。他喜欢各式音乐形式，包括歌剧、音乐会，甚至拉苏斯的赞美诗。福尔摩斯对于音乐的热爱在许多故事中都清楚地体现出来。他还有一把斯特拉迪瓦里小提琴。那把提琴至少值五百个畿尼，但是他花了五十五个先令就从托特纳姆宫廷路的一个犹太掮客手里买了下来。他的小提琴拉得非常出色。《王冠宝石案》中听者甚至不能将他的演奏同留声机唱片区分开来。应华生的要求，他会拉门德尔松的抒情曲，也会自己即兴创作乐曲。

至于音乐欣赏方面，他觉得德国音乐比意大利或法国音乐更为优美动听，听后更

能发人深省。他还去欣赏歌
剧。《红圈会》中提到他去考
文特园欣赏瓦格纳的歌剧。音
乐会则更加稀松平常。《退休
的颜料商》中他去阿尔伯特
音乐厅欣赏卡琳娜的演唱；
《巴斯克维尔的猎犬》中他去
听德·雷兹凯的《胡格诺教
徒》；而在《红发会》中他去
聆听了萨拉沙特在圣詹姆士会
堂的演出，等等。

华生在《红发会》中写
道："整个下午他坐在观众席
里，显得十分喜悦，他随着音
乐的节拍轻轻地挥动他瘦长的
手指；他面带微笑，而眼睛却
略带伤感，如入梦乡。这时的
福尔摩斯与那厉害的侦探，那
个铁面无私、多谋善断、果敢
敏捷的刑事案件侦探福尔摩斯
大不相同，几乎判若两人。"

沉浸在音乐中的福尔摩斯，这是他最放松的时刻

正典中没有提及歇洛克·福尔摩斯死亡的消息，福迷更是不希望他死去。威廉·S·巴林-古尔德将福尔摩斯死亡的日期定在1957年1月6日，正好满一百零三岁。尽管他长期抽烟、注射可卡因，但是如此长寿也不算是非常不可思议。

更有好事者炮制了福尔摩斯的讣告，刊登在《海滨杂志》1948年12月号上。讣告真正的作者是E·V·诺克斯。如果真要为福尔摩斯写墓志铭，毫无疑问，华生将是最佳的人选；而铭文，我们似乎也可以从《最后一案》中找到——"我所知道的最好的人，最明智的人"。

华生医生的记事簿

The Notebook of Dr. Watson

家庭与出生

华生医生虽然是正典中仅次于福尔摩斯的二号人物，但是，细心的读者也一定会发现，华生对于自己的信息透露得非常之少，这也使得对于华生的研究有了很大的不确定性。

我们知道，华生名叫约翰·H·华生，而且有一次他的妻子还称呼他为"詹姆斯"（《歪唇男人》）。"约翰（John）"这个名字很配他，因为这是最平凡的男性名字，不仅在英语中是，在许多欧洲大陆语言里也是。它源自希伯来语Johanna，即Jah（上帝）加上chaanach（祝福）。而他的姓氏"华生（Watson）"则有"瓦特之子（son of Watt）"的意思。不过，在苏格兰语中"wat"表示"天生能喝酒"。因此，"华生"这个姓氏也可以解释为"一个天生能喝酒的人的儿子"。《四签名》中提到华生的哥哥是个酒鬼，而华生自己遇到小斯坦弗的时候正在标准酒吧喝酒（《血字的研究》），只是后来并没有暗示过华生有酗酒的毛病。

当然，有关华生的名字最引人注意的就是"H"这个缩写所代表的意思。这一问题引出了众多研究者的论文。有人认为，华生的名字是向一位著名的宗教人物纽曼红衣主教致敬，于是他被取名为约翰·亨利。甚至，从这一说法延伸出去，进而认为华生的父母支持纽曼红衣主教提出的牛津运动。而华生的父亲就是一名高教会派牧师。但是，包括多萝西·L·塞耶斯等人在内的研究者却提出了强烈的反对意见。因为华生身上没有带有明显的牛津运动支持者或者反对者的色彩，他甚至在正典中还表现出了对宗教的冷漠态度。

塞耶斯认为华生有着苏格兰血统："福尔摩斯（一个对民族特性有着深入研究的人）在《恐怖谷》中用形容词'机灵'来形容华生的幽默感——甚至这幽默感让他那么卓越的好友吃了一惊，这样的选择绝非偶然。华生的母亲也许是个苏格兰人——我觉得不是苏格兰高地的人，而是东部地区的居民。真正的高地人是凯尔特人——这类人性急、诗意、没有幽默感——这些在华生身上一点特征也没有。不爱言谈、机灵，属于阿伯丁郡那里人的特征。"因此，"从事实中可以推测出的唯一的明显结论是，'詹姆斯'和字首'H'的唯一解释是医生的全名是'约翰·哈密什·华生'。"

"哈密什（Hamish）"是"詹姆斯（James）"的苏格兰语说法，"妻子称呼丈夫的中间名而不称呼首名并不是不同寻常的……'哈密什'对约翰·H·华生太太来说也许太夸张了。她开玩笑地将其恢复为英语中的'詹姆斯'来作为丈夫的昵称，而这也是他自己的名字"。

塞耶斯的说法得到一些人的支持。但是"H"之谜远没有盖棺论定。其他说法还包括：福尔摩斯（Holmes）说——认为华生是福尔摩斯的堂兄弟；赫德森（Hudson）说——认为赫德森太太是华生的姑婆，华生是故意和福尔摩斯见面的，因为姑婆的房子想出租，他想住在那里，而他又供不起全部房租；哈弗翰姆（Huffham）说——取自查尔斯·狄更斯的中间名，因为狄更斯的《大卫·科波菲尔》就是献给一对华生夫妇，那人正是医生的亲戚。

华生的出生年份也很难确定。从《血字的研究》开头可知，华生于1878年获得了伦敦大学医学博士学位。从这条推测，华生应该出生在约1852年。但是这样的理论需基于华生是一位出色的医学院学生。如果他的学业有所耽搁，生年也很可能比这个年份要提早几年。

威廉·史密斯提出的说法就相当有趣。他认为华生出生在1842年。他是依据柯南·道尔早期的小说《J·哈巴库克·杰弗逊的声明》（1884）推测的。他觉得这篇小说讲述了华生在美国隐姓埋名的岁月。故事里还提到了一位名叫摩瑞的人，正是他在美国内战的安提塔姆战役中救了主角的性命。

他的说法并非空穴来风。因为在费城志愿军第二十九团第九连的名单中有约翰·华生的名字，而且在第三连名单里也有二等兵约翰·摩瑞的名字。这位华生参军的时间是1861年7月1日。这个连队在1861年7月10日并入陆军，参加了对抗约翰逊部队的战役，包括1862年的河谷会战、安提塔姆会战和弗雷德里斯克堡战役，1863年的切斯罗维尔战役和葛底斯堡战役。1863年7月3日葛底斯堡战役中，约翰·华生受伤，失踪，推测为死亡。这些都是确有其事的，记载在档案文件中。由此，史密斯推测，二等兵摩瑞一定看到华生倒下，于是把他带到葛底斯堡镇上的安全地带。等华生养好伤之后，进入了费城医学院学习。

将真实世界的人物经历与华生进行对比，从而做出推测，这也是福学家们研究的手段之一。研究者又在英国找到了一个与华生叙述大致吻合的家庭。华生的父亲名为赫伯特·安森姆·华生，老华生是诺桑伯兰的乡绅，前一个世纪起就住在祖传的诺翰姆庄园，位于米特福德西北四英里，米特福德是摩皮斯以西万斯贝克美丽山谷里的小村庄，在泰恩河畔纽卡斯尔以北大约十七英里。老华生的第一任妻子是珍妮维尔·包克里夫，她是一个诺桑伯兰女孩，为他生了两个儿子：小赫伯特·安森姆，出生于1846年3月

19日；哈罗德·赫伯特，出生于1848年5月11日。第一任华生太太于1849年12月14日去世，老赫伯特·华生于1851年6月2日再婚。他的第二任妻子是詹尼特·安·德克斯特，出生于一个苏塞克斯的古老家庭。詹尼特·安只生了一个儿子，名为约翰·赫伯特，出生于1852年7月7日。她不幸于1853年3月16日早早去世。老赫伯特·安森姆·华生于1869年2月3日去世。

成长岁月点滴

　　尽管对于约翰·H·华生的早期生活或者他的成长经历知之甚少，但是有些事情还是清楚的。比如，他一部分的童年生活应该是在澳大利亚度过的：因为他和摩斯坦小姐如同小孩一样，手拉着手站在一起，走在樱沼别墅的院子里（《四签名》），发现院子里堆积了很多土方，华生说："我只在巴勒拉特附近的山边看见过相同的景象，当时探矿的正在那里钻探。"有人指出，澳大利亚的岁月对华生医生性格产生的影响是比较明显的。他坚定的判断力，他的冷静，他适应达特穆尔或者其他地方恶劣环境的适应能力，这些都是殖民地严厉的学校教育造就的心理和身体特征[1]。

　　华生的父亲是英国人，为什么要去澳大利亚生活呢？或许是1851年巴勒拉特发现金矿而催生的淘金热促使华生的父亲去了澳大利亚。约翰·H·华生和哥哥（们）都是在澳大利亚出生的。

　　也有人提出，华生的父亲去澳大利亚也许不是为了淘金，而是被澳大利亚某个殖民地选去担任铁路扩建的重要职位。悉尼铁路线于1855年9月26日开工，老华生为这条铁路贡献良多。之后，华生的父亲对墨尔本—阿得雷德港铁路线工程进行调研，这期间他带华生来到巴勒拉特，在华生脑海中留下了深刻印象。这个铁路工程师说的依据之一是，华生在帕丁顿开业行医之后不久，帕丁顿铁路站的不少员工生了病就来找他（《工

---

(1) 但是，也有人提出反对的意见。这派观点认为，如果华生的孩童时代早期是在澳大利亚度过的，那就会显得很奇怪，在一些他应该有机会开口的时候他却没有说什么：那个亨利·彼特斯，"在澳大利亚出现的最无耻的流氓之一"（《弗朗西丝·卡法克斯女士的失踪》）；美丽而婚姻不幸的、澳大利亚阿得雷德港的玛丽·弗莱泽（《格兰其庄园》）；《博斯科姆比溪谷秘案》中"库伊"的喊声以及临终提到"拉特"；特别是特雷佛的案子，他是靠挖金子起家的（《"格洛里亚斯科特"号三桅帆船》）。

程师大拇指案》），似乎表明华生有着此方面的关系。

关于澳大利亚这段经历最不可思议的观点是认为华生的父亲是威廉·华生。就是这个威廉·华生在1861年作为加德纳逃犯帮的一员袭击了比尔浜的博纳车站，同案的还有亨利·吉恩和迈克·劳勒。华生是该案的首犯，三个人都被抓住在戈尔本被判处死刑。据说华生最后说的是："就算是明天也没关系，好吧，再见。"因为这场可怕的悲剧，华生太太也去世了。两个小男孩，一个大约十岁，一个还要大一些，被作为孤儿送回英国让年长的亲戚抚养。

不管怎样，华生后来还是被送回了祖国英国。华生就读于哪所学校并没有提到，但是很可能是一所比较有名的寄宿学校，因为《海军协定》中华生的同学"蝌蚪"费尔普斯有着"有权势的亲戚"。费尔普斯是霍尔德赫斯特勋爵的外甥，之后获得了奖学金，进入剑桥大学继续深造。华生后来进入布莱克希斯队，成为橄榄球队员（《吸血鬼》）。或许华生就读的学校是为数不多的当时开展橄榄球运动的寄宿学校。华生的志向是当一名军医，后来参军入伍，先是在诺桑伯兰第五明火枪团，后来加入伯克郡团（《血字的研究》）。因此，他很可能在威灵顿公学就读过。这是伯克郡一所知名的寄宿学校，这里开展橄榄球运动，军队的影响很大，使得他后来加入军队。爱普萨姆公学也是候选学校之一，它于十九世纪五十年代建成，学生大都是医生的儿子，1870年还组建了橄榄球俱乐部。顺便一提，华生在学校时擅长交际，很受欢迎，他当时的学号是三十一号（《退休的颜料商》）。

华生曾经就读过的伦敦大学

短暂的军医生涯

1878年，华生获得了伦敦大学医学博士学位。对于华生的大学生涯，我们仅知道这么一点信息。要想获得医学博士学位，首先需要获得医学学士（MB）或外科学士（BS）或皇家外科医师学会会员（MRCS）、皇家医师学会（LRCP）证书。华生获得医学学士学位的时间，最晚在1877年，最早在1872年。具体时间会因通过考试的时间不同而产生差异。

华生应该是获得过外科学士（BS）学位。要授予这一学位需要获得医学学士学位一年之后，并且在诊所里参加指导课程。如果华生没有外科学士学位，那会是非常不可思议的。根据他的叙述，他大概在圣巴塞罗缪医院当过住院外科医生。只有住院外科医生才会有助手，那时候他的助手就是小斯坦弗。

华生的学士学位也是在伦敦大学获得的吗？可能并非如此。最关键的证据就是《球场义卖会》，文中福尔摩斯对华生说："信封背面对着我，我看见了一个图案，我曾经在你那顶旧的学校板球帽上见过同样的图案。这样一来就清楚了，这是从爱丁堡大学来的信，或者说是从和大学有联系的某个俱乐部发来的。"

同样，根据这篇小说里的线索，人们对于华生是否获得过医学博士学位产生了很大疑问。福尔摩斯说道："我看了一眼地址。可以说……那不是正式公文。这是我从地址上使用了'医生'而不是'医学学士'推测的，这样的称呼并不正式。"此外，福尔摩斯在《临终的侦探》里也对华生说："但是，事实总归是事实，华生，你到底只是一名普通的医师，经验有限，资格很差。"是否能够这样推测，华生并非医学博士，只是一位医学学士兼外科学士。虽然他也可以被称作"博士"，但只是为礼貌起见。实际上，他的学历类似《巴斯克维尔的猎犬》中的杰姆士·摩梯末医生（他是皇家外科医师学会会员）。

姑且还是认为华生从伦敦大学获得了医学博士吧。这之后，他去了内特黎，进修军医的必修课程。华生决定参军的原因并不是很清楚。不过，当时的新闻报纸报道了很多英国在印度殖民统治的情况，还有俄国和英国在印度边境对峙的新闻。伦敦举行了许多征兵活动，对那些有爱国精神的人许以冒险和刺激的好处。华生医生也随着众多青年一起加入军队。

内特黎位于汉普郡，靠近南安普敦，那里有皇家维多利亚军事医院，华生应该就

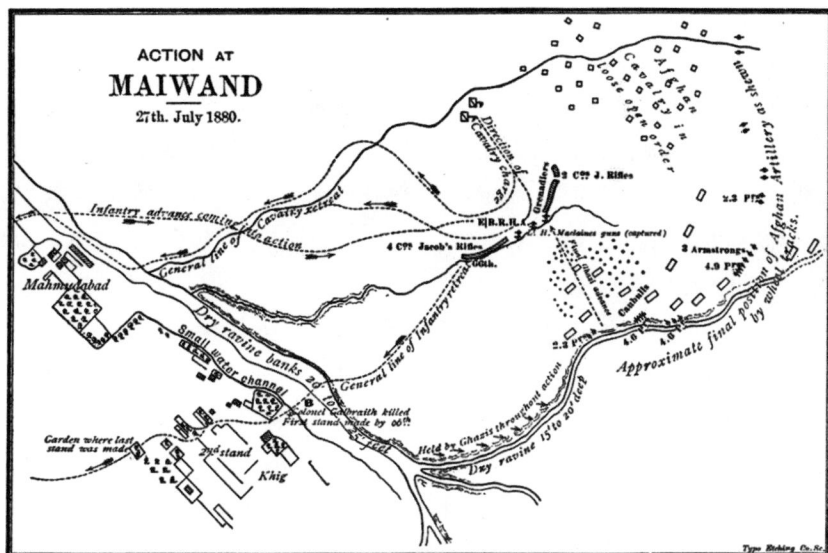

迈旺德战役示意图

是在这所医院接受培训的。课程包括病理学、军事外科学、内科学和卫生学等。这次培训使他有机会接触到汉普郡的南部地区。于是，多年之后，他会怀念起新福里斯特凉爽的林间地以及南海海滨的沙滩（《硬纸盒子》）。

通过考试之后，华生立刻被派往诺桑伯兰第五明火枪团充当军医助理。当时，这支部队驻扎在印度。他不得不去那里加入自己的部队。他说，在他到达之前，第二次阿富汗战争已经爆发了。第二次阿富汗战争于1878年11月爆发，早期只是一些小的冲突。

华生乘船在孟买登岸的时候，他所属的那个部队已经穿过山隘，深入敌境了。他跟着一群和他一样掉队的军官赶上前去，平安地到达了坎大哈。华生在那里追上了诺桑伯兰第五明火枪团，开始他的工作。痢疾和伤寒在军中的致死人数超过了敌军行动造成的伤害，气温也难以忍受，连队调动几乎不可能。晚上帐篷里热得像烤箱。中暑衰竭和脱水是致命的。有记录表明，一队二十五人组成的巡逻队在两天里行进了四十英里，十四人因为高温而死亡。

之后，华生转调到伯克郡团。这个团的全名是威尔士夏洛特公主皇家伯克郡团，由第四十九和第六十六步兵团合并而成。布鲁斯准将指挥这支部队参与了迈旺德战役。需要指出的是，华生短暂军医生涯中服役的两支部队，诺桑伯兰第五明火枪团隶属孟加拉陆军，伯克郡团隶属孟买陆军，并不属于印度陆军。因此他在《雷神桥之谜》中说自己隶属印度部队实际上是错误的。

1880年7月4日，一支大约有两千四百五十三名军人和一大批辎重护卫队的英军离开格里什克附近的赫尔曼德河，对正在向前推进的阿尤布汗的军队进行反击。不料，阿尤布汗的主力队伍却从侧翼将伯克郡团包围起来。这支阿富汗队伍越过赫尔曼德河，与英军预期的位置相差了三十英里，而英军原以为他们是无法越过河的。布鲁斯准将被迫向坎大哈方向撤退，在一处干涸的谷地重新组织防御。这地方位于迈旺德南方不远，距离坎大哈西北大约五十五英里。

1880年7月27日星期二早晨9点，"迈旺德那场决死的激战"爆发了。这确实是一场激战，大约两千七百三十四名英军士兵参与战斗，九百三十四人阵亡，一百七十五人受伤。第六十六步兵团损失了十名军官，二百七十五名士兵阵亡，两位军官和三十三名士兵受伤。晚上6点的时候，疲惫而灰心的士兵向坎大哈撤退，完全被敌人击溃。

"残忍的勇士"继续向这些撤退的士兵开火。他们骁勇善战，对于英军尤其不会手软。官方报告指出，伤亡的主要原因是热度和疲惫。这正是一年中最热的季节，阴凉处也有四十摄氏度。逃往坎大哈的二十四小时里，英军后有追兵，还缺乏食物和饮水，相当难熬。当然，阿尤布汗的部队也遭遇了大量伤亡，追出五英里之后也就不再追赶逃兵了。

华生也是伤员之一。他的肩部受了伤。一颗捷则尔枪弹打碎了肩骨，擦伤了锁骨下面的动脉。捷则尔是阿富汗当地以英国李－英菲尔德式来复枪为原型制造的枪械，可以是来复枪，也可以是滑膛枪。它的子弹往往是圆形，用钉子或者包含银的金属废料制作，容易造成伤口感染。若不是忠勇的勤务兵摩瑞把华生抓起来扔到一匹驮马的背上，安全地带回英国阵地来，那么，他就要落到那些"残忍的勇士"的手中了。但是华生所说的"英国阵地"有些奇怪，因为迈旺德和坎大哈之间并没有英国阵地。或许这只是一种宽泛的说法，指的是英军能控制的安全地带。

接着，华生和一大批伤员一起被送到了白沙瓦的后方医院。白沙瓦是阿富汗行动的司令部之一，距离前线大约八百公里，是比较安全的后方。他的健康状况大大好转起来，已经能够在病房中稍稍走动，可就在此时他又病倒了，"染上了我们印度属地的那种倒霉疫症——伤寒"。有好几个月，他都是昏迷不醒，奄奄一息。

最后，华生恢复了神智，但身体十分虚弱，因此军队在经过医生会诊后，决定立即将他送回英国，一天也不许耽搁。之后，他经过了漫长的旅程——从白沙瓦乘火车到卡拉奇港大约有一千五百公里，而从卡拉奇乘船到孟买还有一千公里。

在孟买，他上了运兵船"奥仑梯兹"号。或许又是一次精确的巧合。英军确实征用了一艘名为"奥仑梯兹"号的轮船。1880年8月4日，它载着被派往阿富汗的英国士兵从朴茨茅斯出发，终点是印度孟买。10月31日，它带着回国的军人离开孟买驶往朴茨茅斯，于11月26日下午到达朴茨茅斯。这一事实与华生的叙述十分吻合——"一个月以后，我便在朴茨茅斯的码头登岸了"。

遇见福尔摩斯

刚到英国，华生的健康已是糟糕透了，几乎达到难以恢复的地步。但是，好心的政府给了他九个月的假期将养身体。华生在英国无亲无友，所以就像空气一样的自由。他每天收入十一先令六便士。在这种情况下，很自然地他来到了伦敦，在斯特兰德大街上的一家公寓里住了一些时候，过着既不舒适又非常无聊的生活，钱一到手就花个精光，大大超过了他所能负担的开支，经济状况变得非常拮据起来。

1881年1月初，华生下定决心找一处便宜的住所，碰巧在标准酒吧遇到了小斯坦弗。这次邂逅让他遇见了歇洛克·福尔摩斯，两人在贝克街合租了一处寓所。华生直接与福尔摩斯的生活和事业发生联系是在1881年3月，即调查伊瑙克·J·锥伯被杀案，事件经过后来被华生写成了《血字的研究》。

福尔摩斯和华生相处的第一阶段是从1881年到1886年，结束于华生结婚。1888年末，妻子去世，华生便又回到贝克街，这一阶段持续到1889年5月他与梅丽·摩斯坦结婚。婚后，华生在帕丁顿买下一处诊所，搬出了贝克街。这段时期，华生忙于行医，却也参与了一些案件，比如《驼背人》，还有两桩案子是他引荐给福尔摩斯的，即《工程师大拇指案》和沃伯顿上校发疯案（未刊案件）。

他的宁静生活随着1891年4月24日晚福尔摩斯的到来而打破。福尔摩斯来到华生的诊所，紧张地观察窗外的动静。他告诉华生自己同莫里亚蒂教授之间的较量已经到了最后关头，教授不顾一切地要铲除他。接下来的一些日子，华生和福尔摩斯一同在欧洲大陆各国之间穿梭，而莫里亚蒂教授紧随其后。

在莱辛巴赫瀑布，华生中了教授的调虎离山计。待到他返回悬崖时，福尔摩斯和教授已经一同坠落悬崖，仅仅留下了信件和遗物。华生在《最后一案》中写道："我怀着沉痛的心情提笔写下这最后一案，记下我朋友歇洛克·福尔摩斯杰出的天才。"

福尔摩斯"去世"之后，华生卖掉了帕丁顿的诊所，搬到肯辛顿。1891年7月，短篇小说《波希米亚丑闻》发表在《海滨杂志》上。接下来的几年里又发生了一些不幸的事，比如他深爱的梅丽去世了，可能是因为心脏病（她的父亲也有心脏方面的毛病，或许有遗传）。

黑暗的日子终于在1894年4月5日结束了。福尔摩斯再次走入华生的家里，使他大为惊讶——"我好像是晕过去了，这是我平生头一回，也是末一回"。帮助福尔摩斯解决了《空屋》案之后，华生卖掉了肯辛顿的诊所，再次住回贝克街221号乙。这一阶段一直持续到1902年秋天，之后他离开了贝克街，搬到了安妮女王街（《显贵的主顾》）。那年晚些时候，他再婚了，最后再次开业行医。

1903年末，福尔摩斯退休来到苏塞克斯丘陵。他在《狮鬃毛》中提到华生仍然住在伦敦："自从退休以来，华生几乎完全从我生活中消失了。偶尔来度过一个周末，这也就是我和他的全部交往了。"这时的华生仍然在开业行医，可能身材也发福起来，《最后致意》中提到他"身体结实"。1914年，福尔摩斯又一次邀请华生帮助他侦办案件，

华生和福尔摩斯在一起时最典型的场景

破获德国间谍头目冯·波克的间谍网。医生扮成一名司机，为福尔摩斯打掩护。从年代学来看，这是正典中最后一次提到华生。

华生在与福尔摩斯的交往中结下了深厚的友谊，堪称朋友相处的典范。福尔摩斯在《巴斯克维尔的猎犬》中对华生说："也许你本身并不能发光，但是，你是光的传导者。有些人本身没有天才，可是有着可观的激发天才的力量。"

从他们友谊的早期开始，华生就觉察到福尔摩斯是一个富有魅力的人。他神出鬼没，有着独一无二的天赋。华生对福尔摩斯的推理能力总是大为惊讶，甚至在两人相处了许多年之后仍然这样，福尔摩斯每次展现其推理才华总能引来华生的惊呼。比如，华生因为福尔摩斯对于怀表的客观、准确但是毫不留情的推理而受到伤害，那块怀表曾经属于华生放浪形骸的哥哥。这段《四签名》中的情节指出了两个人之间本质的区别：福尔摩斯是纯粹的逻辑和思考的机器，而华生则是一个富于同情心、易受主观左右的人。

华生在《爬行人》中说："对于他的脑子，我好比是一块磨刀石。我可以刺激他的思维。他愿意在我面前大声整理他的思想。他的话也很难说就是对我讲的，大抵对墙壁讲也是同样可行的，但不管怎么说，一旦养成了对我讲话的习惯，我的表情以及我发出的感叹词之类对他的思考还是有些帮助的。如果说，我头脑的那种一贯的迟钝有时会使他不耐烦，这种烦躁反倒使他的灵感更欢快地迸发出来。在我们的友谊中，这就是我的微不足道的用处。"不过如果据此就说福尔摩斯在他的事业中始终这样利用华生，也是不正确的。

福尔摩斯将"老朋友和传记作者华生"视为他的同伴。《皮肤变白的军人》中，他说："华生确有其独到之处，但出于本身的谦虚以及对我工作的过高评价，他忽略了自己的特色。"福尔摩斯其实很尊重华生。虽然他对于这位老友往往忽略，但是在一些场合下仍然表露出自己的情感，比如《魔鬼之足》、《空屋》、《布鲁斯-帕廷顿计划》。最著名的当属《三个同姓人》中福尔摩斯看到华生受伤时的反应："没伤着吧，华生？我的上帝，你没伤着吧？"

他们早年在一起的时光非常和谐。华生在《五个橘核》中说，他是福尔摩斯唯一的朋友。华生结婚以及之后再婚以后，他和福尔摩斯"疏于往来"（《波希米亚丑闻》），"在某种程度上变得疏远了"（《最后一案》）。福尔摩斯归来之后，这种友谊又亲密如初，华生在《空屋》中再次帮助福尔摩斯，后来又搬回了贝克街的寓所，一旦福尔摩斯需要便毫不犹豫地回到福尔摩斯身边。在福尔摩斯退休之后，华生再次结婚，"在他晚年我们的关系是特别的。他是一个受习惯支配的人，他有一些狭隘而根深蒂固的习惯，而我已经成了他的习惯之一"（《爬行人》）。不久，福尔摩斯到苏塞克

斯丘陵，两人分隔得更远了。但是，为了捣毁冯·波克的间谍网，福尔摩斯还是想到了
他的老友华生，于是邀请华生再次协助他。

华生与女性

华生一贯被描述成身材结实或者身体健壮，福尔摩斯在《退休的颜料商》中说：
"华生，凭着你天生的便利条件，所有的女人都会成为你的帮手和同谋。"华生自己也
觉得作为英国人来说他相貌英俊，能吸引女性的注意，不管是漂亮的女性还是相貌平平
的女性。他结过几次婚，也说明他在罗曼蒂克方面确实是有一手。

第二次阿富汗战争结束之后，华生回到祖国，他"面黄肌瘦，只剩了一把骨
头"。不过这样子并非他通常的外表。年轻时，他曾经在布莱克希斯队打橄榄球（《吸
血鬼》），因此身体素质应该相当不错。雷斯垂德在《米尔沃顿》中描述华生的相貌
说："中等身材，身体强壮，下颚是方的，脖子较粗，有连鬓胡。"尽管他曾经有过骄
人的体质和惊人的跑步速度（《巴斯克维尔的猎犬》），但是到了《最后致意》时，他
运动员般的体形已经不见了。华生的穿着往往很保守，总是外套和帽子。行医的时候，
他将听诊器放在帽子里，因此帽子很明显地凸出一块（《波希米亚丑闻》）。

研究华生医生最让人感兴趣的话题便是他的女性关系以及多次的婚姻状况。在正
典的字里行间可以很清楚地看出华生认为自己很有女人缘。在《四签名》中，华生自诩
道："所见到过的女人，远到数十国和三大洲。"福尔摩斯在《第二块血迹》中对华生
说："华生，女性属于你的研究范围。"描述案件时华生对于女性往往也不吝笔墨。比
如在《歪唇男人》中，他这样描写圣克莱尔太太："一位白肤金发的小妇人立在门口，
穿着一身浅色细纱布的衣服，在衣服的颈口和腕口处镶着少许粉红色蓬松透明的丝织薄
纱边。她在灯光辉映下，亭亭玉立，一手扶门，一手半举，情极热切。她微微弯腰，探
首向前，渴望的目光凝视着我们，双唇微张欲语，好像是在提出询问的样子。"这是多
么传神而细致的描写啊！

华生的婚姻问题对于年代学家来说实在困难重重，因为他在好几篇小说里提到了
自己的婚姻。比如，华生说《贵族单身汉案》发生在"我结婚前几个星期的一天"；
《证券经纪人的书记员》发生在"我婚后不久"；《第二块血迹》、《海军协定》和疲
倦的船长三桩案件发生在"我婚后那一年的七月"；《临终的侦探》则发生在"我婚后

的第二年"。

《五个橘核》中华生提到自己的妻子回娘家省亲,但是这篇故事发生的时间是1887年9月,这时华生还并没有和梅丽·摩斯坦相遇。因此在摩斯坦之前华生应当还有一任妻子。不过,这位妻子的不幸去世使华生又成了单身汉,这应该发生在1888年《四签名》一案之前。

《四签名》一案中华生与梅丽·摩斯坦相遇。华生"从来没有见过一副这样高雅和聪敏的面容",因此对其一见倾心。二人于1889年结婚,婚后生活美满,华生在帕丁顿区买下一处诊所,开始行医。不久诊所的生意便蒸蒸日上。1888年到1891年的大部分案件中都不曾提到过梅丽·摩斯坦·华生,只有很少的案件有所涉及,比如《红发会》、《歪唇男人》、《工程师大拇指案》、《最后一案》。

在大空白时期,梅丽去世。1894年福尔摩斯归来之后,华生又搬回贝克街和大侦探一起居住。但是1902年,华生再次结婚,并且离开贝克街。《皮肤变白的军人》中,福尔摩斯提到了这次婚姻,但是详细的情况无由得知。此外,H·W·贝尔在《歇洛克·福尔摩斯和华生医生》中推断,1896年2月,华生并没有和福尔摩斯同住(《戴面纱的房客》),这期间他肯定是结婚了。因此《皮肤变白的军人》提到的实际上是第三次结婚(和梅丽的婚姻是第一次)。特雷弗·H·哈尔在《华生医生的婚姻》一文中则干脆认为华生结过五次婚。

双重的身份

华生早年的志向是行医,当然他的一生也确实在断断续续地开业行医,不过,从创作《血字的研究》开始,他也投身到作家的行业,而且树立了不错的声望。正是他的小说让福尔摩斯得以声名远播。迈克罗夫特·福尔摩斯在《希腊译员》中说道:"自从你开始记载歇洛克的案子以后,我处处都可以听到他的名字。"

福尔摩斯在正典中对于华生的文学才能给予过多次评价。《波希米亚丑闻》中,大侦探说:"要是没有我自己的包斯威尔(英国著名文学家约翰生的一名得力助手),我将不知所措。"不过,福尔摩斯还是常常批评华生的创作:"我约略看过一遍(指《血字的研究》),实在不敢恭维。要知道,侦探术是——或者应当是一种精确的科学,应当用同样冷静而不是感情用事的方法来研究它。你把它渲染上一层浪漫色彩,结果就弄得像是在欧几里得第五公设里掺进了恋爱故事一样了。"（《四签名》）还有："你叙述不够得力……你看待一切问题总是从写故事的角度出发，而不是从科学破案的角度，这样就毁坏了这些典型案例的示范性。你把侦破的技巧和细节一笔带过，以便尽情地描写动人心弦的情节，你这样做，只能使读者的感情一时激动，并不能使读者受到教育。"（《格兰其庄园》）

福尔摩斯也抱怨说，华生的描述"肤浅"（《皮肤变白的军人》），不严格遵守事实和数据，而是去迁就世俗的趣味。但是，福尔摩斯也称呼华生为"文字工作者"（《威斯特里亚寓所》），对于华生的文学事业也表示过兴趣。

但是，福尔摩斯对于华生选择案件写作的眼光的确是赞赏的，"我承认你很会选材"（《格兰其庄园》）。他在《铜山毛榉案》中指出："也许你错就错在总是想把你的每项记述都写得生动活泼些，而不是将你的任务限制在记述事物因果关系的严谨的推理上——这实际上是事物唯一值得注意的特点。"

值得注意的是，出于不同的原因，福尔摩斯禁止华生将一些案子发表，有的是为了保守秘密，有的是反感公众对某些事情的态度，或者他自己反感太暴露给公众。华生则总是千方百计地寻求授权发表案件（《戴面纱的房客》）。只有在极少数情况下，福尔摩斯才建议发表某桩案子，比如科尼什恐怖事件（《魔鬼之足》）。对于华生来说，他发表的都必须是能"说明我的朋友歇洛克·福尔摩斯的卓越才智"的案子，因此"尽可能少选那些耸人听闻的事情"。不过有的案子情况也并非如此，比如《戴面纱的房客》几乎就是委托人夫子自道。而且，他们也遗留下很多未刊案件让读者浮想联翩。

作为作家，华生是有天赋的，而且特别能够让那些平凡的案件读起来引人入胜。他成就的高峰就是《巴斯克维尔的猎犬》，这部长篇案件不仅是杰出的侦探作品，同时也是构思出色的哥特小说。而一旦有机会写到一篇牵涉美丽女子的案件，他也总是热情高涨。特别值得注意的是，他首先描述对于来访者的第一印象（主要是女性），接着福尔摩斯再用他敏锐的推理眼光对来访者加以检视。这样的描写确实大大增添了气氛，让叙述变得透彻。

批评家们喜欢指出故事中华生的失误和疏漏。比如那颗游移不定的捷则尔枪弹，还有混乱不清的日期（比如《红发会》），以及他妻子称呼他为"詹姆斯"而不是"约翰"。但是，这些瑕疵都无法动摇华生作品的优点和长处。

作为医生，他也对得起自己的头衔。华生曾在伦敦多处开业行医，这点似乎足以佐证他的医术水平不低。1880年回到英国之后，华生没有立刻开业行医，仅是依靠微薄的抚恤金过日子，而经济拮据又使得他遇到了福尔摩斯。1888年前后，他的状况有所改善，他在与梅丽·摩斯坦结婚之后不久便买下了一处诊所开业。他在伦敦的第一家诊所位于帕丁顿，是从老法夸尔先生手中买下的。老法夸尔先生由于年事已高，又加上遭受一种舞蹈病的折磨，便卖掉了诊所（《证券经纪人的书记员》）。

大约1890年，华生和梅丽·摩斯坦·华生搬到肯辛顿，买下了另一家诊所（《空屋》、《诺伍德的建筑师》、《红发会》）。这家诊所据说是家"小诊所"（《诺伍德的建筑师》），而且也比较空闲（《红发会》）。没有什么病人可能要归结于华生将心思花在了别的地方。1891年，福尔摩斯在莱辛巴赫瀑布"葬身"，不久之后梅丽也去世了。肯辛顿的诊所后来被卖给了一位姓弗纳的年轻医生，而实际上，那人是福尔摩斯的远亲。

1895年到1902年之间华生是否行医，人们知之甚少，在他记录的故事中甚至没有提到1896年有任何事情。大约1902年华生再婚之后，他又开了一家新诊所，位于安妮女王街（《显贵的主顾》）。

可以做出推测，华生在一战期间再次入伍担任军医，同时仍然继续创作，并且至少延续到1927年3月，他的最后一篇小说《肖斯科姆别墅》发表在《自由杂志》上。华生何时去世也不得而知，应该就是在这篇小说发表之后不久的时间，因为我们自此再没有看到他的小说。

没有这么一位忠实的"包斯威尔"，我们也就无缘得见歇洛克·福尔摩斯这位大侦探。没有华生那支生花妙笔，我们也就无法领略到福尔摩斯的魅力。因此，这块光彩夺目的军功章，既有福尔摩斯的一半，理应也有属于华生的一半。

"那位女人"的秘密报告

The Document of the Lady

在正典中哪位女性人物最出名呢？或许赫德森太太、梅丽·摩斯坦都算得上候选人。但是，当"那位女人"登场时，在她耀眼的光芒之下，其他候选人都黯然失色。她是当之无愧的正典中女性人物之首，她就是艾琳·艾德勒。

根据福尔摩斯的人物索引记录，艾琳·艾德勒于1858年出生于美国新泽西州，后来成为了著名的歌剧演唱家和女冒险家。她是一名女低音，曾经在意大利歌剧院演出，还担任过华沙帝国歌剧院首席女歌手。之后退出了歌剧舞台，住在伦敦。

她与福尔摩斯的相遇缘于一桩案件。在《波希米亚丑闻》中，波希米亚国王找到福尔摩斯，委托他帮忙拿回一张照片。原来，波希米亚国王在还是王储的时候，曾经和艾德勒有过一段罗曼史。他给对方写过几封暧昧的信件还拍摄下两人合影的照片。如今，国王将和斯堪的纳维亚国王的二公主克洛蒂尔德·洛特曼·冯·札克斯迈宁根结婚。女方家规严格，且她本人就是一个极为敏感的人，只要对国王的行为有丝毫怀疑，就会导致这桩婚事告吹。此时，艾德勒威胁要把照片送给女方。虽然国王雇请了小偷和强盗几次想要夺回照片，但均告失败。于是，波希米亚国王不得已求福尔摩斯出马，并许以一千英镑的高额报酬。福尔摩斯果然不负其名，通过巧妙的手法查明了藏照片的地方。但是就在即将功成之时，艾德勒却发现了端倪，在福尔摩斯下手偷照片之前离开了英国，不过同时也留下了除非国王伤害她否则不会公布照片的许诺。

由于有了这么一段经历，甚至福尔摩斯对于女性的观点也有了变化。华生写道："他过去对女人的聪明机智常常加以嘲笑，近来我很少听到他这样的嘲笑了。当他说到艾琳·艾德勒或提到她那张照片时，他总是用'那位女人'这一尊敬的称呼。"

为什么福尔摩斯会对艾琳·艾德勒产生某种情愫呢？华生只是说："在他的心目中，她才貌超群，其他女人无不黯然失色……容许这种情感侵扰他自己那种细致严谨的性格，就会使他分散精力，使他所取得的全部的智力成果受到怀疑……然而只有一个女人，而这个女人就是已故的艾琳·艾德勒，还在他那模糊的成问题的记忆之中。"华生这种似是而非的论调对我们理解福尔摩斯的想法并无多大帮助。我们还需要仔细剖析一下，以期找到一点端倪。

在谈论这个话题之前，我们先说说大侦探杜宾登场的小说《失窃的信》，这是被称为"侦探小说鼻祖"的美国作家埃德加·爱伦·坡的作品。故事讲述了大臣D部长偷窃了皇后的密信，警察局局长奉命进行彻底的秘密搜查，也没有查找到失窃的信，最后却被杜宾"轻而易举"地找到了信件。杜宾认为这位D部长是一个诗人兼数学家：单纯的诗人是"笨蛋"，而单纯的数学家则根本不能推理，只有诗人兼数学家才善于推理。在小说中，D部长在隐藏方式上并没有什么惊人之处。他的长处在于分析了警察局局长可能采取的行动，想出了对付的办法，使得局长没能找到信件，束手无策。

我们不能说福尔摩斯完全认同杜宾的观点，因为在《血字的研究》中他对这位前辈并不待见。他说："在我看来，杜宾实在是个微不足道的家伙。他先静默一刻钟，然后才突然道破他的朋友的心事，这种伎俩未免过于做作，过于肤浅了。"但同时也说："他有些分析问题的天才。"不过，在《波希米亚丑闻》中，我们又不得不相信，福尔摩斯对这位先辈的理论终于有所了解，并且接受了。

艾琳·艾德勒是著名的歌剧院女低音，天生丽质，这些使她颇有罗曼蒂克的特质，因此她才会与波希米亚国王经历了一段不可能有结果的感情。但是，她并非只是一个爱疯了的女子，她还是一位大名鼎鼎的女冒险家，有着勇气和魄力。漂亮的女歌手兼女冒险家的双重身份造就了她出色的分析头脑。波希米亚国王将和斯堪的纳维亚国王的二公主结婚，害怕他和艾德勒的事情会使这桩政治上有利的婚姻告吹，自然有过对艾德勒不利的打算。艾德勒宣称要把两人的照片送给女方就是预料到国王要对她不利。艾德勒的分析果然没有错。最为关键的是，艾德勒通过消息知道国王极有可能雇请福尔摩斯插手。于是她分析了一系列奇怪的事件（一位新教牧师因莫名斗殴受伤进入她的府第后来又不辞而别，就在这期间府第又无缘无故发生失火闹剧），推理出福尔摩斯已经插手，便来了一个将计就计，让福尔摩斯也扑了个空。

纵然福尔摩斯明白了杜宾的理论，并且付诸实施，但是艾德勒也毫不逊色。在这场较量中，两人智慧发生碰撞放出了耀眼的火花。艾德勒不仅以聪明才智令福尔摩斯折服，在其他方面也给福尔摩斯留下了深刻印象：

1.她的美貌叫人惊艳，福尔摩斯说她是"世界上最俏丽的佳人"。这是对正典中女性人物外表绝无仅有的夸奖。

2.她是女低音，曾经在意大利歌剧院演出，后来成为华沙帝国歌剧院首席女歌手。福尔摩斯对歌剧也十分喜欢，比如曾在《红圈会》的结尾提议去看瓦格纳的歌剧。

3.她的化装术也不输给福尔摩斯。在故事中，艾德勒尾随福尔摩斯来到贝克街的寓所，还和福尔摩斯打了招呼。但是，大侦探竟然没有注意到她是艾琳·艾德勒，最终导致第二天发现人去楼空。化装术出神入化的福尔摩斯必然会对此感到钦佩。

有着相似的爱好、相似的能力、相似的头脑，再加上她世上少有的美貌，被无数男子仰慕的艾琳·艾德勒怎能不在福尔摩斯心中激起波澜呢？

但至少在《波希米亚丑闻》中两人没有擦出爱情的火花。因为当时艾琳·艾德勒已经找到了自己的真爱——律师戈弗雷·诺顿。诺顿先生住在坦普尔，他肤色黝黑，鹰钩鼻子，留着小胡子，体态英俊，很有朝气。两人在埃奇丰尔路圣莫尼卡教堂结了婚。

新泽西·莉莉

艾德勒得知福尔摩斯想取回照片之后，便与丈夫双双离开英国，据说再也不想回来了。此后也仅有三篇小说提到过她，分别是《身份案》、《蓝宝石案》和《最后致意》。《五个橘核》中福尔摩斯说他曾"一次败于一个女人"，虽然这个故事的发生时间要早于《波希米亚丑闻》，但是不少人仍然认为这个"一次"就是指败于艾德勒手下。

另一个值得注意的地方是，华生在写这篇小说的时候使用了"已故的艾琳·艾德勒"这一说法。是不是在1891年7月小说刊登于《海滨杂志》的时候，艾德勒已经去世了呢？很多人都不愿意接受这样的悲惨消息。于是，有人解释说，所谓的"late（已故）"在这里的意思是"前"艾琳·艾德勒，因为她婚后改名为艾琳·诺顿。另一种说法是，波希米亚国王最后还是将艾德勒谋杀了。也有人怀疑，艾琳·艾德勒身患疾病，因此才在三十岁时被迫退出舞台。

不少研究或者杜撰福尔摩斯和艾琳·艾德勒关系的作者，特别是那些对华生所强调的福尔摩斯的逻辑性视而不见的作者，都将目光着眼于二人的罗曼蒂克的关系。威廉·S·巴林－古尔德就推测，福尔摩斯和艾德勒育有一子。这一观点在电影《歇洛克·福尔摩斯在纽约》（1976）中得到了采纳。而著名的侦探尼禄·沃尔夫（雷克斯·斯托特笔下的人物）则被认为是福尔摩斯和艾德勒的儿子。艾德勒后来也成为卡罗尔·尼尔森·道格拉斯笔下一系列侦探言情小说的主角。这些作品主要都发生在波希米亚丑闻事件之后。2009年的电影《大侦探福尔摩斯》中，艾德勒也有重要的戏份。电影将故事背景设定在《波希米亚丑闻》发生几年之后，此时，她已经离婚。

当然，研究者也苦苦调查着艾琳·艾德勒的真实身份，他们相信，艾德勒确有其人，只是华生为了保密起见，使用了假名。研究者指出了几种可能性。比如，爱尔兰裔美国舞蹈家罗拉·蒙特兹。她以美貌著称，而且和李斯特、大仲马以及巴伐利亚国王路德维希一世均有过恋情。路德维希一世甚至因她失去了王位。不过蒙特兹生于1818年，于1861年去世，因此年份上并不相符。

朱利安·伍尔夫的研究则指出，真正的艾琳·艾德勒是新泽西·莉莉，即莉莉·兰特里。这位现实中的艾德勒的介绍可以在《哥伦比亚百科全书》中找到，夹在一位英国高级教士和一位写过关于音乐论文的美国诗人的介绍之间（在福尔摩斯的索引里，艾德勒的资料"夹在一个犹太法学博士和写过一篇关于深海鱼类专题论文的参谋官这两份历史材料中间"）。她因为美貌而吸引了威尔士王子。这本百科全书中还说她出生于1852年，1889年结婚（《大英百科全书》中则说她的结婚时间是1899年）。虽然与小说中的说法有些出入，但是差值也很有限。故事中说艾德勒女扮男装，而莉莉钟爱的角色就是《皆大欢喜》中女扮男装的罗瑟琳。

　　这样一位神秘的女子，虽然只在正典中露过一次面，但是却引起读者如此之大的兴趣，确实证明了她非凡的魅力。正如克里斯托弗·雷蒙德所说："福尔摩斯是否爱上了艾琳·艾德勒，这并不是一个可以立刻给出答案的问题，但是毫无疑问，福迷们——那些男性福迷可是都爱上了她，而那些女性福迷则幻想成为她。"

莫里亚蒂的犯罪档案

The Dossier of Prof. Moriarty

"他是犯罪界的拿破仑，华生。伦敦城中的犯罪活动有一半是他组织的，几乎所有未被侦破的犯罪活动都是他组织的。"福尔摩斯在《最后一案》中对华生如是说。也正是自此开始，这位大侦探最大的敌人——莫里亚蒂教授的面孔逐渐浮现清晰起来了。

根据福尔摩斯的描述，教授个子特别高，瘦削，前额隆起，双目深陷，脸刮得光光的，面色苍白，有点像苦行僧，保持着某种教授风度。他的肩背由于学习过多，有些佝偻，他的脸向前伸，并且左右轻轻摇摆不止，样子古怪而又可卑。或许见到他的时候，人们会说："这人是个学者啊。"其实这样说也未尝不可，但他最重要的角色还是当时伦敦最危险的人，那个时代最大的阴谋家，是一切恶行的总策划人，控制这个世界上最伟大城市的黑社会的首脑。

莫里亚蒂名叫"詹姆斯"。但是这个名字颇让人感到疑惑。华生医生告诉我们，莫里亚蒂有两个兄弟。一个曾经在军队待过，拥有上校军衔。而这个兄弟的首名也是詹姆斯。另一个兄弟的生活不如詹姆斯教授和詹姆斯上校成功，担任着英格兰西部一个车站的站长。虽然不知道他的名字，但是我们也能推测出，他大概也叫詹姆斯。文森特·斯塔瑞特指出："两个兄弟名叫詹姆斯像是无聊的玩笑，但是如果三个人都是，那么可能就是某种恶趣味了……"

但是有研究者对三个兄弟同名的现象并不感到诧异。艾略特·金鲍尔解释说："这事情没有什么特别的。姓名学家对这样的情况早已习以为常，早期有着同样亲缘关系的兄弟教名相同并不是什么罕见的事情。斯图亚特家族某位虔诚的拥护者生了十四个儿子，全部叫查尔

詹姆斯·莫里亚蒂教授

斯；同名或者教名的首名相同，这样的嗜好在十四个儿子身上并没有得到延续；区分他们的方法是教名的次名，比如查尔斯·爱德华、查尔斯·詹姆斯、查尔斯·法兰西斯。同样亲缘关系的三四个兄弟（姐妹）有着相同的教名的首名并非不同寻常……"

从那位老莫里亚蒂在子女取名上的"恶趣味"可以推测，莫里亚蒂教授之所以在后来发展出乖戾的异常个性，其关键就在于此。因为孩童时期在家中丧失了个人身份，他的心理受到创伤，这种迷失发展成乖戾和扭曲，于是他走向了人生的极端。或许，朝着另一个方向发展，他也可能会成为一个受人爱戴的天才或者一个受人尊敬的知识分子。

莫里亚蒂家这个姓氏源自爱尔兰语o'muiricerzaiz——O Morierty，O Murtagh，Moriarty都是源自这个词。因此，他们家祖上大概拥有爱尔兰血统。至于莫里亚蒂一家，应该居住在英格兰西部某地，三兄弟中的老三后来成为了当地车站站长。爱德华·W·史密斯精确地指出他们住在利物浦。他的依据是，利物浦是"英格兰理论上真正的西部"，而且"那里是爱尔兰之外——可能还要除开马萨诸塞州的波士顿——地球上爱尔兰人聚集最多的地方"。

关于莫里亚蒂的出生年份，几乎没有可以展开推测的线索。纯粹出于臆测，有福学家认为，教授莫里亚蒂大约比他的劲敌福尔摩斯年长十岁。福尔摩斯出生于1854年1月6日，那么莫里亚蒂大约生于1844年前后。

他肯定受过很好的教育。1865年，年仅二十一岁的莫里亚蒂写出了一篇关于二项式定理的论文，在欧洲风行一时。所谓二项式是指（a+b）乘以n次方，n可以是任何实数。二项式定理就是此式的展开形式[1]。几个世纪以来，它一直让数学家们头疼不已。很早以前，印度人和阿拉伯人就对它有所研究。1665年，牛顿发现了这一定理，并在1675年的一封信中提及，但是没有给出真正的证明。大数学家贝努利和欧拉都曾经证明过。但是真正严格证明出所有n情况的还是挪威人尼尔斯·亨利克·阿贝（1802—1829）。显然，这一定理在莫里亚蒂的时代之前已经得到了证明。那么，莫里亚蒂所作的论文是有关什么方面的呢？这一问题让研究者颇为着迷，提出了很多种解释。有人认为，可能是他将此理念应用到了其他代数领域，并获得了成功。

正是因为莫里亚蒂在学术界的成绩，使他获得英国一所小型大学的数学教授职位，年薪七百英镑。这时候，他成为名副其实的莫里亚蒂教授。关于莫里亚蒂任职的大学，人们也是莫衷一是。菲利普·A·瑟菲勒提出，既然福尔摩斯说了"我们的"，那

---

(1) 即 $(a+b)^n=a^n+na^{n-1}b+\dfrac{n(n-1)}{1\cdot 2}a^{n-2}b^2+...+\dfrac{n(n-1)...(n-r+1)}{r!}a^{n-r}b^r...+...b^n$。

么应该就是指英格兰的学校，而非苏格兰和威尔士的大学。在1880年以前，英格兰的大学仅有四所：牛津大学、剑桥大学、伦敦大学和达拉谟大学。而之后福尔摩斯说，莫里亚蒂被迫辞职之后，南下来到了伦敦，因此并非伦敦大学。而牛津和剑桥又不能说是小型大学，因此教授任职的大学是达拉谟大学。也有观点指出，那所学校应该是之后组成利兹大学的某所学院。

对于学生来说，莫里亚蒂教授一定是个一流的导师。不妨回想一下，《恐怖谷》中，他是如何迷住苏格兰场麦克唐纳探长的。他解释了日食的问题，只是使用了一个反光灯和一个地球仪，"一下子就把原理说得明明白白了"。

教授在学术领域的成就远没有终结，他后来又写出了《小行星力学》。这部巨著上升到纯数学领域所罕有的高度，以至当时的科学界没有人能对它提出什么批评。这会是怎样的一部著作呢？虽然不知道其中的具体内容，但是书名所涉及的领域已经相当了不起了。福学家指出："已知有九大行星，所有九大行星都会同时作用于小行星，目前为止还没有发现一般性的解答，甚至三体问题（即研究三个物体相互作用下的位置、质量和速度，发现它们过去所有时间和未来所有时间的轨道）也没有得到解答，由此可见，他的成就到底有多大。"

尽管他作为理论数学家的名声广播四方，但鉴于有关莫里亚蒂的不好传闻在这所小型大学所在的镇子里流传开来，他还是被迫辞去了职位。十九世纪七十年代末或者八十年代初，他来到伦敦，在这里做起了军事教练。

这当然不是他的真正工作。他的工作是策划伦敦的犯罪，阻碍法律的施行，庇护那些作恶的人。莫里亚蒂自己不动手，只是策划。他的爪牙无数，非常有组织。要盗窃文件，要抢劫一户人家，要暗杀一个人——只要传给教授一句话，这件犯罪活动就会立成现实。

从表面上看，他并不是一个家财很多的人。可实际上并非如此。他爱好艺术品，在这方面出手相当大方。他的书房墙上挂着法国画家让·巴蒂斯特·格勒兹的画，画上一个年轻的女子两手托着头，斜睨着人。莫里亚蒂可能花了四万英镑买下这幅画，因为福尔摩斯提到格勒兹的另一幅画——1865年的《牧羊少女》拍出了天价。另一个证据是莫里亚蒂教授给他的得力助手塞巴斯蒂恩·莫兰上校每年六千英镑。莫兰上校是伦敦第二号危险的人物，狡猾程度仅次于教授。他靠着犯罪获得的不义之财非常之多，以至于需要开六个银行账户。

不论是伪造案、抢劫案、谋杀案，还是其他一些较轻微的罪行，实施犯罪的爪牙也许会被抓住，但却总是无法与这个表面上的"军事教练"建立联系。他从来没有被抓住——

福尔摩斯和莫里亚蒂教授在悬崖边搏斗

甚至没有被怀疑过。莫里亚蒂的触角深入伦敦各处，但是竟然也没有人听说过他。

当然这要将福尔摩斯排除在外。纵然痕迹极细小，几乎无迹可循，但是就这么一点也足够告诉大侦探存在着一个邪恶的首脑，这就如同蛛网的边缘稍有颤动，就可以使你想到潜伏在网中央的那只可恶的蜘蛛。"对掌握线索的人来说，一切小的盗窃行为、任意的暴行、意图不明的逞凶，都可以连成一个整体。"福尔摩斯曾经这样说过。大侦探"抓住线索，跟踪追击，经过千百次的曲折迂回才找到了那位数学名流、退职教授莫里亚蒂"。

福尔摩斯曾经与教授有过几次接触，目的是为了调查他。在《恐怖谷》中，他对麦克唐纳警官说："我到他房中去过三次，有两次用不同的借口等候他，在他回来之前，就离开了。还有一次，啊，我可不便对一个官方侦探讲了。那是最后一次，我擅自把他的文件匆匆检查了一下，获得了完全意外的结果。"

福尔摩斯承认莫里亚蒂是一个天才。福尔摩斯承认："我佩服他的本事，胜过了厌恶他的罪行。"但是毕竟教授的天才是展现在犯罪方面，作为侦探的福尔摩斯便不得不将莫里亚蒂及其党羽一网打尽。教授周围的防范措施非常严密，策划得狡诈异常，尽管福尔摩斯千方百计，还是不能获得可以把他送上法庭的罪证。百密一疏，教授终于出了个纰漏，福尔摩斯抓住机会，便从这一点出发，在他周围布下法网。莫里亚蒂实在诡计多端，福尔摩斯在他周围设网的每一步，他都了如指掌。他一次又一次地破网而逃，福尔摩斯也就一次又一次地阻止他。

1891年初，这场决斗达到了高潮。莫里亚蒂竟然来到贝克街221号乙拜访福尔摩斯。他对福尔摩斯说："你想击败我，我告诉你，你绝不会击败我的。如果你的聪明足以使我遭到毁灭，请放心好了，你会与我同归于尽的。"福尔摩斯则回答说："你过奖了，莫里亚蒂先生，我来答谢你一句，我告诉你，如果能保证毁灭你，那么，为了社会的利益，即使和你同归于尽，我也心甘情愿。"

1891年5月4日，两人在莱辛巴赫瀑布展开了一场恶斗，最终只有福尔摩斯活了下来，而教授则葬身瀑布底下。许多年之后，福尔摩斯还曾抱怨说教授死了之后自己便再也找不到对手："在刑事专家看来，自从莫里亚蒂教授死了以后，伦敦变成了一座十分乏味的城市。"（《诺伍德的建筑师》）

莫里亚蒂真的"死去"了吗？

从1891年到1894年间，华生和整个世界都认为福尔摩斯葬身在莱辛巴赫漩涡激荡的无底深渊中。但是福尔摩斯却逃过一劫，短暂沉寂之后又回来继续"投入到侦办伦敦复杂社会生活所提供的大量的有趣的小问题中"。既然福尔摩斯可以归来，为什么莫里亚蒂就不能幸免呢？他的尸体从未被发现，这是肯定的。或许，借此他隐藏得更深，连福尔摩斯也难以再嗅到他的味道了。

莫里亚蒂教授这样一个形象也并非空穴来风，同样存在人物原型。根据文森特·斯塔瑞特的说法，亚当·沃斯（1844—1902）就是教授的原型。有一次，柯南·道尔与圣路易斯的格雷·C·比格斯医生谈话，还提到了这一点。这个大罪犯沃斯确实被苏格兰场侦探罗伯特·安德森称为"犯罪世界的拿破仑"。

亚当·沃斯出生在普鲁士，之后去了美国。在美国，他开始了犯罪生涯，包括利用假名在军队里骗得军饷，在纽约组织扒手帮，挖地

亚当·沃斯——莫里亚蒂教授的原型

道抢劫银行金库。罪行累累之后，他决定跑路去欧洲。他在英国组建了自己的犯罪网络，聚集了一大批盗窃犯。那些爪牙根据他的安排行事，但是从来不知道他的名字。而且他坚持要属下不使用暴力。1876年，沃斯亲自出手偷窃英国画家托马斯·庚斯博罗不久前被发现的画作，这是一幅卡文迪许公爵夫人的肖像画，绘制于1787年。偷画之后，他没有急于出手，一直将它留在身边。1892年，他策划一起抢劫案失败，在比利时被捕，随后因抢劫罪被判处七年徒刑，在比利时卢维思服刑，并于1897年因表现良好而提前获释。1901年，经过平克顿侦探社斡旋，他将先前偷窃的《卡文迪许公爵夫人》画作归还，获得两万五千美元。他的儿子也因这次交易的附带条件而进入平克顿侦探社做起了侦探。1902年他去世后被安葬在伦敦海格特墓地，墓碑上刻着的名字是他早年使用过的假名——"亨利·J·雷蒙德"。

也有研究者指出，柯南·道尔的好友阿尔弗雷德·德雷森少将和十九世纪的著名伪造犯詹姆斯·汤森·沙华德也可能对莫里亚蒂的形象塑造有所贡献。德雷森少将是朴茨茅斯文学和科学研究会的会员，曾经教授了很多年数学，也是一位理论天文学家。而沙华德曾经是一位出庭律师。

通观正典，莫里亚蒂教授真正露面的次数其实非常之少。《最后一案》中，他追赶福尔摩斯和华生到火车站，但是没能上车；在莱辛巴赫瀑布，华生被骗下山的时候也看到了他的身影；在《恐怖谷》中，他是罪行的幕后黑手；而在《空屋》中，对他也有所提及。鉴于教授的绝大部分情况都只是从福尔摩斯口中得知的，所以也有研究者提出，莫里亚蒂可能只是福尔摩斯臆想的产物。

话虽如此，在仿作、影视作品中教授却一直受到追捧，频频担任重要反派角色。威廉·吉列的舞台剧《歇洛克·福尔摩斯》中教授也有出场，但是不叫"詹姆斯"而是改为了"罗伯特"。关于福尔摩斯和莫里亚蒂两人关系的猜测，威廉·S·巴林-古尔德在传记《贝克街的歇洛克·福尔摩斯》中提出，莫里亚蒂曾经是福尔摩斯年轻时候的家庭数学老师。尼古拉斯·迈耶则在仿作《百分之七溶液》中延续了这一观点，莫里亚蒂不仅是福尔摩斯的家庭教师，还卷入了福尔摩斯母亲婚外情事件。2009年的电影《大侦探福尔摩斯》虽然没有将教授作为头号反派，但是他无处不在的身影总让人预感到在续集里他可能会浮出水面，与福尔摩斯真正一较高下的。

配角人物的调查书

The Files of Minor Roles

迈克罗夫特·福尔摩斯

歇洛克·福尔摩斯的兄长，据说较福尔摩斯的观察能力还更胜一筹，但是因为他不愿跑腿调查也没什么野心，所以并没有名满天下。迈克罗夫特是正典中最引人注目的人物之一，虽说他仅仅出现在两篇故事中，即《希腊译员》和《布鲁斯-帕廷顿计划》，此外在《最后一案》和《空屋》中也提到了他。在《空屋》中，福尔摩斯告诉华生，只有迈克罗夫特知道福尔摩斯没有坠落悬崖。他打理弟弟在贝克街的寓所，并且提供大空白时期旅行必需的经费。

《希腊译员》中华生第一次知道福尔摩斯还有一位兄长，并且大为惊讶。福尔摩斯从不讨论他的家人，华生认为他是一个孤儿，没有亲属在世了。迈克罗夫特比弟弟年长七岁，掌握的推理艺术比福尔摩斯掌握的程度还高。福尔摩斯说："假如侦探这门艺术只是坐在扶手椅上推理就行，那么我哥哥一定是个举世无双的大侦

迈克罗夫特·福尔摩斯

探了。可是他既无做侦探工作的愿望，也无这种精力。他连去证实一下自己所作的论断也嫌麻烦，宁肯被人认为是谬误，也不愿费力去证明自己的正确。我经常向他请教问题，从他那里得到的解答，后来证明都是正确的。不过，在一件案子提交给法官或陪审团之前，要他提出确凿的有力的证据，那他就无能为力了……迈克罗夫特住在蓓尔美尔街，拐个弯就到了白厅。他每天步行上班，早出晚归，年年如此，没有其他活动，也从来不到别处去，唯一去处是他住所对面的第欧根尼俱乐部。"在《布鲁斯-帕廷顿计划》中，福尔摩斯说："迈克罗夫特有他的轨道，他得在那些轨道上奔驰。蓓尔美尔街

他的寓所，第欧根尼俱乐部，白厅——那是他的活动圈子。"

华生和迈克罗夫特相见是在第欧根尼俱乐部，迈克罗夫特是俱乐部的创始人之一。华生写道："迈克罗夫特·福尔摩斯比他弟弟高大粗壮得多。他的身体极为肥胖，他的面部虽然宽大，但某些地方却具有他弟弟特有的那种轮廓分明的样子。他水灵灵的双眼呈淡灰色，炯炯有神，似乎经常凝神深思，这种神情，我只在歇洛克全神贯注时看到过。"（《希腊译员》）

他仅仅来过贝克街两次。一次是在《希腊译员》中，还有一次是为了国家的重大事件，即"布鲁斯-帕廷顿计划"。在前一个案子中，福尔摩斯告诉华生，哥哥在政府各部门查账。但是，在后一个案子中，福尔摩斯才向华生吐露实情："你说他在英国政府工作，这是对的。如果你说他有时候就是英国政府，从某种意义上说你也是对的……迈克罗夫特年薪四百五十英镑，是一个小职员，没有任何野心，既不贪名也不图利，但却是我们这个国家里最不可少的人……他的地位很不一般。这地位是他自己取得的。这种事以前从未有过，以后也不会再有。他的头脑精密，有条理，记事情的能力特别强，谁都及不了。我和他都有同样的才能，我用来侦缉破案，而他则使用到他那特殊的事务上去了。各个部门做出的结论都送到他那里，他是中心交换站，票据交换所，这些都由他加以平衡。别人都是专家，而他的专长是无所不知。假定一位部长需要有关海军、印度、加拿大以及金银复本位制问题方面的情报，他可以从不同部门分别取得互不相关的意见。可是，只有迈克罗夫特才能把这些意见汇总起来，可以即时说出各因素如何互相影响。开始，他们把他作为捷径和方便的手段加以使用；现在他已经成了不可缺少的关键人物了。在他那了不起的脑子里，样样事情都分类留存着，可以马上拿出来。他的话一次又一次地决定国家的政策。"

雷斯垂德

苏格兰场的探长，正典中最知名的警方人物。正典中没有给出他的全名，只知道他名字的开头字母是"G"。他活跃在十二篇华生医生的作品中，包括《血字的研究》、《四签名》、《博斯科姆比溪谷秘案》、《诺伍德的建筑师》、《硬纸盒子》、《六座拿破仑半身像》、《布鲁斯-帕廷顿计划》、《米尔沃顿》、《第二块血迹》、《巴斯克维尔的猎犬》、《空屋》、《弗朗西丝·卡法克斯女士的失踪》。此外，在《三个同姓人》中也有所提及。他是贝克街221号乙初期的访客之一，大概是为了一桩令他陷入困境的伪造案。而他可能也是福尔摩斯在蒙塔格街时期的访客之一。

他早年的教育也没有确定的记录。实情已无从查起，不过他受过中学教育，但没有受过高等教育。我们知道他能速记下杰弗逊·侯波讲述的故事，也许用的是皮特曼速记法，因为格里戈速记法直到1888年才流行起来。

1881年，他说锥伯谋杀案打败了他见过的任何案件，还说"我不是一个乳臭未干的小子了"。后来，他承认，尽管有着二十年的经验，他第一次看到哈利德的小旅馆还是感到"有点想吐"。有福学家推测，他在二十一岁时加入首都警察厅，他也许在锥伯事件时四十多岁，我们知道他1903年时还活着，这年9月份他参与抓捕霍利·彼得斯。我们也可以就此推理出雷斯垂德年长福尔摩斯十到十二岁，为警方服务超过四十年。

《血字的研究》时，他已经具有一定声望，福尔摩斯向华生披露他的职业的时候，提到雷斯垂德是一位"著名的侦探"，华生在未决案件中称他为"警官"。那时报纸上称他为著名的警官或者苏格兰场的官员。《第二块血迹》中，他成为一名探长，说明了他无可争议的一流地位。《硬纸盒子》中，福尔摩斯告诉华生，雷斯垂德的"犟劲使得他得以在苏格兰场身居高位"。当苏格兰场扩大并且搬入泰晤士堤上的新总部之后，雷斯垂德飞黄腾达，这种地位上的改变在福尔摩斯逃避到西藏和中东地区之时达到了巅峰。

《血字的研究》中，华生把他描述成"面色发黄，獐头鼠目，生着一双黑色的眼睛"，但是随后说他"瘦削而具有侦探家风度"，有着一双圆亮的眼睛——不是非常迷人的外表——但是据说"从他的外表行动，还是衣着上"，都看得出来那种洋洋自得和信心百倍的气派。1889年（《博斯科姆比溪谷秘案》），他仍然被称为瘦削而具有侦探家风度，样子诡秘狡诈，穿浅棕色的风衣打皮裹腿，并且受到了爱丽斯·特纳小姐的"委托"。有人根据福尔摩斯提到的"委托"一词得出这样的结论，雷斯垂德曾经有一段时期做过私人侦探，但是这样的论断不能完全打包票，苏格兰场的警官帮助地区警察也很寻常，福尔摩斯使用这个词纯粹是说说而已。在博斯科姆比溪谷悲剧中，雷斯垂德左脚走路时向里拐。在《第二块血迹》和《硬纸盒子》中，华生使用了"叭喇狗似的"词语，还说他瘦而结实、敏捷、有侦探风度。《巴斯克维尔的猎犬》中说他是"一个矮小结实得像个叭喇狗似的人"。

他在《血字的研究》中对福尔摩斯显现出轻蔑和怨恨，嘲笑他的"演绎和推理"方法。雷斯垂德从傲慢转变为恭顺是有一个过程的。最早在《诺伍德的建筑师》中，他公开承认福尔摩斯对苏格兰场的帮助；在《六座拿破仑半身像》中，他向福尔摩斯致以了最大的敬意："福尔摩斯先生，我看你处理过许多案件，但是都不像处理这个案件那样巧妙。我们苏格兰场的人不是嫉妒你，不是的，先生，而是引以为荣。如果明天你能去的话，不管是老的侦探还是年轻的警察，都会很高兴地向你握手祝贺。"

但是不可以轻率地断言雷斯垂德是个华而不实的空谈家，正相反，他是个实践家，精力充沛，勇敢有胆量。这些个性常常能帮助福尔摩斯。例如，雷斯垂德在塞彭廷湖中打捞上来哈蒂·多兰的婚礼礼服，从中发现了"F.H.M"写的便条。如果没有这个便条，福尔摩斯就不会掌握推理的线索，这个案子也许会耽搁数日。还有，雷斯垂德发现了约翰·赫克托·麦克法兰的拇指印，这让福尔摩斯发现了决定性的证据，从而用烟熏出了约纳斯·奥德克。这些案件调查的例子显示了雷斯垂德的个性，尽管他对于证据的推理并不总是正确的。

他从来不缺少勇气，尤其是在追捕诸如杰弗逊·侯波、莫兰上校和倍波这类身体壮硕的犯人时。他也拥护福尔摩斯，毫不犹豫地指出福尔摩斯的推理对案件调查意义重大；头脑顽固的英国陪审团不得不承认他的努力工作——福尔摩斯此后对其表示了私下的赞誉。福尔摩斯自己对雷斯垂德的勇气没有公开表扬过，只是在回到伦敦后，他选择了雷斯垂德作为《空屋》案中抓捕声名狼藉的上校的帮手之一。

随着时间的推移，福尔摩斯和雷斯垂德间的关系开始改善。福尔摩斯甚至在《布鲁斯–帕廷顿计划》中表扬了这位苏格兰场警官，因为他根据卡多甘·韦斯特口袋里没有车票所作的推理。福尔摩斯说："好，雷斯垂德，很好。"——这是为数不多的福尔摩斯承认雷斯垂德的话还值得一听的例子之一。雷斯垂德晚上也会顺路拜访福尔摩斯和华生，友好地交谈一番，抽抽雪茄或者交流一下信息。

特白厄斯·葛莱森

苏格兰场探长。他在好几桩案件中和福尔摩斯合作过，包括《血字的研究》、《四签名》、《希腊译员》、《红圈会》、《威斯特里亚寓所》。在《血字的研究》中，福尔摩斯对华生说："葛莱森在伦敦警察厅中不愧是首屈一指的能干人物。他和雷斯垂德都算是那一群蠢货之中的佼佼者。他们两人也称得起是眼明手快、机警干练了，但都因循守旧，而且守旧得厉害。"《红圈会》中，华生写道："我们的官方侦探在智力方面可能不足，但是在勇气方面绝非如此。"《威斯特里亚寓所》中又说："他精力充沛，仪表轩昂，在他的业务圈子里算得上是一名能将。"至于他的外貌，华生在《血字的研究》中描写说，他头发浅黄，脸色白皙，高个子。

梅丽·摩斯坦

华生的妻子，婚后名为梅丽·华生。生于1861年，1891年至1894年间去世。她是阿瑟·摩斯坦上尉的女儿。因为《四签名》一案找到福尔摩斯寻求帮助，并且结识华生。她来找福尔摩斯希望能够解开几年前父亲失踪之谜，以及最近发生在她身上的奇怪事情。由于她的请求，福尔摩斯和华生卷入了一桩谋杀案。在整个案件发展的过程中，华生对她的好感越来越强烈，并且最终向她求婚。在故事的最后，华生告诉福尔摩斯，摩斯坦小姐和他已经订了婚约。后来，华生在《波希米亚丑闻》、《博斯科姆比溪谷秘案》、《证券经纪人的书记员》等篇目中提到过这次婚姻。在《证券经纪人的书记员》中，华生提到婚后不久，他在帕丁顿区买了一个诊所。梅丽于1891年至1894年间去世，正是福尔摩斯的大空白时期。《空屋》中，华生提到福尔摩斯知道了他居丧的消息，以动作代替言辞表示了他的慰问。

赫德森太太

贝克街221号乙的房东太太。叫人惊讶的是，她从没有卷入进正典中的任何一桩案件，只是在《空屋》中协助过福尔摩斯，在《临终的侦探》里叫来了华生医生。赫德森太太总是尽可能地给福尔摩斯以及华生（当他住在贝克街的时候）提供舒适可口的饭菜，尤其是早餐。福尔摩斯每当有案件的时候总是抱怨她出现在自己的房间里。不过福尔摩斯对她很慷慨大方，他所付的租金足可以买下这座住宅了（《临终的侦探》）。他偶尔也褒奖赫德森太太一番。在《海军协定》中，他说："她会做的菜有限，可是像苏格兰女人一样，这份早餐想得很妙。"华生则对她感情更加深厚。他在《临终的侦探》里写道："歇洛克·福尔摩斯的女房东赫德森太太，长期以来吃了不少苦头。不仅是她的二楼成天有奇异的而且往往是不受人欢迎的客人光临，就连她的那位著名的房客的生活也是怪癖而没有规律的，这就使她的耐心受到了严重的考验……房东太太非常畏惧他，不论他的举动多么令人难以容忍，从来不敢去干涉他。她也喜欢他，因为他对待妇女非常温文有礼。他不喜欢也不信任女性，可是他永远是一个骑士气概的反对者。"

她对福尔摩斯非常关心，当1894年在《空屋》案中福尔摩斯回到贝克街时，她的喜悦溢于言表。在那桩案件中，赫德森太太悄悄移动假人，让莫兰上校以为福尔摩斯在屋子里，从而成功逮捕了这位莫里亚蒂的余党。她对于委托人很有耐心，不过她对贝克街小分队的那帮流浪儿始终不太喜欢。

赫德森太太常常为福尔摩斯送来访客的名片、警方或者其他人发来的电报。她还将访客领入福尔摩斯的房间，《威斯特里亚寓所》中的葛莱森和贝尼斯探长、《黑彼得》中要见巴斯尔船长的水手、《恐怖谷》中的塞西尔·巴克等人都是赫德森太太领进来的。直到后来福尔摩斯雇请了一个小听差比利，领人、送电报等事情便交由比利去做了。

贝克街小分队

福尔摩斯雇请的一帮街头流浪儿。这些小家伙被安排的任务多种多样，主要是追踪和打听。华生第一次见到这群小分队队员是在《血字的研究》中，那是六个十分肮脏、衣衫褴褛的孩子。他们的头是维金斯。福尔摩斯对华生形容说："这些小家伙一个人的工作成绩，要比一打官方侦探的还要来得大。官方人士一露面，人家就闭口不言了。可是，这些小家伙什么地方都能去，什么事都能打听到。他们很机灵，就像针尖一样，无缝不入。他们就是缺乏组织。"他们的报酬是每人每天一先令，另外发现目标的那个孩子还能得到一畿尼的奖金。福尔摩斯在《血字的研究》中让小分队找寻侯波驾驶的马车，在《四签名》中找寻"曙光"号，在《驼背人》中跟踪亨利·伍德。除了维金斯以外，提到名字的小分队成员还有辛普森。

比利

《恐怖谷》中提到在贝克街有一位小听差名叫比利，而《王冠宝石案》和《雷神桥之谜》中也提到了一位小听差比利。从故事发生的年代来看，前后应该是两个人。《王冠宝石案》中写道："这是一个小听差，年纪虽轻却很聪明懂事，有他在身边，可以抵消一点这位著名侦探的阴郁身影所造成的孤独寡合之感。"福尔摩斯还对华生说："这孩子是个问题。能有多少道理证明我让他冒危险是说得通的呢？"

安斯特鲁瑟医生

这位医生在华生有事要离开时帮忙料理诊所。在《博斯科姆比溪谷秘案》中，华生接到福尔摩斯的电报，邀请他去一同办案，但是华生认为自己诊所的事情太多。这时，华生太太提议让安斯特鲁瑟医生帮忙。在《证券经纪人的书记员》中，华生对福尔摩斯说："我邻居外出，我就替他行医。他总想报答我这份情意。"在《最后一案》中，华生也提到过他那位"乐于助人的邻居"。到了《驼背人》时，他终于道出了这位邻居的名字——杰克逊。

塞巴斯蒂恩·莫兰上校

前军官、著名的射手、莫里亚蒂教授的参谋长。福尔摩斯的传记索引中记载着：

塞巴斯蒂恩·莫兰上校，无职业，原属班加罗尔工兵一团。一八四〇年在伦敦出生，系原任英国驻波斯公使奥古斯塔斯·莫兰爵士之子。曾就学于伊顿公学、牛津大学。参加过乔瓦基战役、阿富汗战役，在查拉西阿布（派遣）、舍普尔、喀布尔服过役。著作：《喜马拉雅山西部的大猎物》（1881），《丛林中三月》（1884）。住址：管道街。俱乐部：英印俱乐部，坦克维尔俱乐部，巴格特尔纸牌俱乐部。

在这页的空白处，有福尔摩斯清晰笔迹的旁注：伦敦第二号最危险的人。

1894年，福尔摩斯甫一回到伦敦便成为莫兰上校的目标。三年前，上校在莱辛巴赫瀑布上目击了福尔摩斯和莫里亚蒂教授打斗的场景。他看到福尔摩斯没有坠崖，便扔下石头想致福尔摩斯于死地，但是没有得逞。莫兰上校一向很有胆量，在印度时他曾爬进水沟去追一只受伤的吃人猛虎。"不管是什么原因，莫兰上校开始堕落了。他在印度虽没有任何当众出丑的事情，但仍旧没有待下去。他退伍了，来到伦敦，又弄得名声很坏。就在这时候他被莫里亚蒂教授挑中了，一度是莫里亚蒂的参谋长。莫里亚蒂很大方地供给他钱，可是只利用过他做一两件普通匪徒承担不了的、非常高级的案子。"（《空屋》）莫兰上校被福尔摩斯设局捉住，但是不知道什么原因，他并没有被判处死刑，《最后致意》中还提到了他，当时他可能是在狱中服刑。

詹姆斯·莫里亚蒂上校

莫里亚蒂教授的两个兄弟之一。对于上校的情况知之甚少，只是华生在《最后一案》中提到过这个人。华生写道："最近詹姆斯·莫里亚蒂上校发表了几封信，为他已故的兄弟辩护。我无可选择，只能把事实真相完全如实地公之于众。"有些奇怪的是，莫里亚蒂教授也叫"詹姆斯"。此外，莫里亚蒂教授的另一个兄弟是英格兰西部一个车站的站长。

福尔摩斯探案的年代学

The Date Being...

"一八九五年中有些互相关联的事情，使福尔摩斯和我在我们著名的大学城住了几周。我要记述的事正是在这时发生的。"这是一段典型的福尔摩斯故事的开头，摘选自《三个大学生》。不少故事为了营造出真实性，都加入了很多细节性的元素，这些元素中就包括案件发生的日期。

是不是每篇小说中都提到了案件发生的日期呢？大约半数的故事里给出了完整的日期（或者可以从信息中推测出完整的日期）；也有一些案件完全没有提到日期，有些只提到了季节或者月份；有些则是通过其他案子和时间从而推算出一部分年月日的信息。正是因为有这样一些"缺憾"，年代学的研究成为福学的重要分支，这对系统性地研究福尔摩斯和华生的经历具有重要意义。比如，华生的婚姻次数问题就取决于不同的年代编排，根据不同的说法，华生可以结两次婚，也可以结婚达六次之多。

如果故事里没有提到具体的日期该怎么办呢？我们仍旧可以借助小说里透露出的一些蛛丝马迹加以分析和推理。如果我们相信这些故事都是真实发生的，也就是说，里面提到的任何背景信息都是真实可靠的，那么也就可以对其加以利用了。对于大部分读者而言，像福尔摩斯那样一试身手进行推理演绎，这将是非常有吸引力的。

年代学虽然不是一门需要高超智慧的研究，却也是福学研究中最为复杂的门类之一。到目前为止，以下几家的说法比较有影响力：

H·W·贝尔的《歇洛克·福尔摩斯和华生医生冒险年表》（H. W. Bell, *Sherlock Holmes and Dr Watson: The Chronology of Their Adventures*, 1932）

乔伊·芬利·克里斯特的《贝克街的歇洛克·福尔摩斯的非正式年表》（Jay Finely Christ, *An Irregular Chronology of Sherlock Holmes of Baker Street*, 1947）

盖文·布伦德的《我亲爱的福尔摩斯》（Gavin Brend, *My Dear Holmes*, 1951）

厄内斯特·布鲁姆菲尔德·泽斯勒的《贝克街年代学：关于约翰·H·华生医生正典的评注》（Ernest Bloomfield Zeisler, *Baker Street Chronology: Commentaries on the Sacred Writings of Dr. John H. Watson*, 1953）

威廉·S·巴林-古尔德的《福尔摩斯的年代学》（William S. Baring-Gould, *The Chronological Holmes*, 1955）

但是各家说法并不统一。据统计，最吻合的两种也只是有四十桩案件的时间相同，吻合最少的两种仅有十三个时间相同。就像《爬行人》中的一句话："至于你的日期，那是最神秘莫测的了。"之所以有这么大的分歧，是因为有些故事完全没有给出日期的信息，有些则只能从内部证据中推测出来，有些就算给出日期也是不可靠的。因此，仅有少数确凿无误的案子的发生日期是公认的，比如，《最后致意》的日期就因涉及第一次世界大战爆发而获得公认。

如果想研究某篇故事的发生时间，那该从何入手呢？大约可以从以下四个方面考量：

1.所引用的报纸、信件和官方文件，比如英国议会议事录、《布莱德肖火车时刻表》、《惠特克年鉴》。需要知道的是，当时星期天是休息日，既不发行报纸，也不递送信件。

2.福尔摩斯或者华生的说法，而这一说法可以在正典其他地方得到验证。

3.任何可以借助外部资源加以确认的说法。

4.并无实证或者无法确认的说法。

尤其有必要首先确认华生结婚的次数，这对于确定各篇发生的先后顺序具有重大意义。

如果在各个证据之间出现了逻辑上矛盾的地方，我们要记住这样一条，华生是个作家，因此故事的精确性有时候会因为保证故事的可读性而做出牺牲。柯南·道尔本人也说，如果故事中需要一条铁路，但是那儿实际上却没有，那他会造出一条来。年代学家的任务就是解决这些问题。我们可以做出自己的推理。比如，有研究者对于华生关于天气的描述深信不疑，于是就查验《泰晤士报》一直到某天的天气与华生的描述相符为止。实际上，即便如此，英国的天气也还是以多变著称，各个地方差异非常大。因此，这样的方法并不完全可取。

限于本书篇幅，这里无法对正典的所有篇目进行年代学线索的梳理，只粗略地讨论以下四个长篇，感兴趣的读者可以作进一步研究[1]。

《血字的研究》

重要的年份参考：

"一八七八年我在伦敦大学获得医学博士学位。"

重要的历史事件：

"在被转调到伯克郡团以后，就和这个团一起参加了迈旺德那场决死的激战。"

（1880年7月27日）

---

[1] 本书《福尔摩斯探案年表》一文给出了威廉·S·巴林–古尔德的年代学年表，《福尔摩斯系列书目》中列出了正典中提出的案件发生日期。

"我今天下午还要去听哈雷音乐会，听听诺尔曼·奈茹妲的音乐呢。"

重要的时间关联：

"于是我就和一大批伤员一起，被送到了白沙瓦的后方医院……好转起来……染上了……伤寒。有好几个月，我都是昏迷不醒，奄奄一息。最后我终于恢复了神智……将我送回英国……一个月以后，我便在朴茨茅斯的码头登岸了……吸引进伦敦……在伦敦斯特兰德大街上的一家公寓里住了一些时候……我不久就看了出来……彻底改变我的生活方式。"

意义不明的参考事件：

"去年在法兰克福地方发生过冯·彼少夫一案。"

华生对于日期的说法：

"我记得很清楚，那是三月四日，我比平时起得早了一些；我发现福尔摩斯还没有吃完早餐。"

《旗帜报》上的消息：

"二人于本月四日星期二辞别女房东后，即去尤斯顿车站，拟搭乘快车去利物浦。当时还有人在车站月台上看见过他们，以后就踪迹不明了。后来，据报载，在离尤斯顿车站数英里远的布瑞克斯顿路的一所空屋中发现了锥伯先生的尸体。"

雷斯垂德的说法：

"有人曾在三日晚间八点半钟前后，在尤斯顿车站看见他们两个人在一起。四日清晨两点钟，锥伯的尸体就在布瑞克斯顿路被发现了。"

"本星期四，这个罪犯将要提交法庭审讯，诸位先生届时要出席。"

天气的描述：

（第二天）"这是一个阴霾多雾的早晨，屋顶上笼罩着一层灰褐色的帷幔。"

"由于昨晚（三月四日）下雨以前，一个星期都是晴天。"

年代学的探讨：

迈旺德那场决死的激战发生于1880年7月27日。经过几个月的休息，华生应该在1880年末回国。本案发生的时间是1881年3月4日。案发的第二天报纸上刊登了报道，因此3月5日不是星期天，因为当时星期天不发行报纸。1881年3月5日是星期五。当然，这里与报纸上所说3月4日是星期二不符，故而应该是华生的记录有误。

《四签名》

福尔摩斯的毒瘾情况：

"他这样的动作每天三次，几个月来我已经看惯了。"

华生的健康状况：

"阿富汗的战役害得我的体质至今没有恢复。"

"一个陆军军医，有一条伤腿，又没有多少钱，怎好有这种妄想？"

提到的其他案件：

"你总还记得在杰弗逊·侯波案里我的工作方法所给你的一些经验吧？"

重要的时间关联：

"在我和他同住在贝克街的几年里……"

"经过好几个礼拜，甚至好几个月的工夫，我们把花园的各个角落全都挖掘遍了，也没有寻到。"

意义不明的参考事件：

"上星期就有一个叫做福朗斯瓦·勒·维亚尔的人来向我请教，你也许知道，这个人在法国侦探界里最近已崭露头角。"

梅丽·摩斯坦的相关时间：

"我很小的时候……送到爱丁堡城读书……一直到我十七岁那一年方才离开那里。一八七八年，我的父亲——他是团里资格最老的上尉——请了十二个月的假，返回祖国。他……催促我即刻前去相会……我一到伦敦就坐车去朗厄姆旅馆里。司事告诉我说，摩斯坦上尉确是住在那里，但是自从头天晚上出门后到现在还没有回来。"

"他在一八七八年十二月三日失踪——差不多已有十年了。"

"如果她父亲失踪那年她是十七岁的话，她现在就应当是二十七岁了。"

每年寄出的珍珠：

"大约六年前——准确日期是一八八二年五月四日——在《泰晤士报》上发现了一则广告，征询梅丽·摩斯坦小姐的住址。"

"在报纸广告栏里登出了我的住址。当天就有人从邮局寄给我一个小纸盒，里面装着一颗很大的光泽炫耀的珠子……从此以后，每年到了同一日期总要接到一个相同的纸盒，里面装有一颗同样的珠子，没有能找到寄者的任何的线索。"

"我看见了生平从未见过的六颗上等珍珠。"

重要的月份和日子参考：

"今天早上我又接到了这封信。"

"邮戳，伦敦西南区，日期，七月七日（最初原文如此）。"

"今晚七时请到莱西厄姆剧院外左边第三个柱子前候我。"

"寻人：船主茂迪凯·斯密司及其长子吉姆在星期二清晨三时左右乘汽船'曙光'号离开斯密司码头，至今未归。"

舒尔托少校的相关时间：

"他大约是在十一年前退休。"

"这位少校（在摩斯坦上尉失踪后）前些时已经退伍。"

"我刚刚从旧的《泰晤士报》上面找到住在上诺伍德的前驻孟买陆军第三十四团的舒尔托少校在一八八二年四月二十八日去世的讣告……六年以前。"

"摩斯坦上尉失踪了……四年以后，舒尔托死了。"

"一八八二年春间，我父亲接到了一封从印度来的信，这封信对他是一个很大的打击。他在早餐桌上读完这封信后几乎晕倒，从那天起他就病倒了，一直到他死去。"

重要的月份参考：

"这一天是九月的傍晚，还不到七点钟，天气阴沉，浓浓的迷雾笼罩了这个大城。街道上一片泥泞，空中低悬着令人抑郁的卷卷黑云。"

重要的故人：

福尔摩斯对麦克默多说："我想你不会把我忘记的。你不记得四年以前在爱里森场子里为你举行拳赛，和你打过三个回合的那个业余拳赛员吗？"

埃瑟尔尼·琼斯："当然还记得的！你是大理论家歇洛克·福尔摩斯先生。记得您，记得您的！我忘不了那次您怎么向我们演说关于主教门珍宝案的起因和推论结果。"

年代学的探讨：

案发时距离摩斯坦上尉失踪差不多十年，寻找摩斯坦小姐的广告刊登在1882年距离案发大约六年前，两条线索相互印证。因此，案件发生的时间是1888年。而根据福尔摩斯的广告，应该是在星期二。在原文里，摩斯坦最后收到的信件是7月7日，而之后提到是9月的一天。从故事里描述的环境来看，应该是9月份。有种理论认为，这是误将"S 17"（9月17日）排版成"Jl 7"（7月7日）。1888年9月17日星期一也符合第二天是星期二的说法。故而案件发生的日子应为1888年9月18日。

《巴斯克维尔的猎犬》

摩梯末的经历：

"杰姆士·摩梯末，一八八二年毕业于皇家外科医学院，德文郡达特沼地格林盆人。一八八二至一八八四年在查林十字医院任住院外科医生。"

"他是在五年以前离开的——日期是刻在手杖上的。"

"紧挨顶端的下面是一圈很宽的银箍，宽度约有一英寸。上刻'送给皇家外科医学院学士杰姆士·摩梯末，C.C.H.的朋友们赠'，还刻有'一八八四年'。"

查尔兹爵士死亡的日期：

"这是一张今年五月十四日的《德文郡纪事报》。是一篇有关几天前查尔兹·巴斯克维尔爵士死亡的简短叙述。"

五月份福尔摩斯的行动：

"当时我曾读过一些报纸的报道，但那时我正专心致力于梵蒂冈宝石案那件小事，在受着教皇急迫的嘱托之下竟忽略了在英伦发生的一些案件。"

亨利拜访的时间：

"您要用多长时间才能做出决定呢？"

"二十四小时。如果您能在明天十点钟到这里来找我的话，摩梯末医生，那我真是太感谢您了；而且如果您能偕亨利·巴斯克维尔爵士同来的话，那就会更有助于我做出未来的计划了。"

过去的案件：

"啊，维尔森，我看您还没有忘记我曾有幸地帮过您忙的那桩小案子吧？……我记得在您的人手里有一个名叫卡特莱的孩子，在那次调查期间，曾显示出一些才干。"

出发去巴斯克维尔庄园：

"到巴斯克维尔庄园去。"

"什么时候去？"

"周末。"……

"那么，除非我另有通知，否则星期六咱们就在车站会面，坐由帕丁顿开来的十点三十分的那趟车。"

出发的那天：

"前些天，我曾亲自进行过一些调查。"

"可是有一件事，我敢担保，前两天我们没有被人盯梢。"

米尔沃顿案（？）：

"目前就有一位英格兰的极为可敬的人物，正在受人威胁和污蔑，而只有我才能制止这件后果严重的诽谤。"

华生到达时关于逃犯的传闻：

"王子镇逃走了一个犯人，先生，到现在为止，他已经逃出来三天了。"

华生第一封信的日期：

"十月十三日。"

当时逃犯逃脱的时间：

"从他逃跑以来已有两星期了……"

华生第二封信的日期：

"十月十五日。"

去吃饭的时间：

"我们决定下星期五到梅利琵去吃饭。"

季节的描述：

"我们在秋风低吟和落叶沙沙声中匆忙地穿过了黑暗的灌木丛。"

日期的描述：

"用摘录我日记的方法写成的上一章，已经叙述到十月十八日了。那时正是这些怪事开始迅速发展，快要接近可怕的结局的时候。"

案件发生之后：

"那已经是十一月底了，一个阴冷多雾的夜晚，在贝克街的寓所里，福尔摩斯和我在起居室中坐在熊熊的炉火两旁。在我们到德文郡去经历了那场结局悲惨的案件之后，他已又办了两件最为重要的案子。在第一件案子里，他揭发了阿波乌上校的丑行，因为他与出名的'无匹俱乐部'纸牌舞弊案有关；而在第二件案子里，他保护了不幸的蒙特邦歇太太，使她免于身负谋害其丈夫前妻之女卡莱小姐的罪名——这个大家都还记得的年轻小姐，在那件事发生了六个月之后依然活着，而且还在纽约结了婚。"

年代学的探讨：

关于年份，大致上只要将1884年加上五年得到1889年。根据逃犯逃脱的时间和华生星期六出发可以推测，华生出发的日子是10月5日。减掉没人跟踪他们的两天，再减掉跟踪的那天，那么摩梯末拜访福尔摩斯的日子就是1889年10月1日（星期二）。不过这样的年份推测受到不同的华生结婚说法的制约。因为本篇中没有提到华生有妻子，而且当时似乎还住在贝克街。这样一来，这桩案子如果是发生在华生结婚之前，那么就需要避开华生结婚的日期了。

《恐怖谷》

华生对于莫里亚蒂的了解：

"那个著名的手段高超的罪犯，在贼党中的名声犹如在公众中一样默默无闻。"

波尔洛克之前的情况：

"他还有点起码的正义感，我又偶尔暗地里送给他一张十镑的钞票，在这一点适当的鼓励下，他已经有一两次事先给我送来了有价值的消息，其所以很有价值，因为它能使我预见并防止某一罪行，而不是让我事后去惩办罪犯。"

关于月份和日子：

"今天是一月七号，我们非常及时地买了这本新年鉴。"

麦克唐纳之前的情况：

"福尔摩斯已经帮他办了两起案子，均告成功。"

对于研究莫里亚蒂的提议：

"以后当你能有一两年空闲时间的时候，我请你把莫里亚蒂教授好好研究一下。"

福尔摩斯事业活动的情况：

"漫长而又百无聊赖的几个星期总算是过去了，眼下终于有了一个适合的案件来发挥那些非凡的才能……"

华生的文学成就：

"我确信，你参加办案是我们的荣幸。我们一定把所知道的全部案情介绍给你，"怀特·梅森热诚地说，"华生医生，请随我来。到时候，我们都希望在您的书里能有一席之地呢。"

"我们想可能是你，因为你和歇洛克·福尔摩斯先生的友情是尽人皆知的。"

"好，华生医生，恐怕你以前从来没有得到过你手中这样的故事资料，我敢拿全部财产和你打赌。"

关于道格拉斯的生活：

"他是在五年前道格拉斯买下这座庄园时到这里来的。"

"你在加利福尼亚和道格拉斯一起住了多长时间？"

"一共五年。"

"后来，当他那么突然地离开那里到欧洲去……"

"那是六年以前的事吧？"

"将近七年了。"

"这么说，你们在加利福尼亚一起住了五年，所以，这桩事不是至少有十一年了吗？"

"是这样。"

"一八七六年，有一个时期，我的运气好，在美国是人所共知的，我毫不怀疑，好运气仍然和我同在。"

关于死酷党人判刑：

"他们只被监禁了十年，终于获得释放，而爱德华深深了解这些人，他意识到仇敌出狱这一天也就是自己和平生活的结束。"

插入故事的时间：

"我希望你们在时间上退回二十年，在地点上向西方远渡几千里，做一次远游。"

"一八七五年二月四日。"

伯尔弟·爱德华当时的年纪：

"这个年轻人……不过三十岁左右。"

尾声的时间：

"两个月过去了，我们把这件案子渐渐淡忘了。"

"在三星期以前，他们夫妇二人一起乘'巴尔米拉'号轮船到南非去了……昨夜这艘船已驶抵开普敦。"

年代学的探讨：

月份和日子都是很清楚的——1月7日。至于年份，主要依靠道格拉斯的经历来推算。他于1875年扳倒死酷党，余党从芝加哥追逐他（应该是1876年，当时他很幸运地躲过了）。在加州待了五年（到1881年），在英国待了差不多七年，因此案件发生的时间是1888年。1887年末，《血字的研究》出版，也验证了华生开始小有名气。但是不能解释的就是莫里亚蒂的问题，因为要到《最后一案》中华生才知道这个人。所以，这个问题只能说是作者的疏漏。

福尔摩斯探案年表[1]

The Sherlock Holmes Timeline

时间	事件
1844年	4月，西格·福尔摩斯在英格兰定居。 5月，西格·福尔摩斯和维奥莱特[2]·歇林福德在埃克塞特市圣西德维尔教堂结婚，维奥莱特是伦敦伯克莱广场爱德华·歇林福德爵士第三个女儿。
1845年	11月30日，歇林福德·福尔摩斯[3]出生。
1846年	10月31日，詹姆斯·莫里亚蒂出生于英格兰西部某小镇。他有两个兄弟，都叫詹姆斯。
1847年	2月12日，迈克罗夫特·福尔摩斯出生。
1852年	8月7日，约翰·哈密什·华生出生。他的父亲亨利·华生是汉普郡人。他的母亲名叫艾拉，婚前姓麦肯泽，是苏格兰东部人。约翰的兄长小亨利·华生因为酗酒于1888年去世。华生一家生活安逸。华生夫人在约翰年轻的时候就去世了，华生先生便举家迁至澳大利亚。在那里华生先生的事业欣欣向荣，约翰·华生则度过他的孩童时代。
1854年	1月6日，（威廉·）歇洛克·（司各特[4]·）福尔摩斯在约克郡北里丁的迈克罗夫特农场出生。
1855年	7月，福尔摩斯一家去了波尔多、波城[5]。
1858年	5月，福尔摩斯一家去了蒙彼利埃[6]。
1860年	6月，福尔摩斯一家回到英格兰。 10月，爱德华·歇林福德爵士去世，享年七十三岁。福尔摩斯一家去了荷兰鹿特丹，两个月后在德国科隆住了下来。
1861年	3月，福尔摩斯一家在欧洲大陆旅行，持续了差不多四年。

(1) 这份年表主要是根据威廉·S·巴林–古尔德的《贝克街的歇洛克·福尔摩斯》（*Sherlock Holmes of Baker Street*，1962）一书。这是公认最好的一本福尔摩斯的传记。其中大部分内容根据的是正典中透露出的福尔摩斯传记素材，有一部分是根据巴林–古尔德个人的推断。正典案件用黑体表示。

(2) 福尔摩斯有好几位女性委托人名叫维奥莱特，基于此推测他的母亲可能叫维奥莱特。

(3) 柯南·道尔最早设想的福尔摩斯名字叫歇里丹·霍普（Sheridan Hope），后来改为歇林福德·福尔摩斯（Sherringford Holmes）。

(4) 出自《失踪的中卫》，西锐利·欧沃顿称呼福尔摩斯为"Great Scott"。

(5) 法国西南部一城市，位于波尔多南部比利牛斯山麓，是一个四季旅游中心，以其自然风景和冬季运动驰名。

(6) 美国佛蒙特州首府，位于该州中北部。

时间	事件
1861年	5月4日,梅丽·摩斯坦——阿瑟·摩斯坦之女,华生第二任妻子——在印度出生。
1864年	9月,福尔摩斯一家回到英格兰,住在肯辛顿的一所房子里。歇洛克和迈克罗夫特被送入寄宿学校,歇林福德进了牛津。
1865年	8月,年轻的约翰·华生回到英国,就读于汉普郡威灵顿公学。冬至1866年,歇洛克·福尔摩斯生病。
1866年	春,歇洛克在汉普郡一所文法学校⁽⁷⁾当走读生,和迈克罗夫特的学校相距很近。
1868年	9月,西格·维奥莱特和歇洛克去了法国圣马洛,又去了波城。福尔摩斯加入一家击剑沙龙。
1871年	4月,福尔摩斯一家回到英格兰,住在迈克罗夫特农场。
1872年	夏,詹姆斯·莫里亚蒂教授担任福尔摩斯的家庭教师。 9月,华生选择了医生的道路,进入伦敦大学医学院学习。在伦敦圣巴塞罗缪医院实习外科。 10月,歇洛克·福尔摩斯进入牛津基督教堂学院⁽⁸⁾。
1874年	7月12日至8月4日以及9月22日,福尔摩斯受到同班同学维克托·特雷佛的邀请着手调查"格洛里亚斯科特"号三桅帆船事件。"这是我着手承办的第一桩案件。""那时我已经把(观察和推理习惯)归纳成一种方法,虽然还未体会到它对我一生将起的作用。" 10月,福尔摩斯进入剑桥科斯学院⁽⁹⁾。
1877年	7月,福尔摩斯在蒙塔格街租了房子,开始咨询侦探的工作,事业持续了二十三年之久。
1878年	6月,华生在伦敦大学拿到了医学博士的学位,到内特黎进修军医的必修课程。

(7) 文法中学是英国最古老的中学形式之一。其历史悠久,教学条件最好、水平最高。招收的是十一岁考试中的优胜者。其教材和教学重点与其他学校不同。侧重于人文学科,注意学生的基础知识训练,而非实用技能,主要为以后升入大学做准备。

(8) 创立于1525年,是牛津大学最大的学院,曾在内战时作为查理一世的临时首都,最引以为傲之处就是在近代二百年内产生了十六位英国首相。

(9)全称是"康韦尔科斯学院",始建于1348年。学院由康韦尔神父出资建立,属于剑桥最古老的学院之一。这所学院主要为理科,威廉·S·巴林-古尔德认为福尔摩斯为了研究自然科学,从牛津转入剑桥。

时间	事件
1878年	11月，华生受派入诺桑伯兰第五明火枪团充当军医助理，去往印度，适逢阿富汗战争爆发。
1879年	10月2日，**马斯格雷夫礼典**。"我破的第三个案件就是马斯格雷夫礼典案。而那使我兴致盎然的一系列奇异事件以及后来证明是事关重大的办案结局，使我向从事今天这一职业迈出了第一步。" 10月13日，福尔摩斯在伦敦舞台首次亮相，在《哈姆雷特》中扮演赫瑞修⑩。 11月23日，福尔摩斯随萨桑诺夫莎士比亚公司去美国，开始长达八个月的美国巡回演出。
1880年	1月，范德比尔特与窃贼（《吸血鬼》）。 春，华生受派入伯克郡团（第六十六步兵团）。 7月6日，巴尔的摩的阿巴涅特家的那件烦人的事情（《六座拿破仑半身像》）。 7月27日，迈旺德战役。华生受伤，勤务兵摩瑞把他安全带回英国阵地。 8月5日，福尔摩斯从美国回到英格兰。 8月31日，因伤病华生被送到白沙瓦的后方医院。在那里他的健康状况大大好转，可又不幸染上伤寒。 10月21日，华生逐渐痊愈，但身体十分虚弱，经会诊后被立即送回英国。于是，华生就乘运兵船"奥仑梯兹"号被遣送回国。 11月26日，华生到达朴茨茅斯港，在伦敦斯特兰德街一家私人旅馆住了几个星期。 8月至1881年1月初，塔尔顿凶杀案（《马斯格雷夫礼典》）。 俄国老妇人历险案（《马斯格雷夫礼典》）。 跛足的里科里特和他可恶妻子的案件（《马斯格雷夫礼典》）。 莫提梅·麦伯利案件（《三角墙山庄》）。 布鲁克斯和伍德豪斯的追踪（《布鲁斯-帕廷顿计划》）。 马蒂尔达·布里格斯与苏门答腊的巨型老鼠案（《吸血鬼》）。 法林托歇太太和猫儿眼宝石女冠冕（《斑点带子案》）。
1881年	1月初，华生决心另找住处，在标准酒吧偶遇故友小斯坦弗。小斯坦弗向其引见了正在寻找室友的福尔摩斯。第二天，他们租下了贝克街221号乙的寓所。 2月末，一桩使雷斯垂德坠入五里雾中的伪造案（《血字的研究》）。

⑩哈姆雷特在大学时的好友。他没有直接卷入王室之间的阴谋，而是哈姆雷特的传声筒。莎士比亚借他来烘托剧情。

时间	事件
1881年	3月4日至3月7日，**血字的研究**。"从来没遇到过的最好的研究机会。""这的确是个非常离奇的案子，一件不可思议的怪事。"
1883年	4月6日，**斑点带子案**。"我却回忆不起有哪一例会比萨里郡斯托克莫兰的闻名的罗伊洛特家族那一例更具有异乎寻常的特色了。"
1884年	1月至1886年8月，华生到达美国，在旧金山开业行医[11]。
1881年3月至 1886年10月	斯堪的纳维亚国王案（《贵族单身汉案》）。 为巴克沃特勋爵效力（《贵族单身汉案》）。 达林顿顶替丑闻案（《波希米亚丑闻》）。 阿恩沃思城堡案（《波希米亚丑闻》）。 格罗夫纳广场家具搬运车的那件小事（《贵族单身汉案》）。
1886年	10月6日至10月7日，**住院的病人**。"现在我要记载的这件案子，在侦破案件中我的朋友虽然没有起到十分重要的作用，但整个案情却很稀奇古怪，我觉得实在不能够遗漏不记。" 10月8日，**贵族单身汉案**。"我觉得如果不对这一很不寻常的事件作一简要的描述，那对他的业绩的记录将是不够完整的。" 10月9日，鱼贩的案子（《贵族单身汉案》）。 10月11日，海关检查员的案子[12]（《贵族单身汉案》）。 10月12日至10月15日，**第二块血迹**。"一个重要的国际性案件。""亲爱的华生，在这个案子上，不但罪犯和我们为难，连法律也和我们作对。人人都妨碍我们，可是事情又很重大。如果我能顺利地解决这个案子，那将是我平生事业的最大光荣。" 11月1日，华生和康斯坦丝·亚当斯小姐结婚，不久后买下肯辛顿的一处小诊所。 11月至1887年1月，敖德萨的特雷波夫暗杀案（《波希米亚丑闻》）。 荷兰皇家的任务（《波希米亚丑闻》）。 亨可马里非常怪的阿特金森兄弟惨案（《波希米亚丑闻》）。
1887年	2月至3月初，荷兰-苏门答腊公司案和莫波吐依兹男爵的庞大计划案（《赖盖特之谜》）。

---

(11) 这段情节出自柯南·道尔所写的舞台剧《黑暗天使》（这部剧本在柯南·道尔生前并没有发表，且从手稿来看有一部分还没有完成）。这个剧本主要改编自《血字的研究》犹他州故事一段，福尔摩斯并未出场，倒是华生露面次数颇多，也透露了一些不为人知的细节。

(12) 鱼贩的案子和海关检查员的案子来源于《贵族单身汉案》中华生对福尔摩斯说的一句话："你早晨的那些来信是一个鱼贩子和一个海关检查员写的。"10月10日是星期日，所以海关检查员的案子就放到了11日星期一。

时间	事件
1887年	4月14日至4月26日，**赖盖特之谜**。"独特、复杂的案子。" 4月，大约从此时起福尔摩斯开始注射可卡因。 4月至12月，帕拉多尔大厦案（《五个橘核》）。 业余乞丐团案（《五个橘核》）。 英国帆船"索菲·安德森"号失事真相案（《五个橘核》）。 格赖斯·彼得森在乌法岛上的奇案（《五个橘核》）。 坎伯韦尔放毒案（《五个橘核》）。 洛德的斯图尔特太太被害的案子（《空屋》）。 5月20日至5月22日，**波希米亚丑闻**。"这完全是一个微不足道的问题。" 6月18日至6月19日，**歪唇男人**。"在我的经验中，我想不起有哪一个案件，乍一看似乎很简单，可是却出现了这么许多困难。" 9月之前，普伦德加斯特少校和坦克维尔俱乐部丑闻案件（《五个橘核》）。 福尔摩斯在男人手上失败过三次（《五个橘核》）。 9月29日至9月30日，**五个橘核**。"华生，我想我们经历的所有案件中没有一件比这个更为稀奇古怪的了。" 10月之前，埃思里奇太太的丈夫失踪案（《身份案》）。 和约翰·克莱有关的一两个案子（《红发会》）。 年中至10月，邓达斯家分居的案子（《身份案》）。 马赛来的案子（《身份案》）。 10月18日至10月19日，**身份案**。"这个案子毫无任何神秘之处，但是有些细节还是饶有趣味的。" 10月29日至10月30日，**红发会**。"十分有趣的事。" 11月19日之前不久，维克托·萨维奇命案（《临终的侦探》）。 11月19日，**临终的侦探**。"装病这个题目是我有时候想写文章的内容之一。" 12月27日，**蓝宝石案**。"十分奇特的古怪问题。而这个问题的解决也就算是对它的报酬了。" 12月末，第一任华生夫人去世。
1888年	1月7日之前，福尔摩斯在两桩案件中帮助了亚历克·麦克唐纳警官（《恐怖谷》）。 1月7日至1月8日，**恐怖谷**。"在我的全部经历中，我还想不起来哪件案子比这件更新奇、更有趣。" 4月7日，**黄面人**。"华生，如果以后你觉得我过于自信我的能力，或在办一件案子时下的工夫不够，请你最好在我耳旁轻轻说一声'诺伯里'，那我一定会感激不尽的。" 4月末至5月初，华生的第二处伤口。 梵蒂冈宝石案（《巴斯克维尔的猎犬》）。 9月之前，西色尔·弗里斯特夫人的一桩家庭纠纷（《四签名》）。

时间	事件
1888年	最美丽的女人的案子[13]（《四签名》）。 主教门珍宝案（《四签名》）。 维尔森的小案子[14]（《巴斯克维尔的猎犬》）。 9月3日至9月8日，庄园主住宅案（《希腊译员》）。 9月10日至9月15日，法国的遗嘱案[15]（《四签名》）。 9月12日，**希腊译员**。"那件希腊译员奇案，至今依然有些未解之谜。" 9月18日至9月21日，**四签名**。"绝对有趣的案子。" 华生遇见了梅丽·摩斯坦。 9月25日至10月20日，**巴斯克维尔的猎犬**。"我真不敢说，在我经手办理过的五百件重要案件里，是否有一件能像这样的曲折离奇。" 9月26日，勒索案[16]（《巴斯克维尔的猎犬》）。 9月20日至11月末，"无匹俱乐部"纸牌舞弊案（《巴斯克维尔的猎犬》）。 蒙特邦歇太太案（《巴斯克维尔的猎犬》）。 年末或者1889年初，阿巴斯·巴尔哇的悲剧（《戴面纱的房客》）。
1889年	4月5日至4月20日，**铜山毛榉案**。"你的小难题有可能成为我几个月最饶有兴趣的事。这里有一些特征，显然是很奇怪的。" 5月1日，华生和梅丽·摩斯坦在坎伯威尔圣马克教堂举行婚礼，后在帕丁顿区买下一处诊所，三个月间很少看到福尔摩斯（《证券经纪人的书记员》），诊所事业蒸蒸日上（《工程师大拇指案》）。 6月8日至6月9日，**博斯科姆比溪谷秘案**。"这件案子好像是那种极难侦破的简单案件之一。" 6月15日，**证券经纪人的书记员**。"华生，这件案子可能有些名堂，也可能没有。不过，至少显示出你我都喜爱的那些不平常和荒诞的特征。"

(13) 出自《四签名》第二章，福尔摩斯提到："一个我一生所见的最美丽的女人，曾经为了获取保险赔款而毒杀了三个小孩，结果被判绞刑。"

(14) 出自《巴斯克维尔的猎犬》第四章，维尔森是一家佣工介绍所的经理。

(15) "一个叫做福朗斯瓦·勒·维亚尔的人来向我请教……他所请教的是有关一件遗嘱的案子，很有趣味。我介绍了两个相似的案情给他作参考：一件是一八五七年里加城的案件，另一件是一八七一年圣路易城的那个案子。这两个案情给他指明了破案的途径。"

(16) "一位英格兰的极为可敬的人物正在受人威胁和污蔑。"

时间	事件
1889年	7月，第二桩第二块血迹案（《海军协定》）。"事关重大，并且牵连到王国许多显贵，以致多年不能公之于众。然而，在福尔摩斯经手的案件中，再没有比该案更能清楚地显出他的分析方法的价值和给合作人留下更加深刻的印象的了。我至今还保留着一份几乎一字不差的谈话记录，这是福尔摩斯向巴黎警署的杜布克先生和格但斯克的著名的专家弗里茨·冯沃尔鲍叙述案情真相的谈话。" 疲倦的船长（《海军协定》）。 7月30日，一件平淡无奇的凶杀案[17]（《海军协定》）。 7月30日至8月1日，**海军协定**。"同我过去查办过的所有案子相比，确实是最隐秘的了。""如果否认这件案子复杂而又难解，那是愚蠢的。" 8月31日，冒牌洗衣店案（《硬纸盒子》）。 8月31日至9月2日，**硬纸盒子**。"虽然特别可怕但却十分离奇的事件。""案情虽然简单，与此有关的还有一两个非常有意义的细节。" 9月7日至9月8日，**工程师大拇指案**。"一开头就十分奇特，事情的细节又非常富有戏剧性，因此它也许更值得记述，虽然它很少用得上我朋友取得卓越成就所运用的那些进行推理的演绎法。" 9月11日至9月12日，**驼背人**。"这件案子实际上比我最初想象的更加离奇古怪。" 年末，卡鲁塞斯上校案（《威斯特里亚寓所》）。 1881年3月至1889年12月，第三桩第二块血迹案（《黄面人》）。"当他出现了错误，最后还是被他查出了真情。" 1886年末（或1887年末，或1889年5月至12月），沃伯顿上校发疯案（《工程师大拇指案》）。 可能在12月之前，伪造货币犯阿尔奇·斯坦福德（《孤身骑车人》）。
1890年	3月24日至3月29日，**威斯特里亚寓所**。"这是一桩混乱的案件。" 9月25日至9月30日，**银色马**。"这件案子有一些特点，看来它可能是极为独特的。" 12月之前，放毒犯莫根案（《空屋》）。 梅里丢案（《空屋》）。 马修斯案（《空屋》）。 12月19日至12月20日，**绿玉皇冠案**。"那个小疑点是怪有趣的，我怎么也不能轻易放过它。"

[17]牵涉到一种能置人于死地的物质。

时间	事件
1890年	12月末，为斯堪的纳维亚皇室办案（《最后一案》）。 12月末至1891年3月，法国政府的重要案件（《最后一案》）。
1891年	1月4日至4月末，与莫里亚蒂教授斗争（《最后一案》）。 4月24日至5月4日，**最后一案**。"我怀着沉痛的心情提笔写下这最后一案，记下我朋友歇洛克·福尔摩斯杰出的天才。" 6月，华生卖掉帕丁顿的诊所，重新买下肯辛顿的诊所，以便自己有更多的时间写作。 福尔摩斯化名西格森。 7月，华生的第一篇福尔摩斯短篇小说发表于《海滨杂志》。 年末至1893年9月，署名西格森的挪威人发表了非常出色的考察报告。 年末或者1892年初，梅丽·摩斯坦·华生去世，可能是遗传自她父亲的心脏病所致。她曾经在《四签名》中两次晕倒。
1893年	9月至11月，福尔摩斯经过波斯，游历麦加，又到喀土穆对哈里发进行了一次简短而有趣的拜访。 11月至1894年3月，福尔摩斯在法国蒙彼利埃研究煤焦油的衍生物。
1894年	4月5日，**空屋**。"案子本身是耐人寻味的，但比起那令人意想不到的结局，这点趣味在我看来就不算什么。" 5月初，华生依照福尔摩斯的请求，出让了他的诊所，搬回贝克街旧寓所。姓弗纳的年轻医生买下华生在肯辛顿开的小诊所。几年后华生发现，弗纳是福尔摩斯的远亲，钱实际上系由福尔摩斯筹措。 3月至12月，红水蛭事件以及银行家克罗斯倍的惨死（《金边夹鼻眼镜》）。 阿得尔顿惨案以及英国古墓内的奇异的葬品（《金边夹鼻眼镜》）。 著名的史密斯-莫梯麦继承权案件（《金边夹鼻眼镜》）。 追踪并且逮捕了布洛瓦街的杀人犯贺芮特（《金边夹鼻眼镜》）。 荷兰轮船"弗里斯兰"号的惊人事件（《诺伍德的建筑师》）。 11月14日至11月15日，**金边夹鼻眼镜**。"这案件很简单，但是也很发人深省。"
1895年	4月到1903年10月，对英国早期宪章进行紧张的研究。 4月5日至4月6日，**三个大学生**。"您是那样有能力，而且说话谨慎，所以只有您能够帮我的忙。福尔摩斯先生，我请求您尽力而为。"

时间	事件
1895年	年初至4月，烟草大王约翰·文森特·哈登所遭遇的特殊难题（《孤身骑车人》）。 4月13日至4月20日，**孤身骑车人**。"诚然，这些事对我朋友那因以扬名的才能并没有增添什么异彩，可是这件案子却有几点非常突出，不同于我从中收集资料写成了这些小故事的那些长篇犯罪记录。" 5月或者6月，红衣主教托斯卡突然死亡（《黑彼得》）。 劣迹昭彰的养金丝雀的威尔逊的被捕（《黑彼得》）。 7月3日至7月5日，**黑彼得**。"要是不记述一下这件离奇的案子，歇洛克·福尔摩斯先生的破案记录就会不够完美。" 7月初，去挪威（《黑彼得》）。 8月20日至8月21日，**诺伍德的建筑师**。"我不怕承认这是你做得最出色的一件事，虽然我想不出来你是怎样做的。你救了一个无辜者的性命，并且避免了一场会毁掉我在警界声誉的丑闻。" 可能在11月之前，造伪钞者维克多·林奇案（《吸血鬼》）。 毒蜥蜴案（《吸血鬼》）。 奇异锻工维格尔（《吸血鬼》）。 女马戏演员维特利亚（《吸血鬼》）。 伪币犯阿瑟·H·斯道顿案（《失踪的中卫》）。 亨利·斯道顿案，福尔摩斯协助警察把这个人绞死了（《失踪的中卫》）。 11月21日至11月23日，**布鲁斯—帕廷顿计划**。"你必须解决的是一个重大的国际问题……你的一生里，还从来没有过这样难得的机会可以为国效劳哩。"
1896年	10月某天，**戴面纱的房客**。"往往那最骇异的人间悲剧却是那些最不给他显示个人才能以机会的案件，现在我要叙述的就是这样一个案子。" 11月19日至11月21日，**吸血鬼**。"本来是一个推理过程，但当原先的推理一步一步地被客观事实给证实了以后，那主观就变成客观了，我们就可以自信地说达到了目的。" 12月8日至12月10日，**失踪的中卫**。"我们办的案子里还没有一个是肇事动机不明的。"
1897年	1月23日之前，七次协助斯坦莱·霍普金警官（《格兰其庄园》）。 1月23日，**格兰其庄园**。"这是我们的故事集里最特殊的一个案件。""我多迟钝啊，几乎犯了最严重的错误！" 3月16日之前，穆尔·阿加医生和福尔摩斯见面的戏剧性情节（《魔鬼之足》）。

时间	事件
1897年	3月16日至3月20日，**魔鬼之足**。"这件事情比把我们从伦敦赶到这里来的那些问题中的任何一个都更紧张，更吸引人，更加无比的神秘。"
1898年	7月27日至8月10日(?)以及8月13日，**跳舞的人**。"一件最有趣、最不平常的案子。""给你的笔记本添上一些不平常的材料。" 7月，两位科普特主教的案子（《退休的颜料商》）。 7月28日至7月30日，**退休的颜料商**。"我必须承认，原来我认为简单可笑而不值一顾的案子，已在很快地显示出它不同寻常的一面了。"
1899年	1月5日至1月14日，**米尔沃顿**。"这件事是歇洛克·福尔摩斯先生和我平生所经历的最为奇异的案件。" 5月20日左右，包格斯黑珍珠消失案（《六座拿破仑半身像》）。
1900年	6月8日至6月10日，**六座拿破仑半身像**。"这个案件确实有独特的地方，在犯罪史上堪称新颖。" 6月初，康克-辛格尔顿伪造案件（《六座拿破仑半身像》）。 9月，一个月的鸡虫琐事和停滞无为（《雷神桥之谜》）。 10月4日至10月5日，**雷神桥之谜**。"华生啊，我看你把这个雷神桥案件记录到你的故事里，恐怕也增加不了我的名誉。我的脑子有点迟缓，我缺乏那种把想象力和现实感综合起来的能力，这种综合是我的艺术的基础。"
1901年	5月初，费尔斯文件案（《修道院学校》）。 阿巴加文尼家的谋杀案（《修道院学校》）。 5月16日至5月18日，**修道院学校**。"这的确是个典型案例。" 1月至12月，费戴尔·霍布斯先生案（《红圈会》）。
1902年	5月前不久，圣潘克莱斯案（《肖斯科姆别墅》）。 5月6日至5月7日，**肖斯科姆别墅**。"这个案子不简单……而且有血腥味道。" 6月初，福尔摩斯拒绝了爵士封号（《三个同姓人》）。 6月26日至6月27日，**三个同姓人**。"它使一个人精神失了常，使我负了伤，使另一个人受到了法律的制裁。但这里面还是有喜剧的味道。" 6月末，老阿伯拉罕斯受到死亡威胁（《弗朗西丝·卡法克斯女士的失踪》）。 7月1日至7月18日，**弗朗西丝·卡法克斯女士的失踪**。"亲爱的华生，如果你愿意把这件案子也写进你的记录本里去，也只

时间	事件
1902年	能把它看作一个暂时受蒙蔽的例子，那是即使最善于斟酌的头脑也在所难免的。这种过失一般人都会犯，难得的是能够认识到并加以补救。对于这次已经得到挽救的声誉，我还想作些表白。" 7月末，华生搬到安妮女王街自己的房子里（《显贵的主顾》）。 9月之前，哈默福特遗嘱案（《显贵的主顾》）。 9月3日至9月16日，**显贵的主顾**。"我的朋友一生中这段紧要的经历。" 9月24日至9月25日，**红圈会**。"这件案子很有启发性。无名也无利，但我们还是要把它查个清楚。" 10月4日，华生第三次结婚，不久再度行医，到1903年9月为止他的诊所门可罗雀（《爬行人》）。
1903年	1月之前，曾为皮肤病专家詹姆斯·桑德斯爵士出过力（《皮肤变白的军人》）。 1月，土耳其苏丹委托的一个案子（《皮肤变白的军人》）。 1月7日至1月12日，**皮肤变白的军人**。"但是尽管简单，这个案子却有着新奇有趣的地方，所以我才冒昧地把它记录下来。" 5月26日之前，小伙子珀金斯在荷尔本酒吧被杀案（《三角墙山庄》）。 5月26日至5月27日，**三角墙山庄**。"看来我又得像往常那样搞一个赔偿而不起诉吧。" 夏季之前，道森老男爵案子[18]（《王冠宝石案》）。 夏季的某天，**王冠宝石案**。"真有你的，福尔摩斯。我相信你就是魔鬼撒旦本人。" 9月6日至9月14日以及9月22日，**爬行人**。"这确实是一个极其奇特和引人深思的案子。""在我们生平的探险经历中，还没有见过如此奇特的景象。" 10月之前，有关某政客、某灯塔以及某驯养的鸬鹚的案件（《戴面纱的房客》）。 小汽艇"阿丽西亚"号消失案（《雷神桥之谜》）。 伊萨多拉·伯桑诺案（《雷神桥之谜》）。 解救格拉劳斯坦伯爵（《最后致意》）。 10月8日，艾琳·艾德勒在新泽西去世。 10月末，福尔摩斯退休，去苏塞克斯养蜂、写书。
1909年	7月27日至8月3日，**狮鬃毛**。"读者会看到在我们的探案记录上从来没有一个案子像这样地使我无能为力。"

---

(18) 《王冠宝石案》："道森老男爵在上绞架的前一天还说，我这个人，干了法律，亏了戏剧界了。"

时间	事件
1912年至1913年	福尔摩斯化名芝加哥的阿尔塔蒙先生（《最后致意》）。
1914年	8月之前，福尔摩斯出版《养蜂实用手册》。 8月2日，**最后致意**。"一股强大的压力迫使我感到侦查此事责无旁贷。"
1926年	10月16日，福尔摩斯亲自撰写的《皮肤变白的军人》发表于美国《自由杂志》。 11月27日，福尔摩斯亲自撰写的《狮鬃毛》发表于美国《自由杂志》。
1929年	7月24日，约翰·H·华生去世。
1946年	11月19日，迈克罗夫特·福尔摩斯去世。
1957年	1月6日，歇洛克·福尔摩斯去世。

贝克街寓所之谜

The Adventure of the Fictitious Address

　　"我看中了贝克街的一所公寓式的房子，对咱们两个人完全合适……如果您对那所房子还满意的话，我想咱们可以认为这件事就算谈妥了。"在《血字的研究》中，福尔摩斯对华生如是说。华生看房之后觉得颇为满意，于是二人一拍即合，搬到一起居住，从此拉开了十多年的合作生涯的帷幕。

　　这处寓所位于伦敦贝克街221号乙。今天这里恐怕已是文学史上最著名的地址了，来到伦敦的游客有不少人都期望去贝克街看看福尔摩斯住过的地方，其间也不乏专门来寻找大侦探的崇拜者。贝克街虽然是一条实实在在的路，但是在福尔摩斯的时代，却是找不到"221号乙"这个门牌号码的。

　　让我们疑惑的是，小说里的许多叙述都证明该寓所确实位于贝克街。那么，读者不禁会提出这样一个问题：柯南·道尔是不是将某座特定的房子作为福尔摩斯和华生的家呢？可以说，即便确实曾经如此，他还是加以否认了，他在自传中写道："在这个问题上，我想我有充分的理由不作任何决定。"

　　不过，多年以后，哈罗德·莫里斯爵士在回忆录《回顾》中写道，他的父亲马尔科姆爵士曾经说过，莫里斯家在贝克街的住所就是柯南·道尔为大侦探和医生设定的寓所。这处房子的门牌（贝克街重新规划之后分配的号码）不是221号而是21号；在福尔摩斯和华生的时代，房子的门牌是77号。不巧的是，它并不符合小说中的221号的某些特征。

　　实际上，柯南·道尔曾经向一位采访者声称，在他的记忆中，他从没有去过贝

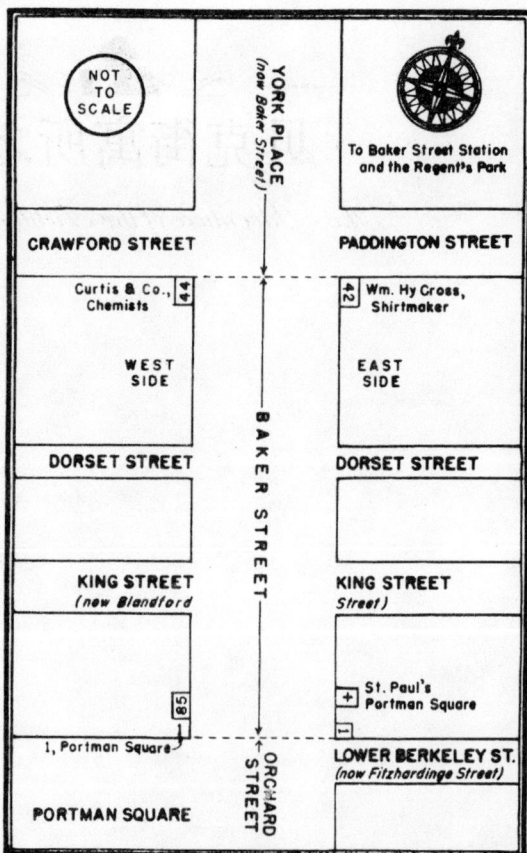

1881年时的贝克街地形图

克街。这可能是柯南·道尔开的小玩笑，或者他确实忘记了。因为在艾略特和福瑞的照相馆里有一张他的照片，而那个照相馆就在贝克街。

二十世纪三十年代后，贝克街上确实有了"221号乙（221B）"的门牌。号码牌中的"乙（B）"代表"bis"，按照字面意思来说就是两次，这在英国地名中常常是用来表示同一地点的附属地址。后来它和邻近的房子被重建成阿比国家建筑协会的办公场所。而福尔摩斯和华生的时代，贝克街上任何一所房子都可能是221号。还是让我们经由文字重新回到一百多年前伦敦的贝克街，寻访一番这幢谜一般的房子吧。

"贝克街"的名字源自爱德华·贝克爵士（约1763—1825），他是多塞特郡普特曼家的邻居，曾经帮助普特曼发展伦敦的地产。福尔摩斯毫无疑问是这条街上最著名的住户，这里也住着其他的名人：59号的杜莎夫人（从前的58号）、68号的爱德华·布尔沃·利顿（从前的31号）、120号的威廉·皮特（从前的约克巷14号）、上贝克街27号的莎拉·辛顿斯太太（该房舍已经不复存在）、齐尔腾花园宅邸的阿诺德·贝内特（贝克街地铁车站上方）。

有这样几项实际情况：

1.贝克街在1881年仅有四分之一英里长（约四百米）。大约有八十座风格类似的四层楼房。在南面的尽头，通向普特曼广场的一侧，再往前延伸向南与奥查德街相连。北面，穿过向西的克拉福德街和向东的帕丁顿街组成的十字路口就是约克巷，再穿过玛丽伯恩街的十字路口便来到了上贝克街。迈克尔·哈里森在《221号乙难题》一文中写道："东侧是……从位于下伯克莱街（菲兹哈丁街）拐角的1号到42号……这条街的号码是连续的。在对面——西侧——号码从克拉福德街拐角的44号开始，一直排到85号，那处房子紧接着普特曼广场拐角的一处乔治时代的大屋（普特曼广场1号）。"贝克街的门牌号码在85号终止了，而且这条街没有43号。哈里森根据这一事实推测出，华生为了得到一个虚构的门牌号，将并不存在的43号除以2，得出$21\frac{1}{2}$号。但是21号和$21\frac{1}{2}$号是存在的。因此，华生将$21\frac{1}{2}$——或者21B——作了处理，加上除数2，得出贝克街221号乙（221B）这个号码。

2.1921年1月1日，约克巷并入贝克街。

3.1930年，上贝克街并入贝克街，整条街重新编号，西侧即向北的左侧（这是贝克街221号问题中主要研究的一侧）门牌从185号排到247号。贝克街第一次有了221号。

有一种简单的解释是，福尔摩斯的住所位于后来才有编号的221号，即阿比公司。而1881年时福尔摩斯（或华生）预见到他们所住的上贝克街将来会并入贝克街，他的房子重新编号之后就是221号，于是，故事中以此作为虚构的门牌号码。但是，这样的解释实在过于离奇。人们还是想从一些蛛丝马迹中推测出哪所房子才是华生遮遮掩掩的"221号"。

正典里最重要的证据是《空屋》中福尔摩斯和华生走过的路线，即从卡文迪许广场到曼彻斯特街，然后到了布兰福德街，接着拐进一条窄道，来到"空屋"。那么，这条窄道必定是这两条路之一，一是往南的肯代尔巷，二是往北的布兰福德巷。

文中这样写道："拐进一条窄道（down a narrow passage）。""down"有向下的意思，地图一般上北下南，这似乎暗示福尔摩斯和华生往南转入肯代尔巷（如果是往北，华生也许会说"up a narrow passage"）。那么，这就是说贝克街221号——也就是正对着卡姆登私邸（"空屋"）的那座房子——位于贝克街的西侧，夹在乔治街（南）和国王街-布兰福德街（北）之间，即重新编号之后的19号至35号中的某所房子。

尽管有了华生关于"拐进一条窄道"的证据，不过还是先谈谈如果福尔摩斯和华生往北走到布兰福德巷会有怎样的结果，某些福学家也正是这样假设的。那么，贝克街221号应该在贝克街的西面，夹在国王街-布兰福德街（南）和多塞特街（北）之间，即重新编号之后的37号至67号中的某所房子。

基于这一假设有几种不同的说法，包括：

49号说。T·S·布莱克尼在《歇洛克·福尔摩斯：事实或虚构？》中写道："权威的本地专家告诉我们，49号就是那个地方。"这个地方二战期间遭到空袭损毁。

61号说。盖文·布伦德在《我亲爱的福尔摩斯》中写道："（59号、61号和63号）不好做出选择，我们无法排除其中任何一个地址，但是61号稍微有力一点。"布伦德的时代，这里还存在，后来也没有了。

66号说。这处房子据说很让文森特·斯塔瑞特满意，觉得找到了歇洛克·福尔摩斯住处那种"微妙的正确感觉"。但是这处房子在贝克街的东侧一面，也就是朝北面方向的右手边，因此不可能正对着同样位于东侧的卡姆登私邸。

59号至67号甲说。保罗·迈克法林在《贝克街221号乙：某些细节》中写道："如果重走（《空屋》）中的路线，就会到达59号至67号甲这块区域。"

此外，也有人对这段路线视若无物，另辟蹊径地提出其他观点：

109号说。厄内斯特·H·肖特认为："路对面（西侧）的半打房子都可能是221号乙……目前的109号或者111号更有可能，他们位于这片区域的中心。我们的选择是109号。"詹姆斯·爱德华·霍尔罗德同样也认为目前的109号就是贝克街221号的最佳选择。

111号说。文森特·斯塔瑞特在《歇洛克·福尔摩斯的私人生活》中写道："圣路易斯的格雷·钱德勒·布里格斯医生——他是知名的老年医学专家——在几年前去伦敦

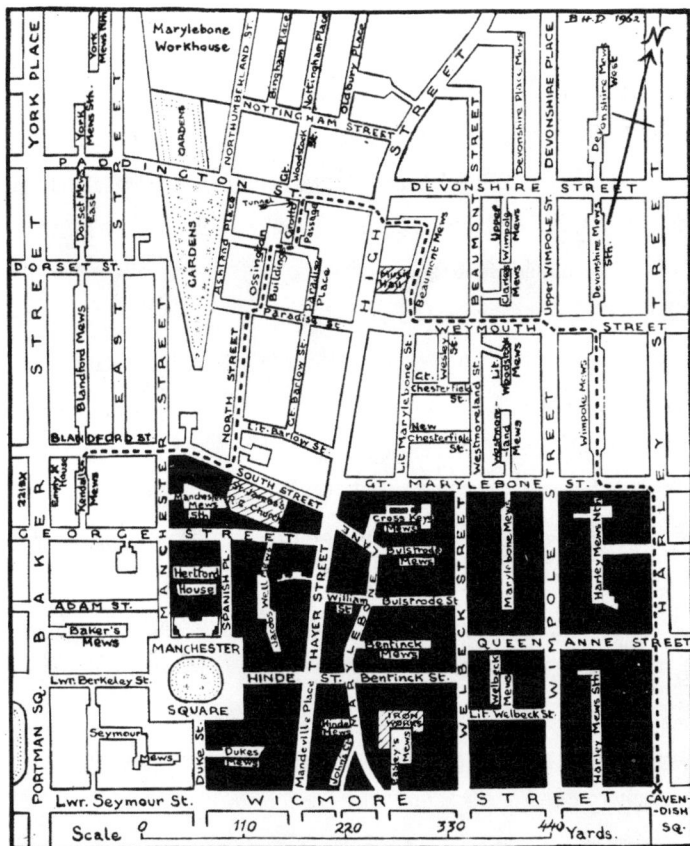

贝克街周围地形图，图上能清楚地看到从布兰福德街拐弯的走法

度过了一段暑假时光，绘制了一份贝克街的地图……和福尔摩斯一样，他拐进一条小路，穿过一扇木门来到一片空地，他发现自己就站在大侦探所谓的那个后门旁。往里看，他看到了长而笔直的走廊，一直通往实木的前门，在门上有扇形的气窗。更有说服力的是，在前面的门上贴着牌子——卡姆登私邸……这次发现得出的结论很显然是简单的。卡姆登就位于那处著名寓所的对面，所以歇洛克·福尔摩斯在贝克街的住处就是111号建筑的二层。"布里格斯医生的观点首次在弗瑞德里克·多尔·斯蒂尔的《歇洛克·福尔摩斯》一文中公之于世，这篇文章最初收录于《威廉·吉列的歇洛克·福尔摩斯告别演出，1929—1930》。贝克街111号在二战中遭到德军空袭摧毁，后来重建为一处办公区。这一说法虽然存在一些无法解释的情况，但是也有很多拥护者。

现在看来，毫无疑问221号位于贝克街的西侧，尽管《硬纸盒子》里，华生曾提到早晨的阳光照在大街对面房子的黄色砖墙上。

但是还存在疑问：221号是在（1）国王街–布兰福德街的南面，还是（2）国王街–

布兰福德街和多塞特街之间，还是（3）多塞特街以北?

多塞特街以北派的重要证据是，正如布里格斯医生所见，很久以来贝克街118号都是卡姆登私邸学校，它是一所知名的预备学校，后来搬到了临近的格鲁塞斯特路。但是反对者指出，在福尔摩斯的时代，现代的109号和111号并不属于贝克街，而是位于约克巷。

不支持多塞特街以北说法的证据还有以下几个：

1.《红发会》中，华生兴致勃勃地从位于肯辛顿的家穿过海德公园，打算10点钟与福尔摩斯会面，商量红发会的事情。华生离开的时候9点15分的钟声刚过，这样一来，按时走到贝克街111号几乎是不可能的。

2.《蓝宝石案》中，看门人彼得森住的地方应该距离贝克街221号相当近，甚至他可能就住在福尔摩斯的楼下。因为福尔摩斯向他下达命令去完成，而他冲进屋子时并没有说他妻子是什么时候发现宝石的，似乎表明他就住在附近。如果221号就是后来的111号，那么看门人彼得森在圣诞欢宴之后回家的路线就显得很奇怪了，因为一般人是无法走到111号的，若是相反，走到牛津街尽头和布兰福德街之间就很自然了。同样，在这篇故事里，华生说他和福尔摩斯"大步穿过了医师区、威姆波尔街、哈利街，然后又穿过了威格摩街到了牛津街"。这也表示他们住在贝克街南片区域。

3.《绿玉皇冠案》也与111号说相悖，因为那个地点太靠近贝克街地铁站，从地铁站来的乘客没有必要坐马车去福尔摩斯那里，否则才刚上马车马上也就要下车了。

综上所述，《空屋》、《红发会》、《蓝宝石案》和《绿玉皇冠案》全部暗示着贝克街221号乙应当在贝克街西侧（即朝北方的左侧），位于多塞特街下方。

再回到肯代尔巷，研究一下福尔摩斯和华生向南拐进这条路的情况。如此一来，贝克街221号就位于乔治街和国王街–布兰福德街之间的西侧，即重新编号之后的19号到35号之间的某所房子。

对于这里的房子也有几种不同的观点，伯纳德·戴维斯在《贝克街的后院》中提出的31号说得到了一些有力的支持，其中就包括著名福学家威廉·S·巴林–古尔德的赞同。

戴维斯首先研究了"空屋"，他的搜寻主要依靠小说《空屋》中提供的信息。屋子需要符合以下条件：

一、后面：

1.屋后必须有一条小巷之类的通道，通往后面的建筑。

2.毗邻小巷必须有个后院。因为后门开向这个院子，所以院子后面是空地，而不是属于建筑物内部的封闭小院。

3.福尔摩斯和华生穿过"一扇木栅栏门"从小巷到了院子，因此小巷上没有建筑。

二、前面：

4.前门和长过道必须在南面一侧（从街上看过来就是在右侧），因为从后面过来的时候，"福尔摩斯突然往右转"进入前面的房间，假如过道在北面一侧，这种动作就是不可能的。

5.1894年的时候屋子外面没有街灯——"附近没有街灯……"

戴维斯接着开始研究221号，寻找的对象需要符合以下条件：

一、后面：

1.必须有一个后院，在《雷神桥之谜》中提到其中栽了一棵法国梧桐，需要有空间容纳这棵树。这树也许并不十分高大，但是10月的风将树干上"仅余的树叶卷去"，可以推测出它的高度和树叶数量还过得去。因此这个院子还算宽敞，敞开着能让风吹进来。这两个因素，再加上"后院里"这个短语，可以排除其只是建筑物内部的小院子的可能。

贝克街109号

二、前面：

2.有好几点条件，但是没有哪一点有实际作用：

(1)起居室有"两扇大窗"（《血字的研究》）。贝克街上房子的宽度极少仅有两扇窗户宽，但是我们无法确定那个时代临街房间的宽度。

(2)一扇是"凸肚窗"（《绿玉皇冠案》、《王冠宝石案》）。戴维斯写道："这点很可疑，也许只是文学笔法。"

(3)至少三层，因为华生睡在起居室上面一层（《雷神桥之谜》、《斑点带子案》以及其他许多地方都提到过）。所有原本就有的建筑至少也有三层，大部分四层。

(4)前门有一个半圆的气窗（《蓝宝石案》）。这也非常普遍。

(5)通往一楼（英式说法，即一般的二楼）的主楼梯是十七级（《波希米亚丑闻》）。但是，现有的房子大约是二十级楼梯，有些楼层梯级数目更多。

以上条件中，(1)和(2)很值得怀疑，(3)和(4)很普遍，(5)与现有的事实相抵触，因此，可以忽略有关屋子前面的特征，只依据第一点。

戴维斯调查之后发现，重新编号之后的31号（从前的72号）符合221号的描述。当然，对此说法吹毛求疵也并不是不可能。虽然31号对着34号，但是并不是正对着。只是从视觉上来看近乎正对着，两者的差角也就在十五度或者二十度左右。

如今，当福迷们来到贝克街，已经不用对寻找大侦探的住所感到无从下手了。因为，贝克街221号乙有了一家福尔摩斯博物馆，它在1990年春开门迎客。博物馆内部按照维多利亚时代的风格进行了布置，完整地呈现了福尔摩斯的日常起居情境。只需买上一张门票，游客便可以进去游览一番，以表长久以来的追思之情。

走进贝克街221号乙

221B Baker Street

福尔摩斯的时代，贝克街221号乙的内部到底是怎样的情景呢？虽然这只是一处虚构的寓所，但是通过故事里透露出的蛛丝马迹，或许我们也可以大致将其复原。

221号乙的地下室可能是厨房、储藏室，或者作为小听差的卧房、访客的等候室（《王冠宝石案》里提到是等候室，但是并不可靠）。虽说处于地下，通常要借助人工光线照明，但是也并非意味着阴暗潮湿。这里可能放置了松木桌、碗柜、肉架等家具，或许还有两张温莎扶手椅，赫德森太太闲暇时间可以和朋友一起坐在椅子上。也许一大部分空间都被烤箱和煮器占据，生炉子用的煤就存放在后院的小棚里。

早年，房东赫德森太太应该是承担了所有的厨师工作。福尔摩斯在《海军协定》里说："她会做的菜有限，可是像苏格兰女人一样，这份早餐想得很妙。"之后，《雷神桥之谜》中提到来了一个新厨子。或许在新厨子之前还有一个老厨子，大约从1887年开始（《临终的侦探》），因为福尔摩斯支付的房钱很高，赫德森太太便雇了一个厨子帮忙。

一楼通往二楼的台阶总共有十七级。楼梯的尽头有两扇门：一扇通往福尔摩斯的卧室（《王冠宝石案》），一扇通往那间著名的起居室。通道西面的尽头又是一个楼梯，通向上面一层。

进入起居室，正如华生在1880年末或者1881年初第一次看到的：这是一间"宽敞而又空气流畅的"屋子，根据对贝克街上老房子蓝图的测绘，房间大约长八米五，宽六米，高三米，"室内陈设颇能使人感觉愉快，还有两个宽大的窗子"。

但是，华生提到宽大的窗户这点很奇怪。因为，当时贝克街上的所有窗户都是同样宽度，而高度则各不相同。还有，华生提到两扇窗户，但是从以前的档案照片上可以看到，每幢房子朝向街道的一侧一律是三扇窗户。

也许华生的意思是说起居室有两扇宽大的窗户，边上是第三扇窗户——一扇凸肚窗，因为他不止在一个地方提到过。所谓"凸肚窗"是曲面或者圆柱面玻璃，安在合适的框架上。在平坦的高处安装这样的窗户以求扩大视野的做法很普遍。在维多利亚时代这是非常时尚的，但是后来逐渐不流行了，因为凸肚窗相当脆弱，换玻璃不仅困难而且价格昂贵。

这些窗户朝向东面，当然会射入早晨的阳光——"福尔摩斯把纸条举起来，让太阳光照着它"（《跳舞的人》）。窗户上装有百叶窗。虽然华生没有提到过，但是根据推测，百叶窗之间挂有白色的诺丁汉蕾丝边窗帘，以及更重的哔叽、锦缎或者天鹅绒的帘子。

房子的地板应该是宽大的上等英国老橡木地板，漆成深棕色，而且毫无疑问铺着已经变旧的地毯，地毯边缘距离墙壁大约三十厘米。地毯是波形花纹或者花形图案。

1951年福尔摩斯展览时复原的贝克街起居室

　　一侧墙壁上留下福尔摩斯用"手枪和一盒博克瑟子弹"打出的赋予了爱国热情的
"V.R.（维多利亚女王）"字样。这面被损坏的墙壁是南面的墙，正对着壁炉，而壁炉在北面墙的正中。从《贵族单身汉案》以及后来的一些案子里可以知道，墙上某处挂着一面钟。

煤气装置一般安在墙上照亮——"我们点着汽灯"（《铜山毛榉案》）。但是，在福尔摩斯和华生的时代，煤气灯的安装并非随心所欲。一来它费用昂贵，二来往往只能固定安装在主室。当然，也可能使用油灯，不仅经济实惠，而且可以增加亮度。油灯的光线柔和、清晰，对眼睛来说很舒服，但是油灯需要大量清洁和装油的工作。天花板中央应该有一个挂灯，使用矿物油和蜡烛作为光源。和维多利亚时代的大部分家庭一样，贝克街的寓所里，每天晚上在走廊的桌子上摆放着一排烛台，有人就寝的话，就会拿上一个烛台，借着灯光宽衣解带。

寓所里没有中央供暖系统，因此烧煤的壁炉成为起居室里唯一的供暖来源，它也是寒冷冬日里起居室最有吸引力的地方。在正典六十篇案子里至少有二十七篇提到了炉火，可见，大侦探的生活几乎就是围着壁炉打转。

壁炉可能是黑色大理石做的，台面是木质的。福尔摩斯没有回复的信件被一把折刀插在饰面的正中央；某个角落里是他的可卡因小瓶，"前一天抽剩下来的烟丝和烟草块。这些东西被小心地烘干了之后就堆积在壁炉架的角落上"（《工程师大拇指案》）。壁炉上方挂着一面镜子（《绿玉皇冠案》）。在壁炉前面是一块熊皮的地毯（《修道院学校》）。装着福尔摩斯的卷烟的煤桶在壁炉的左侧，拨火棍和其他壁炉的工具放在右侧的老地方。

装着烟丝的波斯拖鞋也触手可及，可能是挂在壁炉左面墙上的吊环或者吊钩上。这一习惯在爱丁堡很普遍。据科迪·森尼说："（在爱丁堡）即便到了今天，购买波斯拖鞋还是为了同样的目的……据我所知，这种拖鞋从来不成双卖。它们用波斯软皮做成，没有后跟。烟丝就塞在前部，即拖鞋脚趾的部分。"但是波斯拖鞋的保湿效果并不好，烟丝会变干，并且沾上灰尘，不过这也要取决于福尔摩斯消耗烟丝的速度。

华生曾经至少提到过一次钟绳，挂绳子的地方也许相当随意，通常正好在壁炉的右边。壁炉的两侧都有一把扶手椅—— 一把是福尔摩斯的，一把是华生的。

壁炉右侧不远处是一个断层式的书架（《显贵的主顾》、《吸血鬼》），保险箱毫无疑问在书架的底部。福尔摩斯将地图和许多参考书放在这里，包括《惠特克年鉴》、一部美国百科全书、《大陆公报》、《圣公会圣职者名册》以及《布莱德肖旅行指南》，还有毒物学藏品、煤焦油分析物、化学实验报告、植物学指南、有关罪犯罪行的真实作品以及关于侦探丰功伟绩的虚构作品、几本关于单手击剑、拳击和剑术的书、法律书籍。同样也会有哈菲兹、贺拉斯、塔西佗、福楼拜及乔治·桑、梭罗、歌德、卡莱尔、梅瑞狄斯和温伍德·里德的作品，福尔摩斯在正典里曾经引用过他们的话。还有一小块地方肯定放的是福尔摩斯自己的论文。我们猜想，顶层也是高度最高的一层是一些摘录簿，全部都整齐地包裹着粗硬布封皮，上面是歇洛克·福尔摩斯那清晰、有力的字迹。

屋子东北角是福尔摩斯的化学角，有那张被酸腐蚀得斑斑点点的桌子以及令人肃然起敬的一排广口瓶、曲颈瓴和试管。桌子上方挂着"科学图表"；其中一张当然是元素周期表。化学实验台旁有一个小凳子，《马斯格雷夫礼典》中福尔摩斯曾"拿个小凳蹲坐"。

壁炉对面，在充满爱国热情的"V.R."弹孔下面，那件也许是睡椅、沙发，也许是靠背长椅的家具倚靠着南面的墙。它的颜色大概是绿色的，但是已经变旧了，也褪了色，上面摆着几个大垫子，福尔摩斯有时候会把它们扔在地上坐于其上。福尔摩斯的小提琴，若不是放在屋角那处老地方，就总会大大咧咧地放在沙发上。距离沙发咫尺之遥是一张小桌子（《住院的病人》中提到的"旁边那张桌子"），上面有明显的被烟灰烧焦的痕迹，桌面上摆着烟斗架。

沙发的一头是福尔摩斯的办公桌，另一头是华生的。福尔摩斯的桌子抽屉常常锁着（至少在1883年是如此，《斑点带子案》提到过），他将小小的案件簿放在一个抽屉里。歇洛克的日记（《皮肤变白的军人》）可能也放在这个带锁的桌子里。也

英国格林纳达公司的福尔摩斯电视片忠实地呈现了贝克街寓所的布景

苏打水发生器与酒瓶架

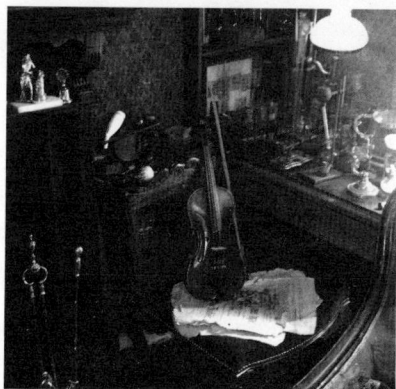

福尔摩斯博物馆里福尔摩斯的小提琴

有可能案件簿和日记实际上就是同一个东西。

餐具柜也是屋子里的重要物件。它或许倚靠在西面墙边。按照当时的惯例，餐具柜放在客厅的尽头。后方的面板是一面镜子，两个基座的面板上嵌着条状的丝绸，顶上往往是大理石雕刻品、支撑物以及上等红木的顶架，下部的桌子上放着低矮的玻璃杯，还有供插花的花瓶以及其他许多装饰品。

福尔摩斯和华生在餐具柜里放入玻璃杯、雪茄盒、吃剩的冷食，当然还有酒瓶架和苏打水发生器。酒瓶架是一种金属夹子，中间伸出一根棒，顶部装有臂状物，可以抓住两个或者更多玻璃瓶的瓶颈，再用一个小挂锁锁住瓶子。苏打水发生器是一种样子类似"8"形的玻璃器皿——顶部有一个把手以及管嘴，就像酒吧间或者露天啤酒屋里在威士忌中混合苏打水的虹吸管。苏打水发生器上部腔体里盛放着酸性结晶、苏打以及其他产生气体的原料，上部腔体与下部腔体相通，下部盛水。下部的水漫上来则上部产生气体。

餐具柜的左边是福尔摩斯卧室的门。这扇门的左边是通往过道的门。关于走廊的门还有一个有趣的问题，这是由于《身份案》中的描述颇让人疑惑。那篇故事里，门先是向里开，铰链在左；接着向里开，铰链在右；接着向外开，铰链又在左。这扇门位于房间那一侧，上面安装了挂外衣和帽子的挂钩，其上挂着福尔摩斯的猎鹿帽和带斗篷的外套，华生的高顶礼帽、硬圆顶礼帽、听诊器和大衣也挂在上面。两扇门之间可能还有一个藤架子，《红发会》中曾提到过它。

屋子中央是一张餐桌，带活动翻板的那种，可以节省空间。白色的台布上，瓷器和银器在灯下泛着光芒（《铜山毛榉案》）。桌上有一个可随意调节高低的台灯，福尔摩斯和华生外出办案时会将台灯的亮度调低，回来之后又点亮起来（《米尔沃顿》）。

屋子里还有一两把椅子。一把是曾经用来挂那顶破旧的帽子的椅子（《蓝宝石案》）。还有一把是柳条椅。希尔达·崔洛尼·侯普夫人曾经不得不"挑"那把柳条椅坐下，这样一来灯光就照在她的背部（《第二块血迹》）。通常提到的访客坐的椅子——"那张客人一定会在那里就座的空椅子"（《五个橘核》）——面对光线，福尔摩斯可以借由光线推测来者无辜或是有罪。

华生还有一顶小小的"医学书架"（《巴斯克维尔的猎犬》）。书架上突出的自然是他自己的作品：一本小册子，书名有点奇怪，名叫《血字的研究》，另一本《四签名》也被特别提到过（《四签名》、《硬纸盒子》）。华生还有一本剪贴簿，里面粘贴着福尔摩斯案件的剪报（《四签名》）；一本笔记本，里面草草记录了他并不精确的观察（《戴面纱的房客》）。医生还有其他有趣的东西：在暴风雨的晚上他喜欢阅读克拉克·拉塞尔的海洋故事（《五个橘核》），其他时候会看亨利·穆杰的《波希米亚人》（《血字的研

福尔摩斯博物馆里华生的书桌

究》），他也常常在睡前看黄封面的廉价通俗小说入睡（《博斯科姆比溪谷秘案》）。

《硬纸盒子》里提到，华生的书架上方是一幅配上镜框的戈登将军的画像和一幅没有配上镜框的亨利·沃德·比彻的画像。一般认为，这里提到的戈登将军是英国人查尔斯·乔治·（"中国通"·）戈登（1833—1885）。可是华生看见这幅画很快思绪就转到了美国内战上，因此有人推测画上或许画的是约翰·布朗·戈登（1832—1904），他是美国南部联邦的将军、参议员兼佐治亚州州长。

最晚出现在贝克街的家庭用品是1898年安上的电话机（《退休的颜料商》）。不过，对于电话机的使用两位房客并不热心，福尔摩斯本人仍然热衷发电报。

很多人推测，这间起居室是凌乱不堪的。华生在《马斯格雷夫礼典》中写道："月复一月，他的文件越积越多，屋里每个角落都堆放着一捆捆的手稿。"在女性穿着长服的十九世纪八十年代和九十年代里，福尔摩斯的女性委托人肯定会常常觉得为难。如果不碰倒一些东西，那么她们就很难在这个过分拥挤的房间里迈出脚步，而优雅的步态也是大部分年轻女性所受教育的一部分。

福尔摩斯的卧室连着起居室——"走进寝室，一会儿就返回，身后拖着一只铁皮大箱子"（《马斯格雷夫礼典》）；"福尔摩斯立刻站起，跑进他的屋中去"（《血字的研究》），等等。但是，《绿玉皇冠案》却制造了两个让人迷惑的问题。福尔摩斯"急忙走进他的房间，几分钟后便打扮成一个普通的流浪汉下楼来"，其后就在同一个下午，他又从起居室"匆匆地上了楼"。对于这一问题，有一种解释是，因为这一次的化装十分复杂，也许需要将楼上一间堆积杂物的房间作为这次行动的化装室和放东西的地方。

《临终的侦探》对福尔摩斯的卧室有所描述（也有人认为在这篇故事里起居室才是病房，对此说法暂且不论）。卧室和起居室一样，有一个壁炉，壁炉台上有一个钟，还有"烟斗、烟丝袋、注射器、小刀、手枪子弹以及其他一些乱七八糟的东西"。"四周墙上"都挂着著名罪犯的画像。还有一个"橱柜"，很可能是橡木或者桃花心木制作的衣橱，里面放着福尔摩斯的许多化装道具。床是一张大床，有着高而坚固的床头，因为即便是身材健硕的华生也能够挤在床头后面聆听柯弗顿·史密斯的对话。角落里还有一个大锡质文件箱，福尔摩斯曾经把它拖到起居室去过（《马斯格雷夫礼典》）。另外，根据《王冠宝石案》的说法，1903年的时候，房间里还放有一台留声机。

再上一层楼就能看到华生的卧室。对此有好几处作为证据的线索："我下楼时，福尔摩斯已经在吃早餐了"（《五个橘核》）；"我……几分钟后就准备就绪，随同我的朋友来到楼下的起居室"（《斑点带子案》）；"当我早晨下楼进早餐时"（《绿玉皇冠案》）；"我下楼去吃早餐"（《雷神桥之谜》）。

华生的卧室有四个确认无疑的特征：第一，可以看到一棵法国梧桐树（《雷神桥之谜》）；第二，有一面刮胡子用的镜子（《博斯科姆比溪谷秘案》）；第三，壁炉台上有一个钟，那么也应该有一个壁炉（《斑点带子案》）；第四，有一张床（《斑点带子案》、《格兰其庄园》）。这个房间肯定非常整洁、干净，因为华生曾经是一名军人，受过训练。

以上就是从正典中推测出的贝克街寓所的模样。1951年英国节期间，在贝克街221号乙曾经复原过起居室作为福尔摩斯展览的一部分。如今，建立在贝克街221号乙的福尔摩斯博物馆按照维多利亚时代的风格进行了布置，兼具复原与藏品展览于一身，成为福迷伦敦朝圣的必去之地。

整个博物馆分四层，一楼是门房和餐馆，二楼是福尔摩斯的书房和卧室，三楼是华生和赫德森太太的卧室，四楼是仆人的卧室（按照英国的说法应该是底层、一层、二层、三层）。

一楼是福尔摩斯的房东赫德森太太开的餐馆，专门提供维多利亚时代的英国菜肴。地下室是福尔摩斯纪念品专卖店，关于福尔摩斯的商品琳琅满目，从小说、画册、研究专刊到录像带、DVD，还有各式福尔摩斯用具，如烟斗、帽子、披风、放大镜、雨伞、手杖，等等。

通往二楼的楼梯有十七级，与书中描述的相吻合。二楼的福尔摩斯的书房和卧室是博物馆中最值得参观的地方。正如书中所说，书房不大，而且非常简朴，但是各种器具五花八门，看了令人眼花缭乱。书上或电视电影上曾出现过的各种用具，小提琴、猎鹿帽、放大镜、海泡石烟斗、注射器、笔记本、波斯拖鞋、面具和假发等，散置于各个角落。

进入书房便能看到壁炉内炭火摇曳。壁炉前放着两个单人沙发，中间还有一个茶几。茶几上放着一个放大镜和帽子，供游人当道具拍照用。起居室的另一边是餐桌，餐具摆放得整整齐齐。房间里有两扇窗子，下面便是贝克街。靠窗的角落里摆了一张小桌子，上面放满了瓶瓶罐罐，显然是福尔摩斯搞化学实验用的，两支蜡烛还在明明灭灭地燃烧着。桌上还有三本书，分别是《人类社会学》、《脚印与演绎推理实证》和《化学分析原理》。桌旁则立着一把小提琴。

门的右边是一张旧沙发，左边则是一张书桌，上面放了一个医疗包，里面有镊子、药棉、注射器等医疗器械。药箱边上是几本厚厚的书，书名为《警察与犯罪之谜》、《家庭医生》和《医学百科全书》等，还有一张1897年6月3日的处方。显然，这是华生医生的书桌。书桌上方的墙壁上悬挂着一支步枪，系华生所用，因为他曾在阿富汗当过兵。

书房隔壁就是福尔摩斯的卧室。卧室比书房还小些。门的左边是一张单人床，上面放了一副手铐、一只黑色小皮箱和一件蓝色外套。门对面是一张维多利亚时代风格的梳妆台。旁边墙上有十几张已经泛黄的黑白照片或绘像，都是维多利亚时代著名的罪犯。

三楼的房间格局和二楼一样，分别是华生和赫德森太太的卧室。赫德森太太是福尔摩斯的管家，她的卧室在福尔摩斯卧室的上面。这里有一个一人高的书柜，里面摆满了世界各国翻译的福尔摩斯故事以及有关这位誉满全球的大侦探的研究性书籍。在靠近门口的墙上，有一个一平方米大的黑板，上面贴满了来此拜访参观的游客的名片。

华生的房间成了档案室，陈列与大侦探相关的著述、文件、图书、照片和新闻剪报。福尔摩斯的半身铜像立于中央。进门的右边是一个细长的小陈列台，里面放着福尔摩斯时代的图画。门的左边则是一个小桌台，上面放着一台老式电话以及一些古董一样的工具，像小刀、左轮枪、拐杖、放大镜、怀表和花格呢帽等。靠窗的一个角落里放着一张书桌，上面是一本柯南·道尔的传记。书桌边上的一个柜子上放的是一本厚厚的信册，里面贴满了世界各地寄给福尔摩斯先生的信——看来华生至今还保持着替福尔摩斯保存信件的习惯。

　　四楼摆满了蜡像。最显眼的是莫里亚蒂教授——福尔摩斯最忌惮的劲敌。教授的旁边是一男一女，男性穿一件红色的大氅，脸上还戴着一个遮了半边脸的眼罩，他是波希米亚的国王；他身边的那位女士就是福尔摩斯最敬佩的"那位女人"——艾琳·艾德勒。另一边，一个戴眼镜的年轻人正伏案抄写百科全书，这是《红发会》中的场景。屋角有一个年轻人趴在地上，身边放着一口空箱子，往上看，天花板上有一个方孔，伸出一只手臂，手里提着灯，这便是《马斯格雷夫礼典》中的管家。

　　贝克街不仅有福尔摩斯博物馆，其实，这里整体上都是一个福尔摩斯主题的游览胜地。连地铁站的月台墙上也贴满了福尔摩斯侧面像。出口处则矗立着一尊福尔摩斯的全身铜像，于1999年落成。本区的玛丽伯恩图书馆是欧洲最具规模的福尔摩斯收藏馆，藏有一万五千多册原著的各国译本、杂志、录音带、录像带等，这里还经常举办专题讲座。福尔摩斯，他不仅是贝克街的标志，更是贝克街的骄傲。

说一声"诺伯里"——正典中的谬误

Whispering "Norbury"

纵然英明如福尔摩斯者，也曾经有过失败的情况。同样，在正典中也存在些许这样或那样的谬误。这些谬误要么是一些常识性的错误，要么是一些情节方面自相矛盾之处。这些谬误或许对案件的侦破工作没有大的影响，但是也逃不过细心的福尔摩斯爱好者的眼睛。福尔摩斯在《黄面人》结尾处对华生说："华生，如果以后你觉得我过于自信我的能力，或在办一件案子时下的工夫不够，请你最好在我耳旁轻轻说一声'诺伯里'，那我一定会感激不尽的。"那么在这里，让我们也向华生或者柯南·道尔说上十声"诺伯里"——指出正典里的十大谬误吧。

一、南美箭毒之误

《血字的研究》中有这样一段话："有一天，教授正在讲解毒药问题时，他把一种叫做生物碱的东西给学生们看。这是他从一种南美洲土人制造毒箭的毒药中提炼出来的。这种毒药毒性非常猛烈，只要沾着一点儿，立刻就能致人死命。"于是乎，一心复仇的侯波偷了这种生物碱，制成了易于溶解的小丸。他在每个盒子里装进一粒，同时再放进一粒样子相同但是却无毒的。他给复仇的对象每人分得一盒，让对方先选择一粒吞服，他本人则吞下剩下的一粒。这样做，就和枪口蒙上手帕射击一样，既可以置人于死地，还可以没有声响。

箭毒是生长在南美洲的一种植物的液汁。这种液汁毒性很强烈，能使肌肉瞬间发生瘫痪。一个世纪前，南美土著将箭毒的液汁涂在箭头上用来狩猎，猎物一旦中箭即迅速全身瘫痪，并因呼吸肌瘫痪而窒息死亡。当时，只有巫师才掌握提取箭毒液汁的方法，他们只在近似于妖术的神秘仪式上熬煮这种植物。

箭毒在十九世纪由传教士带回欧洲，经过进一步的研究和提炼制成了可以使肌肉变得松弛的药物，用来对抗破伤风时的痉挛。直到今日，做外科手术时还时常使用少量的这种肌肉松弛剂使手术更容易进行；在需要控制病人呼吸的时候，可以通过注射较大剂量的箭毒来停止病人自己的呼吸，以便进行机器控制的人工呼吸。因此，听来可怕的箭毒也是一种重要的急救药物。

柯南·道尔巧妙地运用箭毒编写了扣人心弦的精彩探案故事，但他却犯了个错误——箭毒在胃肠里是不能被吸收的，只有通过注射或者箭尖毒素沾到血液才会发生中毒。如果口服也会使人中毒的话，那么南美土著食用他们用毒箭射杀的猎物不就也中毒了吗？所以，那个恶棍即使吞服了掺了箭毒的药丸也不可能会死亡。如果作者让侯波用刀甚或涂了箭毒的刀来杀死对方，这个故事也可以圆满结束，但是搏斗终究没有让敌人先选择药丸那样浪漫动人。可是，从现代科学眼光来看，这个选择是断然不能成立的。

当然，也有人认为这里所用的并不是南美箭毒，可能是尼古丁。尼古丁即烟碱，是一种存在于茄科植物（茄属）中的生物碱，也是烟草的重要成分。对成年人的半数致死量为0.5—0.1mg/kg。因此，尼古丁是强致命的毒物，其毒性比其他许多生物碱都要强。

也有研究指出，这种毒药是产于热带的一种龙牙花，其含有的生物碱大部分是刺桐生物碱。或许，作者在这里将"南美箭毒"同"南美死罪判决毒药"混淆了。后者是南美土著在神判法时使用的毒药，如果服用者没事就将免于受罚。其主要成分为毒扁豆碱，通过口服迅速吸收，而且受害者在临死前还会保留意识，这也与书中的说法相一致。

二、伤口位置之误

《血字的研究》中华生写道："我的肩部中了一粒捷则尔枪弹，打碎了肩骨，擦伤了锁骨下面的动脉。"福尔摩斯说："他（华生）左臂受过伤，现在动作起来还有些僵硬不便。"从这两条线索来看，华生的伤口在左臂无误。

再看《四签名》里华生的叙述："只是坐着抚摩我的伤腿，我的腿以前曾被捷则尔枪弹打穿，虽然不碍走路，但是一遇天气变化就感到痛楚难堪。"福尔摩斯也提到了华生的伤腿，问他："你的腿受得住吗？"看来华生的腿伤不轻。

不过，《米尔沃顿》却又似乎

手拿捷则尔步枪的阿富汗人

否认了华生腿部受伤的说法。故事中，华生翻过了六英尺高的墙，连续跑了两英里，丝毫没有显示出伤病的困扰。而臂膀受伤的说法在《贵族单身汉案》中再度得到了验证。华生写道："我的胳臂由于残留着作为我当年参加阿富汗战役的纪念品的那颗阿富汗步枪子弹，又隐隐作痛不止。"

华生的伤口到底在哪里呢？D·马丁·达金认为华生受伤过两次，一次在肩膀上，一次在腿上。在《血字的研究》中华生仅仅提到肩部（胳膊）的伤势，因为这处伤痛比较严重，并且因此退出军队。也有学者提出华生参军两次，受伤两次。最为奇妙的说法是"一箭双雕"说，即打仗的时候华生趴在马背上，一颗子弹射来，先射中华生的腿部，接着打碎了肩骨。

三、红发会日期之误

正典中的许多日期都存在争议，比如《威斯特里亚寓所》发生在1892年，这时候福尔摩斯还处在大空白时期，不可能和华生调查案件。在这些日期问题中，公认最突出的是《红发会》的日期问题。我们先对小说中涉及的日期作一下总结：

1.华生说杰贝兹·威尔逊拜访贝克街发生在1890年秋的一个星期六，这一时间段在后文也得到了佐证，因为红发会门上的告示落款日期是10月9日。但是1890年10月9日是星期四。

2.给福尔摩斯看的广告，华生说是刊登在4月27日的《纪事年报》上，"正好是两个月以前的"，由此推测拜访的日期应该在6月27日前后。

3.杰贝兹·威尔逊说广告是在"八个星期以前的这天"看到的，从10月9日推算回去，是8月14日。

4.威尔逊说红发会每个星期六给他四镑，给了八个星期，"他们花了三十二个英镑"。很难想象威尔逊会把他拿到的钱数目弄错。但是最后一个星期六（10月9日？）红发会关门了，他没有拿到钱。因此，如果他工作了八个星期，应该只拿到二十八英镑。

这么一篇小说竟然出现了四个矛盾之处。一般认为，"4月"这个日期肯定是写错了，应该是"8月"。多亏多萝西·L·塞耶斯巧妙而合理地解释了这四个矛盾（请参见附录《〈红发会〉的日期》），这才总算为华生圆了场。

另外，《恐怖谷》和《最后一案》的时间矛盾也颇让人迷惑。前者发生的年代大约是

1888年，后者是1891年。直到《最后一案》中，华生还从来没有听说过莫里亚蒂教授。而在《恐怖谷》中，华生却很了解"那个著名的手段高超的罪犯"。这相当不可思议。

四、蓝宝石之误

《蓝宝石案》里出现了一颗名贵的宝石，即蓝宝石（blue carbuncle）。华生描述道："这颗蓝宝石比黄豆稍微小一些，可是晶莹洁净、光彩闪闪，就像一道电光在他那黝黑的手心里闪烁着。"这颗宝石在当时问世还不到二十年，是在中国华南厦门河岸上发现的。它重四十谷（十二点六二克拉）[1]，价值两万英镑以上。它的奇异之处在于：除了是蔚蓝色的而不是鲜红色的这一点之外，它具有红宝石的一切特点。

所谓的"carbuncle"是指红石榴石或红宝石，这是石榴石的一种，为铁和铝的硅酸盐，呈深红色，像一块烧红的煤发出的颜色，由此而得名（carbuncle在拉丁文中是"一小块煤"的意思），又由于这种宝石的色泽很像鲜润晶莹的石榴籽，故而也称为红石榴石。它是石榴石家族中资格最老的一种，在十八、十九世纪即十分流行，现在在很多古董珠宝上都能看到它的身影。当时知名的珠宝店的橱窗，往往都被各式各样的石榴石首饰占据着。很多书上也记述了在当时人们拥有的宝石中，以红石榴石为最多。

除了红色以外，石榴石受到其金属元素成分的影响，其颜色也精彩纷呈，有紫红、粉红、暗红、橙红、橙黄、翠绿、黄绿、褐、黑等多种颜色。事实上，石榴石拥有除蓝色以外的所有颜色。不过，只有"红色"的石榴石才可称为"carbuncle"。况且发现这个奇异宝石的地点也是虚构的：中国确实出产石榴石，但是却并没有厦门河。

那么这颗宝石到底是什么类型的呢？福尔摩斯提到它是"结晶碳"——只有钻石才是结晶碳成分，而石榴石是铝或硅酸钙矿，产生于两种内部内构的化合物。因此，有的人认为这是蓝刚玉（sapphire），也有人认为是蓝色钻石，还有人认为这是一种深色金刚石（carbonado）。

---

(1) 1谷为64.8毫克。1克拉新制为200毫克，旧制为205.3毫克。这里是按旧制换算的。

五、鹅嗉囊之误

《蓝宝石案》里，彼得森发现蓝宝石后，跑着冲进贝克街的起居室，脸涨得通红，带着一种由于吃惊而感到茫然的神色对福尔摩斯说："瞧，先生，你瞧我妻子从鹅的嗉囊里发现了什么！"福尔摩斯似乎也肯定了关于鹅嗉囊的说法，他后来说："我们现在要解决的问题是，把从被盗的首饰匣为起点到托特纳姆法院路拾到的那只鹅的嗉囊为终点的一系列事件按顺序理清楚。"

所谓嗉囊是指位于鸟类食道的中部或下部，能与食道区分开的膨胀部分。嗉囊的下方有叉骨支撑，外形差异很大。嗉囊在食谷、食鱼的鸟中较发达，在食虫、食肉的鸟中较小。很长一段时间，研究者对"鹅嗉囊"的问题并没有引起关注。直到1946年12月26日，米德里德·塞蒙斯在写给《芝加哥论坛报》的一封信中指出——"鹅没有嗉囊"。

这个论点一经发表，便引起福学家的极大兴趣。杰伊·芬利·克里斯特博士回应说："米德里德·塞蒙斯在12月26日声称：'鹅没有嗉囊'，在福尔摩斯专家之中引起轩然大波。一位鸟类学家、两位动物学家、三位家禽屠宰工亲自论证之后认为这位女士的说法是正确的。福尔摩斯犯了个错误，贝克街小分队成员长时间以来也一直没有发现。"

芝加哥自然历史博物馆的鸟类部门专家也指出："准确地说，我们没发现鹅有嗉囊。许多鹅的食道可以膨胀，但是在进入胸腔以前食道口并没有膨胀。也就是说，这不是嗉囊。"不过，

那只鹅的"嗉囊"里取出了"蓝宝石"

新汉普郡大学农业学院专家则指出："鹅有嗉囊。只是这个嗉囊不像火鸡的那么明显，而所有食谷禽类都有嗉囊。"

甚至有福迷上书英国农业和渔业大臣寻求答复，得到的答复是："大臣的首席家禽顾问鲁珀特·柯尔斯博士——农学学士、农学硕士、经济学硕士、理学博士、农学博士、兽医学博士——认为：'关于鹅没有嗉囊的说法很正确。但是，作为一位福迷我想说，即便如此，也没有必要收回《蓝宝石案》中的说法。'"

其实，鸡和火鸡有真正的嗉囊或者在食道尾部有个袋状储存空间，而鸭子和鹅没有这样的袋状物，因为胃部存满食物之后它们的食道可以膨胀以储存食物。所以，案件中的蓝宝石完全可以存留在食道中。

六、蛇之误

《斑点带子案》中有这样一段情节，罗伊洛特医生训练那条蛇一听到召唤就回到他那里，而所谓的召唤就是吹口哨。可是实际上，蛇根本没有听觉！

蛇的耳朵早已经退化，完全没有外耳，内侧的中耳也只有一根骨头，因而完全没有听觉。但蛇的鼻子连着一种特殊的器官，因此，蛇的嗅觉极为灵敏。蛇的舌头呈分叉状，就是借着舌头的快速伸缩，把气味从鼻腔送入这特殊器官内来感觉的。而且蛇的鼻子对震动的感觉也极为敏锐。

这里作者可能是受到印度耍蛇人吹笛子让蛇翩翩起舞的启发。其实耍蛇人在吹笛子的同时，脚也在随着节拍踏击地面。随着艺人的脚踏节拍，对震动极为敏感的蛇便随之起舞。这就是说，耍蛇人吹笛子只是一种掩人耳目的假动作，而脚踏节拍才是指挥蛇起舞的真正信号。

另外，罗伊洛特医生用牛奶喂蛇这一细节也存在很大疑问。蛇是一种食肉动物，虽然在不少神话或文学作品中牛奶经常被用来喂蛇，然而其实蛇和牛奶并无多大关联，大部分情况下它们只在极渴的时候才会喝一点点牛奶。

而且，小说里说那条蛇是一条沼地蝰蛇。蝰蛇是夜间活动的动物。它们的毒液中含有血毒素，有些种类还另含神经毒素。它们毒牙较长，能深深刺入猎物体内高效地注入毒液。但是并没有哪种蛇学名叫"沼地蝰蛇"。根据文中的描述，可以总结出这种蛇的几个特征：1.毒性发作迅速；2.能够沿着绳索爬上爬下，而且可以"直立"；3.外形为黄色带褐色斑点，又粗又短、长着钻石型的头部和涨鼓鼓的脖子；4.可能在印度有分布。通过对这些特点研究之后发现，这样的蛇的存在有几种可能性但是又没有任何一种能完全符合全部条件。比如，锯鳞蝰生性爱睡，头部尖，有斑点，在印度有分布，但是毒性发作缓慢；竹叶青蛇喜欢攀爬，在印度有分布，但是同样毒性发作慢，颜色也不相称；眼镜蛇毒性发作快，擅攀爬，会直立，一般为黄底棕色斑点，有钻石型的头部和涨鼓鼓的脖子，在印度有分布，但是眼镜蛇有其自身明显的特征，完全不同于蝰蛇。

不论从哪个方面看，这条蛇都十分可疑。

七、赛马知识之误

《银色马》中有这样一个情节，梅普里通马厩的管理人赛拉斯·布朗将邻居罗斯上校的名驹银色马藏匿了起来，他并不是故意偷走马的人，而是因为巧合获得了走失的银色马，只是出于私心，他想把马一直藏到比赛结束。这样的情节与赛马规则实际上有着很大的抵触，就算赛后送还马匹也是于事无补的。柯南·道尔在自传《回忆与冒险》中也承认：

我不是精通赛马的人，但是我还是冒险写了《银色马》，故事里的案件与赛马训练和比赛规则有关。这篇小说挺不错，福尔摩斯的表现也称得上巅峰状态，但把我的无知也表露无遗。我在某份体育报纸上读到过一篇非常出色但是也毫不客气的批评文章，显然文章的作者是精通此道的人。他说，如果有人做出像我描述的一样的举动，他将获得的处罚是：要么进班房，要么永远失去赛马资格。

问题还不止这一点。小说里坏心肠的驯马师想用一把手术小刀伤害马匹，从而使得银色马无法夺冠，自己便得以从中渔利。但是，有人研究发现，这么样的一把刀是不可能造成那种伤害的，因为马的肌腱很强韧，小刀无法穿透。这里所说的后果也纯粹只是一种想象罢了。

八、自行车印痕之误

《修道院学校》中，福尔摩斯通过自行车的轨迹推理出骑车人是从学校方向骑来的。他的理由是："当然是承担重量的后轮，压出的轨迹深。这里有几处后轮的轨迹和前轮的交叉，前轮的轨迹较浅被埋住了。无疑是从学校来的。"实际上，不论是从哪边来，车辙印两边都是一样的，除非轮胎花纹不对称，或者有什么其他特殊之处。

柯南·道尔也确认了这一漏洞，同时，他也提出了一种补救的说法（《回忆与冒险》）：

我搬出自行车来试验了一下。在我想来，自行车不可能完全直线行驶，所以后轮的印记将覆盖在前轮的印记上，如此可推出行驶的方向。结果我发现，给我来信的读者是对的，我错了，因为无论车子从哪个方向来，结果都是一样的。另一方面，真正的方法非常简单，因为在起伏不平的荒野上，自行车上坡的印记要深许多，下坡的印记则要浅许多，因此，福尔摩斯还是正确的。

九、暗号灯之误

正典中有几桩案子涉及暗号，最著名的便是《跳舞的人》中跳舞小人的暗号。《红圈会》也使用了暗号作为传递信息的方式——以灯光晃动的次数作为暗号。小说里有这样一段描述：

灯光发信号了。一下，这肯定是A。华生，你也记一下，记完我们互相核对。你记的是几下？二十。我也是二十。二十是T。AT——这真够明白的了！又一个T。这肯定是第二个字的开始。现在是——TENTA。停了。这不会是完吧，华生？ATTENTA没有意思啊。是三个字——AT、TEN、TA，这也没有意思。要不然T、A分别是一个人的姓名的缩写。又开始了！是什么？ATTE——嗯，重复同样的内容。奇怪，华生，很奇怪！他又停了！AT——嗯，

福尔摩斯在窗口中用蜡烛打出暗语，他能招来人吗？

第三次重复，三次都是ATTENTA！

这里所用的语言都是意大利语。"Attenta"是"当心"的意思。接着又打出"Pericolo"——"危险"的意思。其实这里面有很大的漏洞。意大利语只有二十一个字母，没有j、k、w、x、y。因此，如果按照意大利语字母表，这里的灯光晃动次数不可能得出福尔摩斯所说的单词。而且，有人根据这里提到的单词计算，要表示出这些字母需要晃动灯光近五百下，耗时近五分钟。这可真是费时费力的传送消息的方法，根本起不到紧急告知的目的。这样的暗号只能停留在虚构的幻想之中。

十、《王冠宝石案》之误

正典中矛盾最多的篇目自然要数《王冠宝石案》。这篇的多处叙述与其他篇目存在很大的差异。首先，它是《最后致意》之后第二篇以第三人称创作的作品。行文风格等方面与其他篇目有所不同。甚至有人怀疑，它不是出自华生之手。比如华生太太说，这是她的处女作同时也是封笔作。这位华生太太到底是梅丽·摩斯坦还是《皮肤变白的军人》中提到的另一位华生太太，这本身也相当难有定论。还有人主张，虽然华生记录过这个案子，但是并不完整，是有人发现了记录，于是添油加醋写了出来。

文中的比利也很奇怪。《恐怖谷》中也有一个比利。《王冠宝石案》发生在福尔摩斯归来之后，这两个年纪相仿的小听差比利应该是两个人。此外，一些关于贝克街寓所的描述也独此一家，无法在其他篇目中得到印证，比如，本篇提到贝克街有一间会客室，起居室有一处旁门，有电铃，等等。更奇怪的是，本篇还提到了福尔摩斯从来不会放声大笑，小说里的这次便是他老朋友华生记忆中几乎近于大笑的一次。这一说法是彻底站不住脚的。仔细对正典进行梳理之后我们可以发现，福尔摩斯表现出高兴多达三百一十六次，包括：微笑一百零三次、大笑六十五次、玩笑五十八次、咻咻地笑三十一次、会心一笑十次、被逗笑九次、高兴七次、喜悦七次、眼睛闪光七次、其他十九次。由此看来，《王冠宝石案》还真是疏漏多多啊！

福尔摩斯在中国

Holmes in China

福尔摩斯初来华

　　西方侦探小说引入中国的确切年份是1896年。近代中国重要报刊之一的《时务报》于第六册（1896年9月27日）上以连载的形式登载了一篇福尔摩斯故事的文言译文《英包探勘盗密约案》（《海军协定》，载第六至第九册，1896年9月27日至10月27日）。这是福尔摩斯在中国的原点，也是侦探小说在中国的原点。

　　此后，《时务报》又刊登了三篇福尔摩斯故事，分别是：《记伛者复仇事》（《驼背人》，载第十至第十二册，1896年11月5日至25日）、《继父诳女破案》（《身份案》，载第二十四至第二十六册，1897年4月22日至5月12日）、《呵尔唔斯缉案被戕》（《最后一案》，载第二十七至第三十册，1897年5月22日至6月20日）。

　　《英包探勘盗密约案》和《记伛者复仇事》分别署名为"译歇洛克呵尔唔斯笔记"和"译歇洛克呵尔唔斯笔记，此书滑震所作"，《继父诳女破案》和《呵尔唔斯缉案被戕》的署名分别为"滑震笔记"和"译滑震笔记"。歇洛克呵尔唔斯即歇洛克·福尔摩斯，滑震即华生。译者张坤德是《时务报》英文翻译，域外报译、英文报译栏目都署名由他翻译的（也有学者指出译者并非一人，有些细节也可印证这一点，比如《呵尔唔斯缉案被戕》开头提到"水师条约案"，即《海军协定》，这篇曾在《时务报》以"英包探勘盗密约案"为题登载，译者对此却并未理会。但也并不是此后单行本所署的丁杨杜，他其实是单行本出版方文明书局的发行人）。

　　1897年6月20日，《时务报》结束了它的最后一篇福尔摩斯故事连载。两年后，素隐书屋出版单行本，名为《包探案》（一名《新译包探案》），收录了这四篇福尔摩斯故事。1903年，文明书局又将其再版。在清末，杂志上刊登的作品没有发行单行本的有很多。而福尔摩斯故事不仅时隔不久就发行了单行本，而且还被其他出版商再版，不难推测是受到好评的。这也要部分归功于《时务报》刊登作品翻译质量比较高，让人印象深刻。

　　虽然之后《时务报》的编者不再对福尔摩斯感兴趣，但是这种新颖的文学形式却让读者感到新奇和有趣。于是，随后便不断有福尔摩斯的译作接连面世。紧接其后的是1901年黄鼎和张在新合译的《泰西说部丛书之一》（兰陵社），其中收录六篇福尔摩斯故事：《毒蛇案》（《斑点带子案》）、《宝石冠》（《绿玉皇冠案》）、《拔斯夸姆命案》（《博斯科姆比溪谷秘案》）、《希腊舌人》（《希腊译员》）、

《时务报》上刊登《英包探勘盗密约案》

《红发会》、《绅士克你海姆》(《赖盖特之谜》)。其中Sherlock Holmes翻译作休洛克福而摩司,Watson翻译作华生,"华生"遂成为后来译者通用的译名。

Holmes第一次翻译成"福尔摩斯"是在1903年初,文明书局出版了署名"警察学生"所译的《续包探案》(又名《续译华生包探案》,收录七篇故事)。虽然之后1903年《绣像小说》连载的六篇福尔摩斯故事仍然使用了"福而摩斯"这个译名,不过,逐渐成为大侦探通行的名字的,还是"福尔摩斯"。1903年,吴梦鸯、稽长康合译了《〈唯一侦探谭〉四名案》(小说林社刊,《四签名》),这是福尔摩斯长篇故事首次译为中文。此后,该系列的长篇作品逐步地被翻译了过来。

这一时期,出版界对于福尔摩斯故事兴趣浓郁,几乎做到了和欧美同步面市。据统计,与邻国日本相比,虽然其最先翻译福尔摩斯系列的时间要比中国早两年,整体翻译数量也要多,但是六十篇福尔摩斯故事有三十九篇中国翻译要早于日本。不仅如此,早在福尔摩斯系列尚未结束之时,一些冠以"全集"名义的合集便出现了。

1916年5月,严独鹤、程小青、陈小蝶、天虚我生、刘半农、周瘦鹃、陈霆锐、天侔、常觉、渔火等十人用浅近的文言翻译了《福尔摩斯侦探案全集》(中华书局,十二册)。全书收录当时业已发表的四十四篇故事。该书体例甚为完备,不但正文前有凡例以及当时文坛著名作家包天笑、陈冷血等的序言,还有刘半农撰写的《英勋士柯南·道尔小传》和《跋》，每篇小说均附英文原名。该全集初版后销路看好，三个月后就得以再版，二十年中印行达二十版之多。

民国时期最具代表性和影响力的福尔摩斯全集是程小青应世界书局请求翻译的《福尔摩斯探案大全集》。1926年10月，程小青等人将已发表的作品译成白话，加上新式标点，配上插图，称为《福尔摩斯探案大全集》，全书计五十四篇，十三册，其中第十三册为插图集。1941年12月，世界书局根据初版重新编排成八册，将插图编入每册，并且请程小青补译了剩余的六篇福尔摩斯故事，至此乃成真正的全集。

福尔摩斯故事引入中国之初并非单纯作为一种文学形

1916年中华书局版《福尔摩斯侦探案全集》第一册

式，而是作为教化民众的工具。十九世纪末倡议改革的精英们提出了新的文学规范，大力标榜小说的教育价值（亦即社会功能），而文学价值反而降为次要。翻译小说的普及化不但符合出版商以利润为依归的需求，也符合呼吁教育群众的改革家所提出的理想。陈熙绩在给林纾翻译的《歇洛克奇案开场》（《血字的研究》）所作"叙"中说，"林畏庐先生素以译述泰西小说，寓其改良社会、激劝人心之雅志"，肯定的并不是福尔摩斯的机智，而是其中的复仇者约佛森，"使吾国男子，人人皆如是坚忍沉挚，百折不挠，则何事不可成，何侮之足虑？"他强调的是侦探小说的教育或教化功能。刘半农在中华书局版《福尔摩斯侦探案全集·跋》中说："彼柯南·道尔抱启发民智之宏愿，欲使侦探界上大放光明"，"柯南·道尔于福尔摩斯则揄扬之，于莱斯屈莱特之流则痛掊之，其提倡道德与人格之功，自不可没。"

再者，福尔摩斯故事绝少暴力成分，而侦查过程及真相大白的演绎法就像经常重复的仪式，给人一份安全感。案件中邪不压正的结局正好为读者提供心理上的稳定作用。当时的中国社会，政治制度及社会制度都处于极不安定的状态，侦探小说提供的心理稳定作用对中国读者来说，吸引力就愈见强烈了。在一个公理难伸的社会，侦探故事的主人翁维护法纪，仿若古代的清官，但又更胜一筹，因为他查案用的是现代的科学方法。这种传统文学观念和现代西方科学的配合，实在是叫晚清读者很难抗拒的。

作为一种文学样式，侦探小说也随之逐渐得到了认可。而西方现代侦探小说对于中国公案小说产生的巨大冲击，使中国侦探小说开始萌芽。在此领域一马当先的便是塑造了"中国福尔摩斯"霍桑的程小青。

程小青从译者起家，后来自己动手写小说，将福尔摩斯中国化。他笔下的霍桑许多方面都类似福尔摩斯。他"体魁梧而健硕……绝机警，强记深思……好学问……攻理科，除数学、物理、生物、化学等科外，旁及哲学、法律、经济，而于实验心理变态心理尤有独到；他如美术、药物及我国固有之技击等亦复兼收并蓄"。不过他不打吗啡针，只抽香烟，性格比较温和。霍桑还有一个华生式的助手包朗。程小青指出："华生却不但给福尔摩斯担任记录的职司，同时又明明做了福尔摩斯一个有力的助手。他参加侦查，参加讨论和谈话，有时竟代替福尔摩斯出马，充任全案中的要角。我的那位包朗先生，也和华生对于福尔摩斯一般的做了霍桑的得力助手。"（《侦探小说的多方面》）

虽然是以福尔摩斯作为原型，但是霍桑也有自己的本土化特征。他的言行举止时时处处流露着中国人的人情关系、道德观念、处世哲学，故事及其背景与当时上海社会三教九流之徒的风貌，大体是吻合的。而在作者落笔处的褒贬之间，又有着他本人的是非标准，其中既有儒家的中庸之道，又有墨家的兼爱主义。书中的案件很多是具有社会意义的，反映出了当时社会背景下人与人之间的冲突，其字里行间更是能看到强烈的正义感。

这一时期还出现了福尔摩斯的仿作。比如具有戏作趣味的陈景韩的《歇洛克来游上海第一案》（《时报》1904年12月18日）、包天笑的《歇洛克初到上海第二案》（《时报》1905年2月13日）、陈景韩的《吗啡案——歇洛克来华第三案》（《时报》1906年12月30日）、包天笑的《藏枪案——歇洛克来华第四案》（《时报》1907年1月25日）、刘半农的《福尔摩斯大失败》系列（《中华小说界》第二卷二期、第三卷四期、第三卷五期，1915年—1916年）。程小青也以福尔摩斯和亚森·罗平对决撰写了仿作《龙虎斗》（《紫罗兰》，1943年4月），包括钻石项圈和潜艇图两个故事。由此可见，福尔摩斯在民国时期国人中的影响力，诚可谓根深蒂固，鲜有匹敌。

新中国初期的沉寂

新中国成立之后，社会主义文艺开始成为中国文学的唯一道路。二十世纪五十年代初，对国际革命文艺的崇尚成为了中国文学的一大潮流。在这个洪流中，苏联文学几乎主宰了中国文学的整个走势。

苏联的文艺家们认为，以福尔摩斯为代表的惊险小说（侦探小说）具有反动的倾向："柯南·道尔在西方的追随者根本背弃了道德，把罪犯的秘密归结到这样一个问题（在两个人、三个人或者四个人当中谁是凶手）的迷宫。读者和密探是从怀疑所有的人开始的。在读者的思想上造成了这样一种印象：每个人都可能是凶手，犯罪对每个人都是极自然的事情。"（得鲁任宁《论惊险小说的样式》，1955）

这样一来，以反特斗争为主的惊险小说便成为苏联侦探题材作品的最主要类型。这类作品和福尔摩斯式的浪漫主义不同，讲求的是现实主义，也可以说，是对福尔摩斯类型的否定。在特定的政治情况下，出现这样的现象也是可以理解的。

即便在这样的情况下，群众出版社还是组织翻译出版了"福尔摩斯探案系列"，总计三部，分别是：1.《巴斯克维尔的猎犬》（1957，倏茧译）；2.《四签名》（1958，严仁曾译）；3.《血字的研究》（1958，丁钟华、袁棣华译）。编辑在前言中论及出书的目的时谈道："他（福尔摩斯）能利用各种巧妙的侦查手段和推理的方法来调查与案情有关的线索。他善于从错综复杂的情节中剥去各种假象的外衣，抓住实质。他能根据后

1958年群众出版社出版的《血字的研究》

果和残缺不全的痕迹，合理地推断出案件发展的过程，终而挖出元凶。"这些都是福尔摩斯探案的特点和优点，而且对中国社会也不无借鉴意义。

当时西方文学作品译介很少，翻译西方侦探小说更是绝无仅有。"福尔摩斯探案系列"的翻译在读者中引起了很大关注，且销量也甚巨大。《读书》杂志1959年第5期"答读者问"栏目刊登了刘堃的《怎样正确地阅读"福尔摩斯探案"？》。文中提到，有读者来信说，群众出版社自从1957年起陆续出版了福尔摩斯探案后，在读者中，特别是在广大青年读者中引起了广泛的注意，而且大家对这些书的认识很不一致。文章从当时的观点出发分析了福尔摩斯小说的两点"毒素"：一是作品中存在着较明显的资本主义，乃至殖民主义的色彩。二是作者在作品中极力把福尔摩斯描写成一个高明超群的侦探家。然而，侦查工作的重点乃在于抓住政治方向，紧密联系群众，才能破获案件。

或许正是由于这样的批评之风占据了主流，群众出版社的"福尔摩斯探案系列"只出三本便告中断。直到二十年之后，福尔摩斯才重新回到了读者的视野中，这次出版它的仍旧是群众出版社。

第二波福尔摩斯浪潮

1978年底，全国外国文学研究工作八年规划会议在广州召开，提出今后外国文学研究的四项任务，其中第一项任务就是"研究和介绍当代外国文学的新成果、新思潮"。在思想解放运动的潮流下，1978年12月，群众出版社发行了《福尔摩斯探案选》。此书包含了五十年代翻译的三部长篇福尔摩斯探案《血字的研究》、《四签名》、《巴斯克维尔的猎犬》。出版的目的是："为了开阔眼界，并用作我公安司法人员的参考读物。"当时仍为繁体字版，内部发行，数量不多。

这本书很受读者欢迎，甚至成为图书"黑市"上的抢手货。有资料表明，在昆明图书集市上，这本书的卖价竟高达原书定价的七倍。1979年2月，群众出版社正式出版了《福尔摩斯探案集（一）》，包含《血字的研究》、《四签名》、《巴斯克维尔的猎犬》，第一次印刷二十万册。1980年6月，推出《福尔摩斯探案集（二）》，包含《恐怖谷》和《冒险史》，第一次印刷五十三万册。9月，《福尔摩斯探案集（三）》出版，收录《回忆录》，第一次印刷五十三万册。10月，《福尔摩斯探案集（四）》出版，收录《归来记》，第一次印刷五十三万册。1981年5月，《福尔摩斯探案集

（五）》出版，收录《最后致意》和《新探案》，第一次印刷四十万册。至此，新中国成立后第一次福尔摩斯全集翻译工作始告完成。

1981年8月至10月，群众出版社将五册福尔摩斯探案整合为三册，出版《福尔摩斯探案全集》（上、中、下），配以文关旺所作插图，第一次印刷十五万册，并于同年获得第一届全国优秀外国文学图书奖。群众版翻译严谨，译文优美，历经多年的考验，依然是读者心目中的首选，后来还被台湾远流出版公司引入海峡对岸，同样受到读者欢迎。

群众版《福尔摩斯探案全集》推出之后，在很长一段时间内也没有出版社重新组织翻译出版福尔摩斯全集，只有零星的一些选集陆续问世。直到上世纪九十年代中后期，才又出现了全集的重译本。1997年，花城出版社出版了三册本《福尔摩斯侦探小说全集》。这部全集的最大特点是采用了《海滨杂志》上西德尼·佩奇特为福尔摩斯故事绘制的插图。此后，几乎每年都有新版福尔摩斯全集面世，迄今已达二三十种。

在福尔摩斯热潮爆发的初期，各家美术出版社也纷纷推出了改编的连环画。连环画在当时为广大读者喜闻乐见，特别是青少年。福尔摩斯连环画一经推出，反响热烈。浙江人民出版社1979年的《巴斯克维尔的猎犬》（黄云松绘）可谓一炮打响，随后，四川、江苏、辽宁、福建、吉林等美术出版社也随即出版类似的连环画。这些连环画均选自《探案集》的名篇，加上多由崛起于七八十年代擅长外国题材的画家绘画，他们采用钢笔、墨笔、碳笔素描等不同表现手法，使形形色色的人物和阴森恐怖的气氛跃然纸上，具有强烈的艺术感染力，成为同时期外国题材连环画中的佼佼者。《巴斯克维尔的猎犬》（张文永绘，四川人民出版社，1981）、《四签名》（于成业绘，福建人民出版社，1980）、《血字的研究》（陈长贵绘，吉林人民出版社，1981）、《魔犬（上、下）》（徐芒耀绘，辽宁美术出版社，1985）等是其中的代表作。

鉴于正典数量有限，出版社便将一些仿作引入国内。较早的有尼古拉斯·迈耶的《百分之七溶液》（漓江出版社，1986）、纪念福尔摩斯百年诞辰的短篇仿作集《鬼室与阴影》（中国文联出版公司，1990），最近的则有人民文学出版社的《贝克街谋杀案》、《贝克街的幽灵》，等等。迄今翻译出版的仿作作品达三十种以上，以群众出版社居多。北京大学出版社还特别推出过英文版带注释的仿作系列丛书，供爱好者阅读学习。

一些关于福尔摩斯、柯南·道尔的非小说作品也被引入了国内。1986年，作家出版社出版了约翰·狄克森·卡尔的《阿瑟·柯南·道尔爵士》。这是一本关于柯南·道尔的权威传记，在欧美影响颇大。1991年，中国社会科学出版社出版了托马斯·西比奥克、简·伍米克-西比奥克的《福尔摩斯的符号学：皮尔士和福尔摩斯的对比研究》，这是一本具有很强学术色彩的书籍。而前些年引进的《福尔摩斯的世界：一个伟大侦探

的幕后生活和小说背景》和《侦探福尔摩斯》，则是针对福尔摩斯探案集的入门导读性
质的书籍。

对福尔摩斯的再评价

福尔摩斯的第二波热潮正是二十世纪八十年代思想解放的时候。此时，对福尔摩斯的评价也重新回归理性的观点。翁显良在《推理小说辨》（《暨南学报（哲学社会科学版）》1980年第3期）中分析福尔摩斯故事的成功时说：

《福尔摩斯探案》的成功，与其说是由于推理巧妙，不如说是由于情节离奇，使读者的神经一直处于紧张状态，非到案情大白，不能松那口气。流传甚广的《魔犬》（The Hound of the Baskervilles）就是个突出的例子。这篇故事，人们一读再读，还要去看据此改编摄制的电影，不是出于对福尔摩斯的逻辑推理天才的钦敬，而是为了从恐怖的刺激中求快感，从邪妖的败亡中得到"善有善报，恶有恶报"的道德精神上的满足。以思辨为乐的人百中无一；倘若《福尔摩斯探案》只给人以理性的享受，就不会这样受欢迎而历久不衰了。

于洪笙是较早开始重视并研究侦探小说的学者之一，她撰写的论文《一个值得重视的文学样式——从福尔摩斯谈侦探小说的发展及地位》（《国际政治学院学报：哲社版》1984年第4期）以福尔摩斯为代表评价侦探小说。她对福尔摩斯长久以来受到的崇拜进行了分析，认为这是和作品艺术上的成功分不开的：

作者善于构思和布局，巧妙的安排，曲折的情节篇篇引人入胜；作者又擅长描写，场景的逼真，气氛的恐怖章章如临其境了；最重要的是作者成功地塑造了福尔摩斯这个既是科学家又是侦探、既是绅士又是超人英雄的艺术形象，百年来深入人心，栩栩如生。

到了八十年代末，正统的学术界开始出现一些声音，为侦探小说正名，给予其重新评价和肯定。《中国近代文学百题》（中国国际广播出版社，1989）专门将侦探小说作为一个问题，由裴效维撰写《侦探小说——一个外来的小说流派》，对于以前将侦探小说视为"历史的垃圾"提出批评：

然而非常奇怪的是，新中国建立之后，我国的侦探小说竟被视为"历史的垃圾"，成为实际上的禁书，既与广大读者完全绝缘，又成了文学研究领域里的禁区。更

为奇怪的是，就在我国的侦探小说横遭厄运的同时，外国的侦探小说倒还可以流传。结果便形成了这样一种反常的现象：《福尔摩斯探案》在我国几乎家喻户晓，而一般读者对我们自己的侦探小说却一无所知。尤其滑稽的是，这种反常现象，竟然发生在批判民族虚无主义、高唱爱国主义的那些年代。人民不禁要问：莫非外国的侦探小说是所谓"香花"，而我国的侦探小说全是"毒草"吗？答案只能是否定的，因为外国的侦探小说是中国侦探小说的榜样，两者绝无本质上的区别。可见这里面既有极"左"思潮的影响，又有潜在的民族虚无主义在作怪。

二十世纪九十年代以来，相继出现了一些研究和探讨福尔摩斯小说的学术文章。比如，老枪的《柯南道尔和他的侦探小说》（《宜宾学院学报》1990年第3期）、张俊的《福尔摩斯：永恒的科学神话形象》（《培训与研究——湖北教育学院学报》1998年第6期）、余凤高的《柯南·道尔写〈福尔摩斯探案〉——使细节发展成侦探小说的素材》（《名作欣赏》2000年第2期）、张萍、刘世生的《从柯南道尔到克里斯蒂——传统侦探小说的认知与批评价值》（《译林》2001年第6期）、止庵的《福尔摩斯和华生的叙事学》（《福尔摩斯探案全集》序，中国电影出版社，2003）、张炯的《论福尔摩斯形象》（《固原师专学报》2004年第1期）、张建明的《名著的另一面——评福尔摩斯探案集》（《萍乡高等专科学校学报》2004年第3期），等等。

关于福尔摩斯研究涉及最多的领域是其在清末民初的翻译、译文和影响。郭延礼的《中国近代翻译文学概论》（1998）和范伯群主编的《中国近现代通俗文学史》（2000）都有专门章节对此进行了探讨。香港学者孔慧怡也发表了《以通俗小说为教化工具：福尔摩斯在中国（1896—1916）》和《还以背景、还以公道——论清末民初英语侦探小说中译》两篇文章讨论此领域的问题。

而对福尔摩斯在中国的现象研究最为全面和深入的当属日本学者樽本照雄。2006年9月，日本汲古书院出版了他的专著《汉译福尔摩斯论集》，堪称里程碑式的作品。樽本照雄是知名的研究清末小说的专家。这部论集主要讨论的是清末翻译福尔摩斯小说的问题。不过，其中的《汉译福尔摩斯研究小史》跨度从清末到二十世纪九十年代，非常具有价值。

此外，现有的几部侦探小说历史和评论著作都有专门章节论述福尔摩斯以及柯南·道尔。曹正文的《世界侦探小说史略》（1998）第三章"侦探小说之父柯南道尔"介绍了柯南·道尔的生平并分析了福尔摩斯故事。任翔的《文学的另一道风景：侦探小说史论》（2001）第二章"欧美侦探小说"第二节"古典式侦探小说时期"介绍了柯南·道尔及其福尔摩斯作品，第六章"中国现代侦探小说"第一节"西方侦探小说在近代中国"论及了福尔摩斯的早期译介。任翔这样评价了柯南·道尔：

如果说爱伦·坡在小说中首创了大侦探这一角色，那么，确立大侦探稳固地位的是柯南·道尔。他的福尔摩斯不仅能摆脱现实的困境，还能冲破自身的个性束缚调查他人。他是理性与直觉的交融，独创力的象征。他使骚乱的社会回复宁静。他成了家喻户晓的人物，"神探"的代名词。

……他们（爱伦·坡和柯南·道尔）还制定了一套情节发展的基本套式。后世作家虽然不乏创造力，但总的来说，他们也只是以有限的才力做着稍加变动的程式。

回首福尔摩斯在中国的百年历史，我们看到，福尔摩斯故事不仅是中国两次翻译侦探小说热潮的起源，同样也是影响中国两次本土侦探小说创作热潮的重要作品。福尔摩斯在中国拥有最广泛的读者群，即便没有读过福尔摩斯也必然能将其和神探角色联系在一起。

然而，我们同样看到一些缺憾。比如，对福尔摩斯研究的关注和福尔摩斯受欢迎的程度是无法成正比的。国内读者几乎无法对福学研究有更深入的了解。在译文方面，虽然群众版堪称范本，但是也存在小的瑕疵有待改进。不少出版社盲目跟风，无法体现自身翻译特色，甚至翻译质量越来越差，实在令人遗憾。如何将福尔摩斯热潮加以发展和延伸，仍然是一个任重道远的课题。

福尔摩斯的仿作与戏作

Pastiches and Parodies

六十篇福尔摩斯正典对于狂热的福迷来说数量太少，因此出现了数量庞大的福尔摩斯仿作。所谓"仿作（pastiche）"，是指采用相同的侦探人物及时空背景设定，力图重现福尔摩斯探案的神采、特色与氛围的作品。另外，也有一些仿作并不直接出现"福尔摩斯"的名字，而是以"暗示"的方式来表现。一般提到仿作，也同时会出现"戏作（parody）"这个字眼。这类作品无须力图重现原著的风华。有些以诙谐或讽刺的方式呈现，有些单纯使用原著人物，任意改换时空背景，且不限于侦探小说的范围。某些时候，这两者的区别并不明显，戏作往往包含很多仿作的元素。

第一篇福尔摩斯仿作《和歇洛克·福尔摩斯的一晚》于1891年11月匿名发表在《说话人》杂志上，只比《波希米亚丑闻》晚了四个月。从此之后，福尔摩斯仿写热潮在全世界各个国家和地区就不曾中断过，其数量是正典的数十倍（根据罗纳德·波特·德瓦尔的《世界性的歇洛克·福尔摩斯》统计，截至1993年，福尔摩斯的仿作和戏作一共是一千八百零三篇）。福尔摩斯仿写的高峰发生于二十世纪七十年代至八十年代。二十世纪六十年代仿作数量为二百部（篇）左右，至七十年代蹿升至四百部（篇）以上，1980年更是达到五百部（篇）以上。这还不过只是以英语世界的仿作作为统计样本而已。

早年的这类作品大都带有戏谑和搞笑成分。柯南·道尔好友J·M·巴里曾经写过两篇短篇戏作小说《侦探小说走向错误：歇洛·柯摩波斯的冒险》（1892）和《两位合作者》（1894）。美国作家约翰·肯德里克·邦士在他的搞笑小说《追踪船屋》（1897）中把福尔摩斯作为主要人物。著名作家马克·吐温也在《案中案》（1902）里安排福尔摩斯粉墨登场。第一个将仿写作品加以严肃对待的是著名福学家文森特·斯塔瑞特。1920年，他以私人出版的形式发表了《独一无二的〈哈姆雷特〉》（后收入他的《歇洛克·福尔摩斯的私人生活》）。故事中，福尔摩斯要寻找一部失落的1604年版莎士比亚剧本，这部剧本上还有莎士比亚的题字，因此是珍本中的珍本。这部作品被公认是最得原著精髓的仿作。

比福尔摩斯稍晚出道的法国侠盗亚森·罗平曾经和这位大侦探在书中交过手。第一部罗平短篇小说集《侠盗亚森·罗平》（1907）中，福尔摩斯在《歇洛克·福尔摩斯来迟了》一篇中出场。作为塑造者，莫里斯·勒布朗偏袒自己笔下的人物，福尔摩斯失败而归。此篇在杂志上甫一连载便遭到福尔摩斯拥护者的反对。所以后来作者将福尔摩斯的名字改为"Herlock Sholmès"，但是明眼人自然一看便知。此后，在《亚森·罗平智斗福尔摩斯》（1908）中二人同时在两桩案件中斗智斗勇。这两次福尔摩斯虽然并未最终获得成功，不过也不乏可圈可点之处，勉强有了些大侦探的架势。

最重要的短篇福尔摩斯探案仿作大概是1954年出版的《福尔摩斯的功绩》。这部短篇小说集收录了十二篇福尔摩斯故事，由柯南·道尔之子艾德里安和著名侦探小说作家约翰·狄克森·卡尔共同撰写。这十二篇小说有个共同的特点——都是正典中提到的福尔摩斯侦破的案件，只是华生并没有将其公开发表罢了。根据出版商的前言，两篇作品由二人共同完成（《七个钟表》和《黄金猎人》），两篇由卡尔独立完成（《蜡像赌徒》和《海盖特奇迹》），其余基本是由艾德里安独立完成（《邪恶的准男爵》、《密室奇案》、《福尔克斯-拉斯奇案》、《阿巴斯红宝石奇案》、《两妇人奇案》、《黑天使奇案》、《德普特福德恐怖奇案》和《红寡妇奇案》）。

为了模仿出原著的风格，两人可谓煞费苦心。他们研究了柯南·道尔语句的节律、标点符号的使用、福尔摩斯对话的一般长度，以及多长的对话不使用"你说"、"他说"而直接引述，遣词造句小心翼翼。艾德里安也极力模仿父亲，甚至包括柯南·道尔的一些习惯，比如喜欢随时将感兴趣的只言片语记下来并保留起来以便今后有用。他用他父亲使用过的桌子伏案写书，将父亲使用过的物品环绕身旁。这个系列的仿作最具有原著的气氛，不论是案件还是推理、解答，都是比较上乘的。

长篇福尔摩斯仿作直到1966年才首次出现。这是根据同名电影改编的《恐怖的研究》，作者是大名鼎鼎的埃勒里·奎因（奎因中的丹奈也参与了电影的编剧）。这部小说在福尔摩斯仿作中占有非凡地位。一方面是因为它的作者是美国知名侦探小说作家，另一方面小说涉及的案件是著名的开膛手杰克案。这桩历史悬案发生在福尔摩斯的时代，可是正典中却只字未提。除了《恐怖的研究》以外，迈克尔·迪布丁的《歇洛克·福尔摩斯的最后故事》（1978）、约翰·霍普金斯的《天命谋杀》（1979）、爱德华·B·韩南的《白教堂的恐怖》（1996）等也都是讲述这一故事的作品。

1974年，尼古拉斯·迈耶出版了《百分之七溶液》一书。该书旋即成为畅销书，是商业上获得成功的第一部戏作。这部作品让福尔摩斯与精神分析学家弗洛伊德相遇，解释了福尔摩斯性格和生活中某些埋藏很深的东西，比如他为什么注射可卡因，他为什么会将莫里亚蒂视作最大的敌人。小说中提出的理论相当具有颠覆性，比如莫里亚蒂并非是个大恶人，而是因为和福尔摩斯以前的过节儿，使得福尔摩斯将他臆想为"犯罪界的拿破仑"。

福尔摩斯与弗洛伊德出现在一本书中，像这样与真实人物共同出场的例子在仿作中也不在少数。比如在H·保罗·杰夫斯的《坚定的同伴》（1978）中，福尔摩斯和罗斯福总统相遇（罗斯福本人倒的确是名副其实的福迷）；在李·马提亚的《潘多拉灾难》（1981）中，魔术大师胡迪尼拜访了福尔摩斯。当然，虚构人物与虚构人物见面就更不稀奇了。洛伦·埃斯特曼的《哲基尔医生和福尔摩斯先生》（1979），就让化身博士和福尔摩斯演对手戏；在卡·范·阿什的《贝克街之后十年》中，大魔头傅满洲博士出场；在菲利普·何塞·法默的《无双的贵族》（1974）中，甚至就连泰山也登上了贝克街舞台。

科幻小说作家也参与到仿写的风潮中来，从而将福尔摩斯的探案领域延伸到更广阔的时空。1975年，曼利·韦德·威尔曼和其子韦德·威尔曼合著了《歇洛克·福尔摩斯的世界大战》。这部小说可说得上是三重仿作：一来是续写了著名科幻小说家赫伯特·乔治·威尔斯的《星际战争》，描写火星人侵略地球；二来加入了阿瑟·柯南·道尔的福尔摩斯和科幻小说《失落的世界》的查林哲教授，令这部小说成为一部三重仿作的仿福尔摩斯作品。罗伯特·李·哈尔的《离开歇洛克·福尔摩斯》（1977）则为福尔摩斯和华生召来了一位未来的访客。安迪·雷恩的《神秘博士：消耗一切的火》（1994）中，福尔摩斯和第七号博士联手侦破了一桩神秘的盗窃案件。此外还有多部科幻仿作小说选集，包括艾萨克·阿西莫夫等人主编的《穿越时空的歇洛克·福尔摩斯》（1984）和马丁·哈利·格林博等人主编的《轨道上的歇洛克·福尔摩斯》（1995），等等。

美国作家奥古斯特·德雷斯的索拉·庞斯虽然看名字和歇洛克·福尔摩斯并不沾边，但是却也深受后者影响，一般被认为是福尔摩斯仿作，而非作家个人作品。德雷斯小时候便非常喜欢福尔摩斯故事。十九岁时，他写信给柯南·道尔询问是否会再写福尔摩斯，并且表示希望获得授权创作贝克街的传奇故事。但是柯南·道尔的回信并没有明确地表示出允诺和同意。于是德雷斯便自己动手写作侦探小说。第一篇《黑水仙案》中的主角便是以福尔摩斯和华生为原型的索拉·庞斯和林顿·帕克医生。这篇小说刊登在1929年2月的《罗网》杂志上。有了这次成功的投稿经历，德雷斯很快又写了一些小说，包括《失踪房客案》、《已故法沃山姆先生案》和《跛行人》。他创作速度飞快，曾经有过一天写成三篇小说的经历。

德雷斯之所以没有直接使用福尔摩斯这一人物，除了因为没有获得柯南·道尔授权这一原因外，还由于他曾表示，使用庞斯不会因模仿福尔摩斯不力遭人奚落，而喜欢它们的读者也可以不将其作为仿作来看待。"索拉·庞斯"一名有"光明之桥"的意思，而在发音上也与"歇洛克·福尔摩斯"类似。庞斯的住处是伦敦普拉德街七号乙，乃是作家从旅行指南上查到的。

庞斯的时代要比福尔摩斯晚上几十年。他大约1880年出生在布拉格，1907年在伦敦开业，经手的案件大都发生在二十世纪二十年代到三十年代期间。他的样貌和福尔摩斯也非常相似：身体瘦长，脸庞棱角分明，黑眼珠，目光锐利，薄嘴唇。福尔摩斯写过若干专业论文，而庞斯也有论文发表，涉及国际象棋、逻辑推理、证据学、诱导过程，等等。因为作家本人喜欢恐怖小说的缘故，庞斯还研究过著名的克苏鲁神话。庞斯甚至还有一个弟弟，名叫班克罗夫特，在政府工作。

除主角人物以外，这个系列模仿福尔摩斯之处比比皆是。比如房东约翰森太太、对手恩斯弗雷德·克罗尔男爵、普拉德街小分队等都能在福尔摩斯故事中找到原型，就连帕克医生和庞斯首次见面的情景也与《血字的研究》中的桥段类似。

庞斯系列多达七十余个短篇以及一个长篇，虽说和福尔摩斯一样讲求推理演绎，不过水准却是良莠不齐。德雷斯去世之后，因为这个系列广受欢迎，还有另一位作家巴塞尔·库珀模仿庞斯系列创作了《索拉·庞斯卷宗》（1979）、《索拉·庞斯冒险续集》（1979）。

作家们不仅对福尔摩斯感兴趣，对正典中的其他人物也照单全收，纷纷将他们写入自己的作品之中。其中华生尤为首当其冲。不少作品拿医生开涮，认定他和福尔摩斯是亲密爱人，比如罗哈斯·皮尔希的戏作《最亲爱的福尔摩斯》（1988）。当然，这样的作品也引起了不少死忠福迷的反感。

罗伯特·纽曼的《献给歇洛克·福尔摩斯的谜案》（1978）则将贝克街小分队的孩子们变成主角。同样，在小劳埃德·比格尔的《奎尔斯福德遗产》（1986）和《格伦道尔阴谋》（1990）中他们也大显身手。迈克罗夫特·福尔摩斯作为福尔摩斯的哥哥，智慧并不输于弟弟。查尔顿·安德鲁斯的《迈克罗夫特·福尔摩斯的智谋》（1973）便是将这些不曾公开的案件结集发表了出来。迈克罗夫特也有一位华生式的传记作者——马斯特教授。格兰·皮崔也创作了几部有关迈克罗夫特的探案故事，首作为《杜金裂口事件》（1989）。雷斯垂德警官算是小说中仅次于华生的配角人物。M·J·特洛从1985年开始撰写"雷斯垂德探长探案"系列，首作是《雷斯垂德探长的冒险》，迄今已有十多部面世。莫里亚蒂作为福尔摩斯的死对头自然少不了他的戏份。约翰·加德纳就在1974年创作了《莫里亚蒂归来》。奥斯汀·米切尔深和尼古拉斯·尤塔欣合著的《福尔摩斯和地震机器》（1976）案件的幕后黑手也是教授。艾琳·艾德勒这一人物则由卡罗尔·尼尔森·道格拉斯写成了系列侦探小说，首作是《晚安，福尔摩斯先生》（1990）。甚至就连房东赫德森太太也摇身变为重要角色出现在西德尼·霍瑟的《简单，赫德森太太》（1996）中。

劳里·R·金的玛丽·罗塞尔系列则与上述仿作略有不同。她笔下的主角人物是玛丽·罗塞尔。首作《养蜂人的学徒》（1994）场景设置在了1915年，年轻的玛丽·罗塞尔在苏塞克斯丘陵偶遇退休隐居的福尔摩斯。福尔摩斯对罗塞尔的推理能力印象深刻，于是正式收她为徒传授侦探技能。起初他们之间的关系类似师徒和父女，最后结为连理。布莱恩·弗里曼特的构思与此类似，他的塞巴斯蒂恩·福尔摩斯系列是以福尔摩斯之子为主角的系列小说。目前已出版《福尔摩斯的遗传》（2004）和《福尔摩斯的要素》（2005）两部作品，故事都发生在一战前夕。

在日本方面，从第二次世界大战前的推理小说大师级人物如木木高太郎、小栗虫太郎，到战后的名家如鲇川哲也、都筑道夫等都曾写过福尔摩斯仿作。加纳一朗更凭借描写福尔摩斯在大空白时期在日本探案的仿作《霍克的异乡冒险》（1983）荣获第三十七届日本推理作家协会奖。被称为"日本新本格教父"的岛田庄司也曾以《被诅咒的木乃伊》（1984）向福尔摩斯致敬，书中留学伦敦的夏目漱石因为被神秘的幽灵声所困扰而去贝克街求助。这部作品还曾入围第九十二届直木奖。2004年，柄刀一又发表了《御手洗洁对歇洛克·福尔摩斯》，让岛田庄司笔下的这位占星神探对阵大侦探。

中国早在民国时期就出现了不少福尔摩斯的仿作和戏作。比如具有戏作意味的陈景韩的《歇洛克来游上海第一案》、包天笑的《歇洛克初到上海第二案》、陈景韩的《吗啡案——歇洛克来华第三案》、包天笑的《藏枪案——歇洛克来华第四案》等。还有程小青的福尔摩斯和亚森·罗平对决仿作《龙虎斗》。香港作家沈西城在小说《四大名探》中，让福尔摩斯遭遇了倪匡笔下的卫斯理。近年来，也有诸如罗修的《英国手稿之谜》、杜撰的《六尊福尔摩斯半身像》等水准颇高的仿作。

2009年圣诞节，美国等地上映了由盖·里奇执导的电影《大侦探福尔摩斯》。这部影片的主人公虽然仍是福尔摩斯，但情节却并非改编自原著。

故事发生在1891年的伦敦。福尔摩斯和他的助手与伙伴华生医生，在警方的协助下阻止了一起布莱克伍德勋爵用活人祭祀的非法活动。布莱克伍德被捕后，福尔摩斯因没有新案件而备感无聊，华生也准备离开贝克街221号乙去独自开业行医，因为此时他已认识并爱上了一位美女梅丽·摩斯坦，想与之成立家庭。

三个月后，布莱克伍德被判处死刑。他要求福尔摩斯在他行刑的当天在场，亲眼目睹绞刑过程。临刑前，他警告福尔摩斯说，在他死后还将有另外三个人死亡，而他则会复活，并将改变世界。虽然华生医生检验了尸体，认定布莱克伍德确已死亡，但是之后的种种情况却表明勋爵并没有死，还有更大的阴谋需要福尔摩斯和华生去破解。

导演盖·里奇表示，他从来就不是个好读者，即便是福尔摩斯故事，他也是从磁带中听来的。由此，他脑海中的人物与以往电影中诠释的福尔摩斯并不相同。尽管他本人也是以往的福尔摩斯电影的影迷，但仍希望自己执导的作品能够给人耳目一新的感觉，以期超越以往的银幕之作。一向喜欢表现暴力美学的里奇，在加强影片冒险风格要素的同时，还展现出了福尔摩斯过人智慧以外的一些技能——比如拳击和击剑。

饰演福尔摩斯的是因《钢铁侠》声名鹊起的小罗伯特·唐尼。他自己坦言，他会比以往任何一个饰演福尔摩斯的演员都要出色。但是他的形象却也始终难以和福尔摩斯画上等号。出演华生的裘德·洛，则在本片开机伊始便获得"热辣华生"之名，柯南·道尔笔下的华生看似与其饰演的角色形象几乎没有任何共通之处。现在的华生是一个功夫高手，退役老兵，还有点情圣调调，甚至有成为赌徒的倾向。

其实，回顾一百多年来的福尔摩斯题材电影，绝大部分都是类似《大侦探福尔摩斯》这样并非改编自原著的"非典型电影"。这些作品主要是借用了福尔摩斯这个人物，加上一些原著的桥段，就整体而言一般都是仿作性质的外传野史，甚或类似戏作的歪传。

外传题材电影拍成系列片，影响力最大的当属巴兹尔·雷斯博和奈杰尔·布鲁斯搭档主演的福尔摩斯系列。这个系列的第一部根据《巴斯克维尔的猎犬》改编，于1939年公映，因为意外大卖而催生了其后的十多部电影。

这时正逢第二次世界大战爆发，电影公司为了宣传效果而将维多利亚时代的英国场景转变为四十年代的现代场景。回想在《最后致意》中福尔摩斯亲身捕获德国间谍头目的英勇事迹，想必大侦探在二战时期也是当仁不让。这其中就有三部是明显的反纳粹主题电影，分别是《歇洛克·福尔摩斯和恐怖之声》、《歇洛克·福尔摩斯和秘密武器》以及《歇洛克·福尔摩斯在华盛顿》。这些电影往往和真实事件相联系。比如《恐怖之声》中，福尔摩斯即同纳粹电台节目展开斗争，显然是影射了"德国之声"中的呵呵勋爵（他是纳粹德国电台的英语广播明星）。而在《秘密武器》中，英国和德国为一种投弹装置你争我夺。毫无疑问，这都是战争宣传的产物。

此外，《歇洛克·福尔摩斯面对死亡》、《蜘蛛女》、《红爪子》、《死亡珍珠》、《恐怖之屋》和《绿衣女子》也是战时拍摄的电影（《绿衣女子》制作时欧洲战事已经结束，但是在亚洲战场日本还没有投降）。这些电影表面上看不到和大战有关的东西，但在一些小地方还是有些联系，比如福尔摩斯在《红爪子》中引述了丘吉尔的话，提到加拿大在英美关系中的重要角色。

二战结束之后又拍摄了三部电影，分别是《追踪到阿尔及尔》、《恐怖之夜》和《美丽动人》。虽然这时已经不需要再加入战事宣传的元素，但是编剧们仍然没有让福尔摩斯回到维多利亚时代。这个系列电影成为福尔摩斯电影史上的一道独特风景：它仅仅借用了福尔摩斯便造就了不俗的口碑和票房，而且还起到了宣传抗击纳粹德国的作用。

1970年，著名导演比利·怀尔德拍摄了一部极具喜剧色彩的福尔摩斯电影——《福尔摩斯的私生活》。这恐怕是恶搞福尔摩斯电影中最著名也最卖座的电影之一。影片中福尔摩斯收到一件奇怪的包裹，里面是在一个被人从泰晤士河中救起的患有健忘症的女人手里找到的一张写有福尔摩斯住址的纸条。经过调查和推断，福尔摩斯断定这个女人是从比利时来寻找失踪丈夫的卡比列里，于是便和华生去追寻线索调查案件了。

听上去本案好像是一个很传统的侦探片，而实际上，影片的前三十分钟不啻一部带有明显怀尔德特色的无厘头的恶搞喜剧电影。福尔摩斯接到一封神秘的请帖，邀他去观看俄国芭蕾舞。芭蕾舞演员彼得洛娃对福尔摩斯青睐有加，希望与之结合，因为她想要个孩子，还希望这孩子能集中父亲的智能与她的眉毛。最后，福尔摩斯把这烫手的山芋丢给了华生而"英勇"脱身。

可能电影界觉得恶搞福尔摩斯本人还是不够，于是又去恶搞福尔摩斯的家人。1975年，电影《福尔摩斯兄弟历险记》里就让福尔摩斯的弟弟出场亮相。这是吉恩·怀尔德首次编导并主演的作品。原著中，福尔摩斯只有一个哥哥迈克罗夫特，但是电影里硬是造出一个傻瓜弟弟，因为洪福齐天，他幸运地周旋在一个伪装的歌剧女星和一个无所不在的教授之间，最终破获了一宗神秘的国际间谍案。

1985年推出的《少年福尔摩斯》将视角转向了福尔摩斯的青少年时期。与原著类似的是，这部片子的叙述者是小华生。此时，华生转到一所新学校上学，第一天就认识了几个不同寻常的同学。一个名叫歇洛克·福尔摩斯的同班同学，小提琴拉得很糟糕，却在华生没有做任何自我介绍之前，就通过服装、配饰和行李推理出了华生的家庭背景和爱好。另一个是学校老教授的侄女，也即是歇洛克的红颜知己伊丽莎白。不久，学校连续发生谋杀案，伊丽莎白的教授伯伯也被杀了。于是三个人便共同卷入了一场神秘的宗教谋杀的漩涡。

这部片子并非喜剧片，并带有浓厚的原著情结。影片似乎想通过少年福尔摩斯的种种行为和经历来解释很多他成年以后的行为，例如福尔摩斯为什么终身不娶；为什么会挑华生这个看上去很笨的人当他的伙伴；为什么总穿着那身侦探服叼着大烟斗，等等。很多原著中的人物也一一登场，包括此时还年纪不大的雷斯垂德警官、日后的死对头莫里亚蒂教授。但是此片也有不少缺点，其中最为影评家诟病的就是重复斯皮尔伯格《夺宝奇兵》的情节模式。不过在今天看来，很多场景倒更像是《哈里·波特》。

1988年的电影《福尔摩斯外传》则玩弄起"不要迷恋福，福只是传说"的把戏。影片告诉人们，虽然福尔摩斯帮助伦敦警察厅破获了无数案件，但是福尔摩斯并不存在。这位大侦探的真实面目只是华生雇用的临时演员。实际上华生才是头脑聪明、思维严谨、推理出色的大侦探本人。他的侦探故事在《海滨杂志》上连载并获得成功，吸引了很多读者前来要求会见书中的主人公福尔摩斯。华生不得不找到失业的小演员金凯特来冒充这个虚构的福尔摩斯。

这个冒牌的福尔摩斯好赌、好色又好酒，却完全来了个鸠占鹊巢，成了全社会关注、人人敬仰的大英雄。幕后真正的谋划者华生反倒被冷落。更要命的是，这个福尔摩斯没有一点破案的细胞，还喜欢耍小聪明，经常搞砸事情，需要华生来给他圆场。偏偏在此时，伦敦的大英帝国金库被盗，印钞模板丢失。勋爵和雷斯垂德探长登门点名要福尔摩斯接手这个案子。华生不得已，再次起用了这个蹩脚侦探金凯特。虽然又闹出不少事端，但终究这个冒牌货还是省悟过来，真正地充当了一次大侦探。

不论是仿作还是戏作，不论是小说还是电影，目的都是为了让福尔摩斯故事得到延伸和发展，使这个有着百年历史的"老"角色身上得以焕发出新的光彩。从这一角度来看，这些创作不仅有趣也有意义。对于那些只把福尔摩斯当作侦探符号的读者来说，也许游戏性质的"恶趣味"倒显得更加具有吸引力呢。而对于正统的福迷来说，只有正典才是他们的唯一，仿作只是寄托哀思的第二选择吧。

柯南·道尔谈福尔摩斯 [1]

Sidelights on Sherlock Holmes

[英] 阿瑟·柯南·道尔

我在这里也许要打断一下我的叙述，说一说关于我笔下那位最著名的人物的故事，也许读者会感兴趣吧。

有人认为，福尔摩斯是一个真正的有血有肉的人，这一印象或许与他经常出现在舞台上有关。当我的改编剧《罗德尼·斯通》停演之后，因为和剧院还有六个月的合约，我决定搏一把，玩一场大胆而充满活力的游戏，毕竟剧院停演就意味着损失。意识到这点之后，我闭门谢客，全身心投入地创作一部有轰动效果的歇洛克·福尔摩斯舞台剧。用了不到一个星期我就完成了，取名为《斑点带子案》，就是根据那篇同名短篇小说改编的。这部剧两周的上演时间里，我已经在排演下一部剧了，它是我在幕间休息的时间里写的，我这样说毫无夸张的成分。《斑点带子案》非常成功。林·哈丁扮演了那位半癫狂的、可怕的格里姆斯比·罗伊洛特医生，他的演出堪称绝妙，桑特斯伯扮演的歇洛克·福尔摩斯也同样出色。演出还没有结束，之前那部剧的损失已经完全挽回来了，我还赚到了一份价值不菲的永久性财产。它已经成了保留戏码，甚至到了现在还在全国各地巡回演出。我们用一条逼真的玩具蛇来扮作标题里所谓的斑点带子，这条蛇是我的骄傲。某位评论家在他那篇带有毁谤调调的评论结尾写道："这出剧的高潮竟然是一条一望而知的假毒蛇制造出来的。"当我看到这里时，可想而知，我是何等反感。如果他保证会和蛇上床，我倒是愿意提供给他一些。我们有几次用过真蛇排演的，但是它们并非天生的演员，要么从墙上的洞挂下来一动不动，像条该死的铃绳，要么索性从洞口爬回来，企图报复舞台道具人员——为了使它们扭动得更为逼真，道具人员会戳它们的屁股。最后，我们还是使用了假蛇，包括那个道具人员在内的每个人都认为如此效果更好些。

这是第二部歇洛克·福尔摩斯舞台剧。我应该也谈谈第一部，那部剧很早以前就有了，应该是在非洲战争期间。颇负盛名的美国人威廉·吉列创作了这部剧，而且在剧中还有出色表演。因为他使用了我的人物，也取用了我小说的情节，所以很自然他也给了我一些分红，这部剧被证明是非常成功的。"我可以让福尔摩斯结婚吗？"当他陷入创作瓶颈的时候，我收到了这样一份电报。"你可以让他结婚，甚至杀了他，随你处置。"我无情地回复道。我对这出剧很满意，不论是表演还是金钱上的收益。我觉得，每一个血管里流着艺术血液的人都会同意，虽然后者是很令人欣喜的，但是他仍然将其作为他所考虑的最后一步。

詹姆斯·巴里爵士通过一篇玩笑式的戏作向歇洛克·福尔摩斯致敬。这实际上是

---

(1) 译自柯南·道尔自传《回忆与冒险》（1924），原名为"歇洛克·福尔摩斯拾零"。以下注释均为译注。

以一种笑闹的手法来表现那次失败的经历。我们曾经合作过一部喜剧歌剧，巴里许诺会写歌词。我和他一起创作，虽然我们尽了力，但还是反响平平。于是，巴里寄给我一篇福尔摩斯的戏作，就写在他某本书的书皮底纸上。上面写道——

两位合作者

在我的好友歇洛克·福尔摩斯的冒险即将结束之时，我不禁想到这样一个问题：他插手过的案件从来不涉及以爬格子为生的人，只是有一次例外，正如你即将听到的，这次经历使得他非凡的事业走向了终点。"在生意场上，我对人从不挑剔，"他可能会这样说，"但是说到文学人物，我有我的底线。"

一天傍晚，我们待在贝克街的寓所里。我还记得自己正在屋子中间的台子上写着《没有木腿的人》（这一事件让皇家学会和整个欧洲科学界都困惑不已），而福尔摩斯在一旁玩弄那把小左轮手枪。这已经成了他的习惯，在夏天的晚上瞄准我的脑袋周围一圈开枪，子弹擦着我的脸颊飞过，在对面墙上勾勒出我的轮廓，这也算小小地证明了他的技术，那些用手枪打出的画像确实惟妙惟肖。

我偶然望向窗外，正好看见两位先生沿着贝克街匆匆前进，我便问他那些人来历如何。他立刻点起了烟斗，在椅子上把身体扭成"8"字形，答道：

"他们是两位合作者，共同创作了一出喜剧歌剧，而且这出剧并不成功。"

我惊讶地从椅子上蹦起来，头顶到了天花板，他接着解释道：

"亲爱的华生，他们显然从事某种低贱的行当。你甚至能从他们脸上读到这一点。他们气呼呼地扔出去的蓝色碎纸片是《杜兰新闻公报》。这两个人显然买了很多份（瞧瞧他们鼓鼓的口袋）。如果他们读到了令人高兴的消息，就不会对报纸又踩又踩了。"

我再次碰到天花板上（上面已经有个大坑了），叫道："妙啊！但是他们也许是作家呢。"

"不，"福尔摩斯说道，"作家的话一星期只会上一次报纸。只有罪犯、编剧和演员才会屡次三番地报道。"

"那么他们或许是演员。"

"不，演员应该坐马车。"

"你还知道他们什么？"

"很多。高个子靴子上溅到的泥点说明他从南诺伍德来。另一个一望而知是个苏格兰人。"

"你怎么知道？"

"他口袋里揣了本书，我看得很清楚，是《岁月往事》[2]。除了这本书的作者本人，谁还会带着一本如此书名的作品呢？"

我不得不承认那确实不可能。

现在的情况是，那两个人（如果这么称呼合适的话）正在寻找我们的寓所。我（常常）说，我的朋友几乎从不流露出任何情感，可现在，他激动得脸色乌青。过了一会儿又变得很奇怪，仿佛得胜一般。

"华生，"他说，"那个大个子的家伙近些年来把我最出色的案子都写成故事，捞了不少好处，但是总算要我在我手上了——总算啊！"

我又撞到了天花板，而等我回过神来，两位陌生人已经在屋里了。

"先生们，我认为，"歇洛克·福尔摩斯说，"你们正为着一桩极其离奇的事情而备受折磨。"

那位长相稍好点的来访者惊讶地问他是如何知道的，而那个大个子只是皱着眉头。

"你忘记往无名指上戴戒指了。"福尔摩斯平静地回答道。

那个大个子畜生说的话让我差点又要去撞天花板。

"那些废话也许对公众管用，福尔摩斯，"他说，"但是在我面前还是别耍了。还有，华生，要是你再撞天花板的话，我就把你钉在那儿。"

此时，我发现了一个奇怪的现象，我的朋友歇洛克·福尔摩斯收缩了。他在我眼前变小了。我渴望地看着天花板，但是却不敢再去撞它。

"让我们跳过前面四页，"大个子男人说，"直入主题。我想知道为什么——"

"稍打断下，"福尔摩斯带着些许以往的勇气说道，"你想知道的是为什么公众不去看你们的歌剧。"

"正确，"对方话中带刺，"你是从我衬衣上的纽扣推测出来的吧。"他接着用更低沉的声音说道，"只有一种办法你才能知道答案，就是你必须去看完整场演出。"

这一刻我真是焦急万分。我全身发抖，因为我知道，如果福尔摩斯要去，我也不得不跟着去。但是我的朋友拥有一颗金子般的心。"绝不，"他吼叫道，"你只要让我不去怎么都行。"

"你是否能继续存在下去就靠它了。"大个子威胁道。

---

(2) Auld Licht Something，Auld和Licht是苏格兰方言，而詹姆斯·巴里写过一本名为《田园往事》的作品。

"我宁可灰飞烟灭。"福尔摩斯答道，说着骄傲地坐到另一张椅子上，"但是就算我没有亲自看过，我也可以告诉你为什么公众不去看你们的歌剧。"

"为什么？"

"因为，"福尔摩斯平静地回答他，"他们避之唯恐不及。"

这不同寻常的评语带来的是死一般的静默。过了一会儿，两位不速之客开始敬畏地看着这个男人，是他解开了他们疑惑的谜团。接着，他们掏出匕首——

福尔摩斯变得越来越小，直到变成一缕青烟缓缓飘向天花板。

大人物的临终遗言总是令人警醒。歇洛克·福尔摩斯的临终遗言是这样的："蠢人啊，蠢人！这些年来我让你享尽荣华富贵。靠着我，你才能到哪儿都坐马车，之前哪位作家有如此地位。以后你就只能坐公共马车了。"

那个畜生吓得瘫倒在椅子里。

另外那个则面不改色。

致 A·柯南·道尔，好友 J·M·巴里献上

这篇戏作堪称所有戏作中最出色的一篇，也许是因为它不仅表现出作者的智慧，也显现出他潇洒的勇气。要知道，写这篇故事的时候，正是我们合作失败之后不久，那时候我们两个心里都挺不是滋味。确实，没有什么事情比戏剧上的失败更让人难受的了，因为你会觉得，那么多支持你的人会因此受到影响。值得安慰的是，这是我唯一一次体会到那种滋味，而且毫无疑问，对巴里来说也是如此。

在结束有关福尔摩斯的演员这一话题之前，我想说，所有的演员包括所有的插图与我最初对这个人物的设想都有很大差距。我觉得，他个子很高——"有六英尺多高，身体异常瘦削，因此显得格外顽长"。《血字的研究》里是这样说的。在我的脑海中，他脸庞瘦削，如剃刀般，鼻子像鹰嘴，两只小眼睛靠得很近。这就是我的想法。可是，谁会料到，那位绘制了所有原始插图、英年早逝的可怜人西德尼·佩奇特有一位名叫沃尔特的弟弟，于是把他当成了模特。英俊的沃尔特取代了原本更威猛但样子不怎么样的歇洛克，也许从女性读者的视角看，这再好不过。而舞台剧所依据的就是这些插图。

当小说发表的时候，电影自然还是个未知的东西。一家法国公司提出来要购买版权并愿意为此支付一小笔费用，这看起来是一件好事，于是我欣然接受。但是之后我不得不花费十倍于前的价钱将版权买回来，如此看来这笔买卖实在损失惨重。目前斯托尔公司拍摄了电影，由艾尔·诺伍德扮演福尔摩斯，影片真是好极了，一切代价都值了。

诺伍德曾经在舞台上扮演过这个角色，而且获得了伦敦公众的认可。他身上具备了一种罕见的特质，我们只能称之为"魔力"，这种特质使得你希望急切地看到这个演员，就算他什么也不做你也会想着他。他有一双处于沉思中的眼睛，能激起无限期待，而且他有着无与伦比的伪装本领。我对这些电影唯一的批评就只是它引入了电话、汽车和其他维多利亚时代福尔摩斯无法想象的奢侈物件。

人们时常会问我，是不是动笔写福尔摩斯故事之前就知道结局了。当然如此。如果不知道目的地又怎么能控制方向呢。第一桩要做的事情就是构思。有了关键的构思，下一步就是将其隐藏起来，而强调可以引向不同解释的线索。但是，福尔摩斯能看出那些解释中的漏洞，通过一系列可以描述和验证的步骤，用多少有点戏剧化的手法得出真正的解答。他用如今美国南方人口中的"歇洛克·福尔摩斯方法"展现他的能力，这种方法就是巧妙的小推理，不涉及正在着手的案件而是通过一般性的常识来暗示读者。类似的效果也可以通过他随意提到其他案子获得。上帝才知道我在不经意中抛出了多少案件的名字，无数读者恳求我满足他们的好奇心，诸如"里科里特和他可恶妻子的案件"、"疲倦的船长"或者是"格赖斯·彼得森在乌法岛上的奇案"。有一两次，我确实用到了几年前提过的一个故事的题目作为呼应，比如《第二块血迹》，在我看来，那是最灵巧的故事之一。

也有一些问题是涉及特定故事的，这些问题从世界各地定期地送到我这里。《修道院学校》里，福尔摩斯随口说出，只要查看荒野湿地上自行车的轨迹就可以判断它是从哪个方向来的。很多人对此持有异议，有些人是略带遗憾地提出来，有些人则很生气，人数之众促使我搬出自行车来试验了一下。在我想来，自行车不可能完全直线行驶，所以后轮的印记将覆盖在前轮的印记上，如此可推出行驶的方向。结果我发现，给我来信的读者是对的，我错了，因为无论车子从哪个方向来，结果都是一样的。另一方面，真正的方法非常简单，因为在起伏不平的荒野上，自行车上坡的印记要深许多，下坡的印记则要浅许多，因此，福尔摩斯还是正确的。

有时候，我也会遇到一些棘手的情况，当我想利用知识营造正确的气氛时，我就会冒一定的风险。比如，我不是精通赛马的人，但是我还是冒险写了《银色马》，故事里的案件与赛马训练和比赛规则有关。这篇小说挺不错，福尔摩斯的表现也称得上巅峰状态，但把我的无知也表露无遗。我在某份体育报纸上读到过一篇非常出色但是也毫不客气的批评文章，显然文章的作者是精通此道的人。他说，如果有人做出像我描述的一样的举动，他将获得的处罚是：要么进班房，要么永远失去赛马资格。但是，我从来不在意细节，有时候还有点专横。某位惊慌的编辑曾经写信给我说："那个地方并没有第二条铁路线。"我答道:"那我来建一条。"不过反过来说,有些案子中精确的细节也是必须的。

我并不是不买福尔摩斯的账,从许多方面来看,他都是我的一位好友。如果我有时候对他感到厌烦,那是因为这个角色没有光和影。他是一台精密的机器,你在其中加入任何元素都只会削弱其效果。如此,故事的多样性必须建立在罗曼史和紧凑的情节上。我也想略谈下华生,整整七本书中他从未表现出一丝幽默感或者开个玩笑。为了塑造出一个真正的人物,必须牺牲掉任何东西以维持连续性,想想戈德史密斯对约翰逊的批评——"他让小鱼说起话来就像鲸鱼一样"。

确实,我从未想到,对单纯的读者来说,福尔摩斯是何等活生生的真实人物,直到我听说了一则非常有趣的小故事,有一车法国学生被问及在伦敦最想先去哪里游览,他们异口同声地回答,想去参观福尔摩斯先生在贝克街的寓所。许多人问过那是哪所房子,但在这个问题上,我想我有充分的理由不作任何决定。

还有一些歇洛克·福尔摩斯的故事,在媒体上传来传去,就像有着固定周期的彗星一样时不时会出现,不用我说都是虚假的。

有一个是出租马车夫的故事。据说他曾载我去巴黎的一家旅店。"道尔医生,"他瞪着我大声说,"从你的外表,我可以判断出,你最近去过君士坦丁堡。我还有理由认为你去过布达。而且我觉得有某种迹象表明,你大约从米兰来。""太神奇了。给你五法郎,告诉我你是怎么知道的?""我看了你行李箱上贴着的标签。"车夫狡猾地说。

还有一个流传甚广的段子。据说一个女人去向福尔摩斯咨询。"我十分迷惑,先生。在一个星期里,我丢了一个汽车喇叭、一把毛刷、一盒高尔夫球、一本字典,还有一个脱靴器。你能解释一下吗?""再简单不过了,夫人,"福尔摩斯说,"很明显,你邻居养了一头山羊(3)。"

第三个是关于福尔摩斯进入天堂,遇到亚当的时候立刻凭借卓越的观察能力认出了他,但是作为重点的解剖学知识太专业,在这里就不讨论了。

我想,每个作家都会收到许多奇怪的来信。确实我也收到过。有相当数量的信件来自俄国。如果是用他们国家语言写的信,我就假装自己已经读过,但是那些用英语写的信,也堪称我收藏中最奇怪的部分。

有这么一位年轻的女士,她的每封信总是以"好心的大人"作为开头。在她简单的信件中暗藏着大诡计。她的信寄自华沙,声称自己已经卧床两年,而我的小说已经成

---

(3) 双关语,一方面说女人丢的东西拼起来就是一头山羊,另一方面则指邻居是一个色鬼。

为她的唯一云云。如此奉承的话着实让我感到受宠若惊，我立刻包好一套签名本，以完善这位美丽的女病人的收藏。不过，幸运的是，当天我遇到了一位作家朋友，我向他提起了这件令人感动的事情。他冷笑了一下，从口袋里掏出一封同样的信。他的小说也是她这两年来的唯一云云。我不知道这位女士写了多少封信，我想，如果她的收信人遍及世界各地的话，那她肯定积攒了一间相当有趣的藏书室。

那位年轻的俄国人习惯称呼我为"好心的大人"，这算是怪事一桩，但是我在家中还遇到过另一件能与之相提并论的怪事，而且跟我这篇文章的主题也有所联系。那是在我刚刚被授予爵位之后不久，我收到一张店家的账单，其中每一个项目都写得清清楚楚没有差错，不过账单是开给"歇洛克·福尔摩斯爵士"的。我希望我能理解这个玩笑，就像我的邻居们那样，但是这次我觉得幽默似乎用错了地方，于是我写了一份措辞严厉的回信。

作为回应，一位店员来饭店向我表示歉意，一个劲地说非常抱歉发生了这样的事情，但他同时也再三申辩说："我向您保证，先生，那是真诚的。"

"你说的'真诚'是什么意思？"我问道。

"唔，先生，"他答道，"我店里的同事告诉我，您已经封爵了，而当一个人被授予爵位后，会改成别的名字，所以您就改了那个名字。"

不用说，我的怒气顿时消失了，我放声大笑起来，而他的同事此时可能也在墙角这样大笑呢。

有少数我遇到的难题与我为了表现福尔摩斯先生推理能力而捏造的某些故事非常相似。我也许应该引述一件，借助那位先生的思维方法，我成功地解决了这个事件。事情是这样的：一位先生失踪了。他把银行户头里剩下的四十英镑取了出来带在身上。也许就是这笔钱使他被谋杀了。听说他最后在伦敦一家大饭店停留过，那天他从地方上来伦敦。晚上他去音乐厅看演出，大约十点的时候离开，回到饭店，换下晚礼服——第二天在他房间里发现了这些衣服——之后就彻底消失了。没有人看到他离开饭店，但住在隔壁房间的客人说，他夜里曾听到走动声。一个星期之后，有人来跟我请教此事，但是警察毫无发现。那个人去哪儿了呢？

他地方上的亲戚向我提供了这些情况。我用福尔摩斯先生的眼睛对此事仔细审视了一番，我写信答复道，他要么在格拉斯哥要么在爱丁堡。后来证明，他确实去了爱丁堡，尽管一个星期之后，他又去了苏格兰的另外一个地方。

我应该就这样结束，因为就像华生医生常说的，一旦解释了谜底，事情就毫无神秘性可言了。所以趁现在，读者可以把书先放下，试试亲自解开这个谜题有多容易。你已经拥有了我所知道的全部情况。不过，对那些想不出谜底的读者，我可以给出暗示，把一环环联系起来。我的优势在于我熟悉伦敦的饭店的日常事务——我想其他地方的饭店也相差无几吧。

第一件事情就是分析情况，将确定的和不确定的区分开来。那个听到失踪者当晚声响的人所陈述的都是事实，只有一点例外——在那么大一个饭店里，他何以肯定自己听到的声音不是来自其他地方呢？如果和整体结论不符的话，这点就可以忽略掉。

首先可以明显地推论出那个人是故意想要失踪的。否则他为何取走所有的钱呢？他在晚上离开了饭店。但是，所有饭店都有守夜人，而且关门后有人离开的话，守夜人不可能不知道。大门一般是等去剧院观看演出的人回来之后关上的——也就是十二点。所以，那人一定是十二点以前离开的。他离开音乐厅的时间是十点，还换了衣服，拎着包离开。没有人看到他。可以推理出，他离开的时候正好大厅里满是回来的客人，即从十一点到十一点半之间。在那之后，即使门还开着，进出的人也很少了，这样一来，他拎着包肯定会被看到。

能够一步步推理到这里，我们就可以自问这样一个问题：为什么一个一心想把自己藏起来的人会在这个时刻离开呢？如果他的目的是想在伦敦隐匿起来，根本就不用去大饭店。很明显接下来他是要搭火车离开。但是，在任何一个地方上的火车站，夜里上车的乘客很可能会被注意到，他肯定知道，一旦发出启事，公布对他的描述，某个警卫或者行李工也许就会记得他。因此，他的目的地应该是某个大站，他到了终点站，会有很多同车的乘客一起下车，他便隐匿在人群中。只消拿起火车时刻表便可以看到，苏格兰特快是夜里出发，前往爱丁堡和格拉斯哥，目的地就有了。至于他的晚礼服，他抛弃掉它，说明他要重新开始一种没有社交活动的生活。这一推理同样也是正确的。

我引述这桩案子是想说明，福尔摩斯所提倡的推理一般法则也是可以在生活中得到实践的。还有一桩案子，一位姑娘与一位外国青年订婚，那位青年突然失踪了。我运用了类似的推理，不仅让她明白对方去了哪儿，还让她认清了对方是多么不值得她去爱的一个人。

另一方面，与粗枝大叶却很有经验的人相比，这些半科学的方法有时候显得费力费时。这么说看起来未免像是在给自己或者福尔摩斯抛花束。有次我家隔壁的乡村酒馆遭夜贼光顾，一点理论知识也没有的一位当地警察很快就抓到了犯人，而我还停留在只发现夜贼是个左撇子、靴子上有鞋钉的阶段。

不同寻常的或戏剧化的效果使得小说中的福尔摩斯先生变成了神灵，当然也为他寻求解答提供了很大帮助。但这种情况在现实世界里发生时，却往往成为让你无处下手的难题。我在美国就听到过这样一桩事，可说是一个可怕的难题。在某个星期日的晚上，一位生活上无可指摘的先生和家人准备一起出去散步，他突然发现自己忘了某个东西。他转回屋子，门还是开着，家人就等在门外。可他却再也没有出现，从那天开始直到现在都没有线索说明他发生了什么事。这确实是我在现实甚或传说中听到过的最离奇的事件之一。

我还调查过一桩非常奇怪的案子。那是伦敦一位非常著名的出版商委托我调查的。这位先生的雇员里曾有一位部门经理，他的名字我们不妨用马斯格雷夫替代。他干活很勤快，性格上也没有特别之处。马斯格雷夫先生死了，几年之后，有一封信寄给他，引起了他雇主的注意。信上的邮戳是加拿大西部的某个旅游度假胜地，信封外面写着"请勿透视"，信封一角写着"报告Sy"。

这位出版商自然打开了这个信封，因为他们不知道故者是不是还有亲人。里面是两张白纸。我补充一下，那是一封挂号信。出版商对此毫无头绪，于是寄来给我。而我对那两张白纸用了各种可能的化学和加热方法，什么结果都没有。除了信封上的字好像是出自女性之手以外，就没有更多发现了。这件事于是成了一桩不解之谜。写这封信的人有如此秘密的事情跟马斯格雷夫先生商谈，但是却不知道他已经去世几年了，这真是令人费解——还有为什么两张白纸要用挂号信的方式如此小心谨慎地寄来呢？补充一句，我对自己的化学实验还不放心，于是交给这个领域里最好的专家，还是一无所获。这是一桩失败的案子——而且让人干着急没办法。

对于喜欢开玩笑的人来说，歇洛克·福尔摩斯先生总是一个不错的对象，所以我收到各种水平的虚假案例、做了记号的卡片、神秘离奇的警告信、密码文字以及各种古怪的信件。有些人并无其他目的，只是故弄玄虚，但是所花费的工夫简直令人吃惊。有一次，我去参加业余台球比赛，一进大厅，服务员递给我一个小包裹，说是留给我的。我打开一看，是一支普通的绿色巧克粉，就是打台球用的那种。我觉得这事挺好笑，便把巧克粉塞进马甲口袋，比赛的时候还用过。之后，我一直用着它直到有一天——几个月之后了——我正拿它摩擦球杆头，球杆头戳了进去，我这才发现里面是空心的。从口子里我抽出了一张很小的纸条，上面写着："亚森·罗平献给歇洛克·福尔摩斯"。

想想这个开玩笑人的精神状态吧，费了那么大的劲，就为了这么一个结果。

给福尔摩斯先生的众多神秘案件里，有一件是考验他的通灵能力的，因此也就超出了他力所能及的范围。信中所述的事情非常不同寻常，除了那位写信来的女士诚恳的文字、她的姓名和地址以外，我无法证实事件的真实性。某人——我们就叫她西格雷夫太太——收到一枚奇怪的旧戒指，蛇形、暗金色。她晚上睡觉前会摘下戒指。一天晚上，她戴着这枚戒指睡着了，然后做了很可怕的噩梦。梦里，某种狂暴的东西紧紧咬住她的胳膊，而她拼命地想要甩掉它。醒来之后，手臂上的疼痛却并未消失，而且第二天，在胳膊上她还发现了两排牙印，其中下面那排明显还少了颗牙齿。齿痕是深蓝色的淤青，并没有破皮的迹象。

"我不知道，是什么让我觉得此事跟那枚戒指有关，"给我写信的人说，"但我由此对那东西有了厌恶之情，几个月都没有再戴它。直到有一天，我出去访友就又把它戴起来。"长话短说，同样的怪事又发生了，而那位女士最终把戒指扔进了厨房火炉，从而解决了问题。我相信这件怪事确实是真的，也许不是像表面所看到的那样是超自然事件。在某些领域已经是众所周知了，强大的精神暗示确实会造成真实效应。因此，非常真实的噩梦带来的被咬暗示也许就一定能造成咬过的印迹。这样的案例在医学年报上可以找到例子。第二次的怪事当然也很可能是第一次事件留下的潜意识暗示的结果。不管怎么说，这件事在精神学方面还是生理学方面都是很有趣的一个小案例。

挖宝藏也是福尔摩斯先生收到的众多问题之一。有一桩真实的案例，附带了一张图片，就是下面那张图。它与一七八二年在南非海岸附近失事的英印商船有关。假使我年轻几岁，我肯定很愿意亲自去调查一下此事。

这艘船装满了珍宝，我相信其中有德里王的古老王冠。据猜测，他们将这些宝藏埋藏在靠近海岸的某处，而这张图表就是地点示意图。那个年代，每一艘英印商船都有自己的旗语代码，据推测左边那三个记号是一种三臂旗语。有关这些旗语含义的记录也许可以在印度事务部门的旧档案里找到。右边的圆圈给出的是罗盘方向。那个更大些的半圆形弧线应该勾勒了某个暗礁或者大岩石的边缘。写在弧线上面的数字暗示了如何到达藏宝地点X。也许方位是距弧线上4的位置186英尺。失事地点是人迹罕至的地方，早晚都会有人动手解开这个谜底，否则我倒要感到惊讶了——事实上，现在[4]就有一小队人员正在做这事呢。

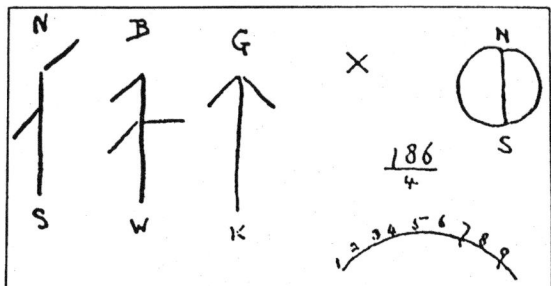

请原谅用这么一章讲了些离题的事情，那么还是回到我事业的正轨上来吧。

---

(4) 1923年。

歇洛克·福尔摩斯文献的研究[(1)]

Studies in the Literature of Sherlock Holmes

[英] 罗纳德·A·诺克斯[(2)]

本文最早是诺克斯于1911年在牛津大学三一学院格里芬俱乐部的一次聚会上发表的演讲，1912年发表在牛津学生刊物《蓝皮书杂志》上，1928年收录进诺克斯的《讽刺随笔》中，后来又被许多福学文选所收入。柯南·道尔曾对诺克斯的文章评价说：

我禁不住要写信告诉你，我读了你的关于福尔摩斯的文章，它很有趣，也很令我吃惊。有人在这些小说上花费如此之多的精力，这让我很惊讶。的确，你知道的比我要多，因为这些小说是断断续续创作的，我自己也没有对照之前的作品。你没有找到更多的错误，这让我很高兴，而且主要就是日期的舛误。当然，你也看到，福尔摩斯随着小说的发展完全变了个人。在第一件案子《血字的研究》中，他只是一架思考机器，但是我要把他逐渐塑造成一个受过教育的人。他从来没有动过真情——除了舞台剧以外——在这一点上你们中的某位学者犯了大错。萨沃奇提出有许多故事——我猜想有四分之一——都不牵涉法律上的犯罪。还有人指出作为一位解说员和传记家华生从来没有越雷池半步，这点我感觉很对，但是我从未看到有人提过。他从未有过什么太聪明的想法。这些特质都从他身上抹去了，所以他成其为华生。[3]

诺克斯在本文中使用的是《圣经》批评方式中的高等批评。传统的《圣经》批评包括低等批评（Lower criticism）和高等批评（Higher criticism）。低等批评着眼于《圣经》文字本身的构成和含义，即文本批评、经文校勘或经文鉴别。而高等批评着眼于《圣经》各个章节的作者、写作日期以及写作地点等。从诺克斯的这篇《歇洛克·福尔摩斯文献的研究》开始，福学家们开始大量使用《圣经》高等批评的方法分析福尔摩斯正典作品，也形成了福学的高等批评。而本篇也就变成了福学研究的滥觞之作。需要注意的是，这篇文章发表之时，福尔摩斯故事尚未终止（《最后致意》系列还在连载中）。因此本文所分析的福尔摩斯故事主要针对《血字的研究》、《四签名》、《冒险史》、《回忆录》、《巴斯克维尔的猎犬》和《归来记》。

做力所不能及的事情算是生活中的一件乐事。洞察人们看不到的内涵也算是文学批评中的一件乐事。作家或许不觉得这有多少重要，可是我们却视如珍宝；作家觉得这

---

(1) 译自罗纳德·A·诺克斯的《讽刺随笔》（1928）。以下注释均为译注。

(2) 罗纳德·A·诺克斯（1888—1957），英国牧师、侦探小说家。早年毕业于牛津大学，由于父亲是英国国教会的主教，他也曾领受圣职，但于1917年改宗罗马天主教。诺克斯在牛津大学当过牧师，1939年退职，着手于《圣经》的新译。他发表过一些幽默和讽刺小品，还参加了伦敦侦探俱乐部，于1925年发表《陆桥谋杀案》。诺克斯共创作六部长篇侦探小说，还提出了黄金时代侦探小说创作规条——推理十诫。

(3) 摘自佩内洛普·菲茨杰拉德的《诺克斯兄弟》（1977）。

只是附带一提，我们却视如神来之笔。我指的就是这个。因此，如果一位作家在书中写到芜菁，现代学者就会试图从中发掘作者和妻子相处得是否和睦；如果一位诗人在诗中提到毛茛，那么他说的每一个词都可能是证据，用来举证他对于未来存在观点。基于这样迷人的理论，我们很高兴地从阿里斯托芬[4]作品中获得经济学证据，因为阿里斯托芬对经济学一无所知；我们还会从莎士比亚作品中找到密码，因为我们认定莎士比亚从没有这样干过；我们会把《路加福音》研究个底朝天，只是为了制造一个对观福音问题[5]，因为可怜的路加都不知道什么是对观福音问题。

其实，把这些方法用到福尔摩斯身上更让人着迷，因为在某种意义上，这是福尔摩斯自己的方法。他说："长期以来，我一直认为，小事情是最重要不过的了。"[6]这也许是他一生工作的座右铭。而且就像我们这些神职人员说的，通过那些小事——看起来不重要的事情——我们可以判断出一个人的性格。

如果有人反对，觉得福尔摩斯的文献研究不值得提到学术的高度，我也许会回答说，在学者眼中，任何东西都有研究的价值，当然要研究得彻底而且有系统性。但是我还要多说几句，目前我们需要一种更接近于福尔摩斯方法的研究思路。坏的方面还在他身上出现着，好的方面却和他一起葬身在莱辛巴赫瀑布中。许多人因为阅读了这些书而染上吸食可卡因的恶习，这是大家都知道的事实。当福尔摩斯在《红发会》中发觉有罪犯要挖地道进入银行的地下室时，他带着一盏提灯，在地下室中坐等罪犯上门，将其一一逮捕。但如果杭兹迪奇那帮家伙有类似的打算，警察发现了又会怎么做呢？他们会派出几位警官，敲打银行的门，大声嚷着："我们觉得这里会有盗窃发生！"然后就遭到歹徒的枪击。为了清除罪犯余党，内政部还会派出一支全副武装的队伍[7]。

首先，任何针对福尔摩斯的研究都必须先研究华生医生。现在让我们先提出文献和书目方面的问题。第一，有关作品的真实性。在福尔摩斯故事中有几处严重的矛盾。比如《血字的研究》是摘自医学博士约翰·H·华生的回忆录，但是《歪唇男人》中华生太太却称呼自己的丈夫"詹姆斯"。有人联合了三位同好写信给阿瑟·柯南·道尔爵

---

(4) 阿里斯托芬（约公元前446—公元前385），雅典剧作家，被认为是最伟大的古典讽刺喜剧作家。现存的剧本有《云》（公元前423年）和《吕西斯特拉特》（公元前411年）等。
(5) 指紧密地对应《新约》的前三本福音书的或与之相关的问题。
(6) 语出《身份案》。
(7) 1910年12月16日，一伙拉脱维亚革命分子试图闯入一家珠宝店后门行窃。一位附近的店主听见他们敲击锤子的声音，于是向伦敦警察局汇报，九名没有携带武器的警官前去调查。歹徒发现了警察，向他们射击，多名警官在枪击中丧命。后犯人潜逃到邻近的一所建筑物内。时任内政大臣的丘吉尔派出了大队警察对歹徒进行围剿。

士讨要说法，还把签名签成十字架状，意指"四签名"。柯南·道尔回答说那是个错误，是编辑上的错误。"也没隐瞒什么事，"伟大的萨沃奇说过，"不过是编者的恶作剧罢了。"但是这个错误正是拜克奈克"第二位华生"理论的来源，他将《血字的研究》、《"格洛里亚斯科特"号三桅帆船》、《归来记》归为这个华生创作的。而"第一位华生"则创作了《回忆录》中剩下的篇章，以及《冒险史》、《四签名》和《巴斯克维尔的猎犬》。他还质疑《血字的研究》，因为其中的某些说法与事实不符，比如说福尔摩斯的文学和哲学知识是零，可是福尔摩斯却是一个阅读广泛、有思想的人。我们会好好处理这些问题的。

拜克奈克觉得《"格洛里亚斯科特"号三桅帆船》也值得怀疑，故事中提到福尔摩斯只上了两年大学，但是他在《马斯格雷夫礼典》中却说那是在"我大学的最后一年"。拜克奈克猜想这两篇故事并不是出自一人之手。《"格洛里亚斯科特"号三桅帆船》另外一个疑点是珀西·特雷佛[8]的猛犬在福尔摩斯去小教堂的路上咬伤了福尔摩斯，这也很不可思议，因为狗是不能带进大学校门的。"狗可能是在住处咬伤福尔摩斯的，但是他却加上了'在去往小教堂的路上'，这样的赝品绝对不可能出自华生的生花妙笔。"《"格洛里亚斯科特"号三桅帆船》中福尔摩斯模式仅有十一部分中的四个部分（下面会提到），这个比例比其他真正的作品少。但是，对我来说，我愿意相信这样超出常规的情况仅仅是例外，这两个错误实在太轻微了（我认为），不足以形成如此复杂的理论。我会把《"格洛里亚斯科特"号三桅帆船》和《血字的研究》视作真实的福尔摩斯传记案件。

翻开《最后一案》，福尔摩斯被宣告死亡，但后来又毫发未损地回来了，精力更甚从前，但是问题也来了。有些评论家接受《归来记》中的故事是正典，但却认为《最后一案》是华生出于某种目的的编造的；皮夫-坡夫先生提出这是奇术师使用的老套诡计，他举了格特人中撒尔莫克西司和盖贝雷兹[9]，他们隐藏在地下两年，然后回来宣传不灭教义。实际上皮夫-坡夫先生的观点可以表达为："福尔摩斯没有从莱辛巴赫瀑布跌落，其实是华生从他谎言的山顶上跌落下来了。"比尔格曼也持有类似看法，他声称这其实是模仿恩培多克勒[10]在埃特纳火山上的举动，只是将著名的拖鞋换成了登山杖。

---

(8) "特雷佛是我唯一结识的人。这是因为有一天早晨，我到小教堂去，他的猛犬咬了我的踝骨，这样一件意外的事使我们相识了。"但是原文中特雷佛名为"维克多"，而不是珀西，珀西是《海军协定》中华生的同学。

(9) 格特人信仰的掌管闪电和地平线的神，常被描述成一个相貌英俊的男子。

(10) 恩培多克勒（公元前495—约公元前435），希腊哲学家。他认为所有物质都是由元素微粒组成，即火、水、土和空气，所有的变化都是运动所引起的。传说他自己跳入埃特纳火山，就在人们认为他已经身亡的时候，他又回来了。

用他不朽的名言来说："《最后一案》标志着华生的苹果车整个翻掉了。"

其他人——当然拜克奈克也是其中一员——认为《最后一案》属于正典，而《归来记》则是伪作。证据是（1）福尔摩斯的性格和方法有所变化，（2）故事本身存在不可能的状况，（3）和之前的叙述存在矛盾。

（1）真正的福尔摩斯从不会对委托人失礼：《三个大学生》中，福尔摩斯"不太礼貌地耸了耸肩表示默许，我们的客人便急忙把事情倾吐出来"。而且，真正的福尔摩斯可不会病态地渴望发生严重案子，但是当约翰·赫克托·麦克法兰[11]说他可能要被逮捕，侦探却说道："逮捕你! 这的确太……太有意思了。"在《归来记》中他曾两次嘲笑自己的俘虏，可是真福尔摩斯的性格——不管是出于职业道德还是其他原因——绝不可能这样。而且，这位假福尔摩斯还会称呼委托人的教名，这对作者来说也是件不可能的事情，他自己不应该昏头昏脑。他工作的时候故意不进食：真的福尔摩斯只是心不在焉的时候才这样，比如《五个橘核》。他在小说中引述莎士比亚的话——而且有三次——却不承认。在《跳舞的人》中他的推理逻辑实在可笑。在《孤身骑车人》中他打发华生作为使者，这可是绝无仅有的，就算在《巴斯克维尔的猎犬》中他还是隐藏身份亲临达特穆尔现场。真的福尔摩斯不会这样具有多重性，《归来记》中的福尔摩斯至少分裂了三次。

（2）大学奖学金考卷——不，应该是牛津的奖学金考卷，因为提到方庭[12]——只能在考试的前一天印出来[13]? 有一题是修昔底德著作中的一节[14]? 一节需要校对一个半小时? 这样的一节清样要三张纸? 而且，如果铅笔上有Johann Faber的字样，那么怎么会只有两个字母nn留在一小段铅笔上? J·A·史密斯教授还指出，根本不可能通过前后自行车轮胎交叠的痕迹查出车子是去还是来[15]。

（3）矛盾之处。在《孤身骑车人》中，婚礼上除了一对快乐的夫妇和牧师以外一个人也没有。《波希米亚丑闻》中，化装成流浪汉的福尔摩斯被叫去参加婚礼，因为缺少一个见证人婚礼就没有法律效力。在《最后一案》中，警察抓住了"整个团伙，除了莫里亚蒂"。在《空屋》中，我们听说他们还漏掉了罪大恶极的莫兰上校。莫里亚蒂教授——在《归来记》中叫他詹姆斯·莫里亚蒂教授，虽然《最后一案》中写道"詹

---

(11) 参见《诺伍德的建筑师》。
(12) 食堂、礼拜堂、图书馆、院长楼、院士和学生们居住的配楼分布在一个四角形的内院周围，这个内院在剑桥叫做"court（庭院）"，在牛津叫做"quadrangle（方庭）"。但是并不能据此断定《三个大学生》就是发生在牛津。
(13) 参见《三个大学生》。
(14) 修昔底德著作是学生们熟悉的作品。
(15) 参见《修道院学校》。

姆斯"其实是他从军的哥哥的名字——让他幸免于难。而且最糟糕的是，贝克街窗口旁的假人穿着"灰褐色睡衣"！我们可没有忘记那是件蓝色的睡衣，福尔摩斯曾经穿着它在起居室抽烟，从而解开了《歪唇男人》案件！佩珀·马谢先生说："侦探成了变色龙。"萨沃奇则更严肃："这不是第一次一件衣服有好多种颜色了！真正的歇洛克，现代的约瑟[16]，已经完全消失，是那个畜生华生把他吞掉了。"

对于这样的批评，我赞成。但是我不赞成第二个华生的理论。我觉得所有的小说都是华生写的，这些假冒的案子是他闭门造车的成果。我们可以推想事实是这样的：华生喜欢参加社交活动而四处游荡。我们从《血字的研究》开头得知他挥霍无度。他的哥哥是个酗酒者，福尔摩斯通过手表上的锁眼刮痕推理出这个结论。他自己是个单身汉，出没在标准酒吧，《四签名》中他承认中午喝了很多红酒，在饭桌上举止奇怪，还说了一只小老虎打死了钻到帐篷里来的一支双筒枪，并且叮嘱未来的妻子不要服用两滴以上的蓖麻油，建议服用大剂量的番木鳖碱作为镇静剂。怎么回事？他的利亚[17]离开了他，我们知道他的妻子已经去世了，他重新回到以前的堕落生活，他的诊所疏于打理，门可罗雀，他不得不依靠虚构耸人听闻的案件为生，而过去他都是忠实记录的。

萨沃奇甚至整理过一份详细的表单，列出其中的错误：待在西藏的是尼克拉博士而不是福尔摩斯；《跳舞的人》中的密码方法和埃德加·爱伦·坡的《金甲虫》一样；《米尔沃顿》则是受到了拉夫斯[18]的影响；《诺伍德的建筑师》继承了《波希米亚丑闻》很多东西；《孤身骑车人》和《希腊译员》情节类似；还有《六座拿破仑半身像》和《蓝宝石案》类似，《第二块血迹》和《海军协定》类似，诸如此类。

现在我们来研究以下几篇作品的年代，通过内在的证据可以确定案件发生的年代，结果如下：

（1）"格洛里亚斯科特"号三桅帆船案——福尔摩斯的第一桩案件；

（2）马斯格雷夫礼典案——第二桩案件；

（3）血字的研究案——华生第一次露面，第一篇写给我们的故事。时间是1879年；

（4）1883年，斑点带子案；

（5）1887年3月，赖盖特之谜案；

（6）同年，五个橘核案；

---

[16] 典出《圣经·旧约·创世记》第三十七章："以色列原来爱约瑟过于爱他的众子，因为约瑟是他年老生的，他给约瑟作了一件彩衣。"

[17] 希伯来先知。《旧约》中记载的最伟大的一位先知，他寻求废除偶像崇拜并重建公平。

[18] 指柯南·道尔的妹夫赫尔南创作的绅士窃贼拉菲兹。

（7）1888年，四签名案——华生订婚；

（8）贵族单身汉案。接下来是华生结婚，然后是——

（9）驼背人案；

（10）波希米亚丑闻案；

（11）海军协定案（依此顺序）。

在1888年，我们还要列出（12）、（13）、（14），即证券经纪人的书记员案、身份案和红发会案。在1889年6月，发生了（15）歪唇男人案、（16）工程师大拇指案（夏天）、（17）蓝宝石案（大概在圣诞节的第八天）。最后一案的时间是1891年。还有银色马案、黄面人案、住院的病人案、希腊译员案、绿玉皇冠案、铜山毛榉案，都是发生在华生婚前，博斯科姆比溪谷秘案在其后，只是这些还不知道确切年份。

剩下的只有《巴斯克维尔的猎犬》了，明确标明是1889年，并没有伪称在《归来记》之后。萨沃奇则认为这是假的，他指出《泰晤士报》在1903年之前从来没有发表过有关自由贸易的社论[19]。但是文中的证据便可将其驳倒：我们可以用类似布伦特的方法——即《圣经中非故意的巧合》所提出的方法——指出它发生在1903年以前。那个想要起诉警察的老顽固提到"弗兰克兰对女王案"，而众所周知是在1901年爱德华继承了王位[20]。

我不必要浪费时间在其他证明《巴斯克维尔的猎犬》确属伪作的证据上（那些证据也不能令人满意）。福尔摩斯像猫一样地喜欢清洁和《血字的研究》中的说法十分矛盾，在《血字的研究》中他曾经为满手的橡皮膏而苦恼——尽管这也被拜克奈克用来攻击早期作品的真实性。还有个更严肃的问题，即华生的早餐时间。在《血字的研究》和《冒险史》中，我们看到华生在福尔摩斯之后吃早餐，而在《巴斯克维尔的猎犬》中，我们却被告知福尔摩斯在其后吃早餐。由此可以推理，实际上华生的早餐时间相当晚。

接下来我们研究的对象是三部长篇——《四签名》、《血字的研究》和《巴斯克维尔的猎犬》，以及二十三篇短篇（十二篇《冒险史》和十一篇《回忆录》）。我们也许可以继续研究其结构，探索这一艺术形式的文学根源。根据德国学者雷特兹格（他有着众多的追随者）的说法，每篇小说都可以划分为十一部分，虽然在某些案件中其次序被打乱了，但是或多或少都接近于这个理想的模式。只有《血字的研究》拥有全部十一部分，《四签名》和《银色马》有十个部分，《博斯科姆比溪谷秘案》和《绿玉皇冠

---

[19] 参见《巴斯克维尔的猎犬》第四章："他迅速地从上到下看了一遍，这篇重要的评论谈的是自由贸易。"

[20] 参见《巴斯克维尔的猎犬》第十一章："弗兰克兰对女王政府的诉讼案，不久就会引起社会上的注意了。"弗兰克兰是当地一个喜欢同别人打官司的老顽固。

案》有九个部分，《巴斯克维尔的猎犬》、《斑点带子案》、《赖盖特之谜》和《海军协定》有八个部分，《五个橘核》、《驼背人》以及《最后一案》有五个部分，而《"格洛里亚斯科特"号三桅帆船》只有四个部分。

第一部分是开端[20]，贝克街的日常场景，有着无与伦比的私人情感，偶尔也有演绎法的示范。接下来是第一次陈述（当事人的话），即委托人陈述案情。然后是自行调查（个人调查），常常是观察手或者膝盖。第一点是永远不变的，第二点、第三点也常常出现。第四、五、六点则不是必要的：包括反驳，驳斥苏格兰场的官方看法；第一次解释（私下），给警察以小小的暗示，但是他们从不采纳；第二次解释（公开），向华生一人预告调查的真正方向，有些时候方向是错误的，比如《黄面人》。第七点是调查（进一步询问），包括对相关人的交叉询问，检查尸体（如果有的话），去档案馆，伪装调查。第八点是发现，罪犯被抓或者暴露。第九点第二次陈述（罪犯的话），犯人的供述。第十点最终解释，福尔摩斯讲述线索，以及如何推理。第十一点尾声，有时仅仅是一句话。结尾和开端一样是不变的，还常常引述格言和名人名言。

虽然从某种意义上说，《血字的研究》是典型的福尔摩斯故事，但它也是一个粗糙的模型，其中一些额外的东西后来被舍弃了。罪犯的话在很多篇目都有，并不是凶手来陈述，而是以叙述者口吻讲述独立于案件之外的故事，这在整个故事中占据了很不成比例的分量。明显是受到加博里奥[22]的影响，他的《侦探的难题》第一卷讲述了追踪罪犯—— 一位公爵，第二卷《侦探的胜利》完全是公爵的家族历史，时间回到大革命时期，我们只在最后一章见到了侦探勒考克。当然，这种叙述故事的方法冗长而累赘，但是法国流派并不全用这个，比如《黄屋之谜》[23]结尾留下谜团，在《黑衣女士的香水》中再揭开。

但是华生医生奇妙的风格比加博里奥、坡[24]或者威尔基·柯林斯[25]的作品更具吸

---

[21]关于各部分的名称作者在这里使用了希腊文。十一部分依次分别是（希腊文拉丁转写）：I. prooimion（开端），II. exegesis kata ton diokonta（陈述，当事人的话），III. ichneusis（自行调查），IV. anaskeue（反驳），V. promenusis exoterike（解释（私下）），VI. promenusis esoterike（解释（公开）），VII. exatasis（调查），VIII. anagnorisis（发现），IX. exegesis kata ton pheugonta（陈述，罪犯的话），X. metamenusis（最终解释），XI. epilogos（尾声）。
[22]埃米尔·加博里奥（1832—1873），法国侦探小说作家，柯南·道尔早期曾受其影响。
[23]此篇和下文提到的《黑衣女士的香水》都出自法国作家加斯东·勒鲁之手。《黄屋之谜》（一译《黄色房间的秘密》）是长篇密室题材作品。
[24]埃德加·爱伦·坡（1809—1849），美国作家，以其阴森可怖的诗歌如《乌鸦》（1845）和短篇小说包括《厄舍大宅的倒塌》（1839）而闻名。《莫格街谋杀案》（1841）是第一篇侦探小说，他也因之被视为"侦探小说鼻祖"。
[25]威尔基·柯林斯（1824—1889），英国作家，侦探小说早期代表作家，代表作为《月亮宝石》（1868）。

引力。皮夫－坡夫先生在他的《华生的心理学》一文中提出这样一个非凡理论，即华生作品和《柏拉图对话录》以及希腊戏剧类似。他提醒我们回想一下色拉西马可斯[26]第一次辩论共和政体时的狂风怒吼般的态度，再看看埃瑟尔尼·琼斯[27]说的话："啊，算了吧！算了吧！用不着不好意思承认。可是这是怎么一回事？太糟糕了！太糟糕了！事实都摆在这里，不需要用理论来推测了。"可是等这位警官几天之后垂头丧气回来的时候，他用红绸巾擦拭额头，我们会想到苏格拉底描述他有生以来第一次看到色拉西马可斯脸红的情形。葛莱森和雷斯垂德算不得是对手，只是多了几条错误的解释而已。

但是重要的是来自苏格兰场的批评。勒考克有他的对手，即警察局里的上级。他阻碍勒考克的行动，还默许囚犯通过监牢的窗户拿到便条。雷斯垂德的嫉妒并不是由于他心肠恶毒，而是由于智力和自尊心受到伤害。这反映了官方侦探对业余侦探的反感。诡辩家们也讨厌苏格拉底，因为他们以此为生，而苏格拉底却不取分毫。福尔摩斯经手的案件不管以何种标准来说都收费很少。在《波希米亚丑闻》中，委托人给他一千英镑，但是只是预付，也许退还。末尾，他拒绝了祖母绿宝石戒指的馈赠。在《红发会》里，他除了正常开支，对城市与郊区银行也是分文不再多取。他在什么地方说过："至于我的酬劳，我的职业本身就是它的酬劳。"[28]另一方面，福尔摩斯为找回绿玉支付了三千英镑，不过却向霍德先生收取了四千英镑[29]。在《血字的研究》中，谈到他的工作，他说："我仔细听取他们的事实经过，他们则听取我的意见；这样，费用就装进我的口袋里了。"在《希腊译员》中，他说侦探是他赖以谋生的方式。在《最后一案》中，我们听他说到几个案子让他获得了不少报酬，他考虑退休，从事化学实验。我们这样推想，他有时拿报酬，但是只在委托人能承受的情况下。而且，和官方侦探相比，他是自由的士兵，不需要厉兵秣马，不需要邀功争官。再加上方法与其大相径庭。福尔摩斯心无旁骛，一心追求事实，这也是他水平超过那些诡辩家的原因。

如果说诡辩家的角色借鉴自柏拉图对话，那么华生从希腊戏剧中肯定也获得过灵感。加博里奥的故事中没有华生。勒考克的知己是个老兵，超级愚钝，办事也不得力。华生是福尔摩斯故事所需要的东西——解说员。他代表了一般性的可靠、传统、高尚的

[26]色拉西马可斯（约公元前459—公元前400），古希腊著名诡辩家，曾出现在柏拉图的《理想国》中。
[27]参见《四签名》。
[28]语出《斑点带子案》，与诺克斯的引文略有不同："至于酬劳，我的职业本身就是它的酬劳。"
[29]参见《绿玉皇冠案》。

世界观，他是衬托红花的绿叶。

> 它必须赞助善良，给以友好的劝告；
>
> 纠正暴怒，爱护不敢犯罪的人。
>
> 它应该赞美简朴的饮食，赞美有益的正义和法律，
>
> 赞美敞开大门的闲适（生活）。
>
> 它应该保守信托给它的秘密，请求并祷告天神，
>
> 让不幸的人重获幸运，让骄傲的人失去幸运。[30]

我们要把对于华生如此深入的研究归功于萨巴格利安教授。他将《斑点带子案》中的如下段落：

福尔摩斯："那位小姐移动不了她的床。那张床就必然总是保持在同一相应的位置上，既对着通气孔，又对着铃绳——也许我们可以这样称呼它，因为显而易见，它从来也没有被当作铃绳用过。"

华生："福尔摩斯，我似乎隐约地领会到你暗示着什么。我们刚好来得及防止发生某种阴险而可怕的罪行。"

和著名的《阿伽门农》中的段落对比：

卡桑德拉："啊哈，让公牛远离母牛！她会用她的诡计抓住他，那只黑角的，然后折磨他，他会跌进盛水的容器——我所说的就是'背信弃义者的大锅'的故事。"

解说："我绝不会夸张预言多妙，但是我看出大难即将临头。"

华生像解说者一样，感受着主要的行动，并且和观众分享，但是和解说者一样，他总是在预见性上慢半拍。

华生的标志、符号以及秘诀当然是他的硬圆顶礼帽。和其他硬圆顶礼帽不同，这是祭司的法衣，是官方的勋章。福尔摩斯也许会戴顶南瓜帽，不过华生却只喜欢硬圆顶礼帽，甚至在达特穆尔寂静的午夜或者莱辛巴赫瀑布孤独的悬崖边，他也一直戴着，就像一直戴着帽子的修道院长或者拉比[31]一样：要想拿掉这顶帽子，就好像要剪掉大利拉锁住参孙的链条[32]一样。皮夫-坡夫先生说："华生和他的硬圆顶礼帽绝对形影不

---

(30)出自贺拉斯《诗艺》。

(31)犹太的法学博士。在犹太法律、仪式及传统方面受过训练的人，并被任命主持犹太教集会，尤指在犹太教堂中作为主要神职的人员。

(32)典出《圣经·旧约·士师记》。从前，以色列被非利士人统治。在以色列的但族中，有一位大力士参孙。参孙爱上了一位女子大利拉，她是非利士人，非利士人的首领便要求她查明参孙的弱点。她将参孙出卖给非利士人，在参孙睡觉时剪掉了他的头发，使参孙丧失神力。非利士人将他拿住，剜了他的眼睛，带他下到迦萨，用铜链拘锁他，让他在监里推磨。

离。"这不是一顶普通的羊毛制品,这是他的隐形帽[33],他的主教帽,他的三重冠[34],他的光环。硬圆顶礼帽代表了一成不变和不容置疑,对于法律和工作、对于有序的事物、对于权力、对于人性、对于抗击邪恶的胜利。它凌驾于肮脏、痛苦和犯罪之上,令其相形见绌,让其恢复正常,使其成为圣物。边缘的弯曲是完美对称的弯曲;圆形的顶代表球状的世界。"通过委托人的帽子,"萨巴格利安教授写道,"福尔摩斯可以推理出他们乘了哪列火车,习惯如何,特性如何,从华生的帽子也可以推理出他的性格。"华生是福尔摩斯的一切——他的医学顾问,陪衬者,哲学家,知己,支持者,传记作家,私人牧师,但是首先使他得以留名青史的是因为他戴着一顶不可战胜的硬圆顶礼帽。

如果说作为竞争对手的侦探们是诡辩家,华生又是解说人,那么委托人该如何比方,罪犯又该如何比方? 必须记住他们只是次要角色。佩珀·马谢先生告诉我们:"福尔摩斯故事中的凶手并不比《麦克白》中的凶手重要。"福尔摩斯自己常常对华生将小说写得耸人听闻很不满,但是他也不是很公正。犯罪并不是出于个人爱好,这点华生和加博里奥有着同样的看法;他们和侦探没有关系——《黄屋之谜》的作者就显得经验不足,他笔下的杰克·鲁尔塔伊是一名罪犯的儿子——他们不会因为动机高尚就感到安心,就像切斯特顿[35]先生的《布朗神父的清白》中的坏人那样;他们聪明无比,有了合适的土壤就会滋生犯罪。按照苏格拉底的理论,我们也许要说,最好的侦探才能抓住最狡猾的窃贼。罪犯身上的一个错误就会让福尔摩斯拼出整个真相。爱情和金钱是他们唯一的动机,残忍和狡猾是他们永远的品质。

我们现在来谈中心人物,为此我们将不得不从复杂而多面的性格中剥茧抽丝。具有讽刺意味的是,福尔摩斯喜欢把自己看作一部机器,一个非人的、无差别的侦探。"人是渺小的——成就才代表一切。"这是他喜欢引用的话之一[36]。

福尔摩斯是乡绅的后裔,他的祖母是一位法国艺术家[37]的妹妹。我们知道,他的哥哥迈克罗夫特比他还有天分,但是在政府财政部门担任秘密审查的工作(如果《回忆录》可信的话)。福尔摩斯在学校里的情况不得而知;华生上过学,他的同学有个是贵族的外甥,不过那里有些不同寻常,学生们"在运动场上到处捉弄他,用玩具铁环碰他

㉝赫耳墨斯的有翼帽。

㉞罗马教皇的三重冠。

㉟吉尔伯特·基思·切斯特顿(1874—1936),英国作家和批评家,信仰罗马天主教,政治观点保守。他的著作包括散文,一系列以布朗神父为主角的侦探小说以及几卷评论及论辩文集。

㊱参见《红发会》,这是居斯塔夫·福楼拜在给乔治·桑的信中所说的话。

㊲指威尔奈,参见《希腊译员》。

的小腿骨，并引以为乐"。这样说来华生应该是伊顿生。另一方面，我们不知道他大学的情况，《回忆录》中有证据表明他对剑桥风光不是很熟悉。福尔摩斯的学生时代我们了解得就比较多，他个性矜持，拳击和剑术的爱好没让他结交到多少朋友。珀西·特雷佛算是他的朋友，他的父亲曾经犯过罪，在澳大利亚金矿区谋生；另一位雷金纳德·马斯格雷夫，他的祖先可以追溯到征服战争时期，是贵族的末裔。他上过学院，但是哪所学院呢？哪所大学呢？他喜欢科学的性格自然会归为剑桥，但如果他那么喜欢理科为什么又只上了两年？我认为他两个朋友——一个是孤高的贵族，一个是小狗一样的脾气——都是孤独的，但又和福尔摩斯一样才华横溢。我有这样的想法，福尔摩斯是在王室长大的，但是没有明确的证据。

如果他是个牛津生，那么他学的一定不是古典课程[38]。不过，在《血字的研究》——这本书在福尔摩斯性格描写方面是部经典名作——开头华生描述他对这个人的第一印象，错误地认为他的哲学知识是零，他的文学知识是零。事实上，福尔摩斯直到和华生相处了一段时间之后才开始展现出他的天分，华生也才认识到他真正的品质。他将哈菲兹和贺拉斯作对比[39]，引用过塔西佗[40]、让·保罗[41]、福楼拜[42]、歌德[43]以及梭罗[44]的话，还在车上读彼特拉克[45]的作品。他没有展现出对哲学有多大兴趣，不过对科学却有着自己的看法。哲学家可不会这样说："当你排除了不可能，无论剩下的多么不大可能，那都是事实。"[46]他也不会混淆观察和推理，他曾说："观察的结果说明你去过邮局"，这是从华生鞋子上的泥点判断出来的[47]。但是这里肯定有推理——也许是所谓的绝对推断——只是头脑转得很快罢了。但是福尔摩斯并不是感觉论者。《血字的研究》中福尔摩斯承认信心不够，只有现实主义者才会这样："刚才我就应当体会到，如果一

---

[38] 指古代语、哲学和古代史。
[39] 参见《身份案》："哈菲兹的道理跟贺拉斯一样丰富，哈菲兹的人情世故也跟贺拉斯一样深刻。"
[40] 参见《红发会》："不为人知者乃为壮丽。"
[41] 即让·保罗·弗雷德里希·里希特。参见《四签名》："在里希特的作品里，能找到许多精神食粮。"
[42] 参见《红发会》："正如居斯塔夫·福楼拜在给乔治·桑的信中所说的，'人是渺小的——成就才代表一切'。"
[43] 参见《四签名》："我常常想到歌德的那句话——'上帝只造成你成为一个人形，原来是体其表，流氓其质'。"
[44] 参见《贵族单身汉案》："用梭罗的话来说，旁证有时是非常有说服力的，就像你在牛奶里发现了一条鳟鱼一样。"
[45] 参见《博斯科姆比溪谷秘案》。
[46] 语出《皮肤变白的军人》。
[47] 参见《四签名》第一章。

个情节似乎和一系列的推论相矛盾，那么，这个情节必定有其他某种解释方法。"

这里我必须提到所谓的"演绎法"。佩珀·马谢先生大胆地宣称其来自加博里奥。皮夫-坡夫先生在他的名篇《何谓推理？》中断言福尔摩斯的方法是归纳法。这两种说法都不正确。勒考克也会观察，他注意到雪地上的脚印；他也会推理，因为他从脚印推理出留下脚印的人的行动。但是他没有用到演绎法，他从来不会坐下来推理这个人下一步会做什么。勒考克有放大镜和镊子，他没有睡衣和烟斗。这就是为什么他为了捡起失去的线索不得不一次又一次地依赖幸运之神。福尔摩斯并不靠运气，也不会求神问鬼。这也是为什么勒考克在受到挫折之后终于向一位安乐椅神探求助的原因，这位侦探没有离开安乐椅，却告诉他会发生什么事情。佩珀·马谢错误地认为这位安乐椅神探就是迈克罗夫特的原型，其实如果要是的话那也是歇洛克的原型。勒考克是那个时代的斯坦莱·霍普金[48]，或者雷斯垂德。福尔摩斯自己曾经为我们解释观察（或者推断）和推理演绎的不同。他先是通过观察华生鞋子上的泥点得知华生去过邮局，然后通过推理知道华生发了封电报，因为他看到了很多邮票和明信片在华生桌子上[49]。

现在让我们看两幅福尔摩斯的画像，一幅是闲暇时间，一幅在工作时间。当然，他讨厌无所事事，这点要比华生强烈。华生说他一向被人称作飞毛腿[50]，但是这只是华生自说自话，福尔摩斯总是能超过他；除了这点所谓的能力以外，我们没有证据证明华生喜欢运动，除了他曾经将一个发烟管扔进二楼的窗户。但是福尔摩斯曾经是一名拳击运动员，也练过击剑；为了训练自己的注意力，他朝对面的墙上连续射击，打出表示爱国的"V.R."两个字。认识华生之初，他的空闲时间主要是拉小提琴，但是后来没有什么比辛苦工作之后的放松更好的了。而且——非常重要——这是和可卡因相对立的。我们从未听说毒品是为了在工作中激发智慧，也没有人可以保证说烟里面含有毒品。在内维尔·圣克莱尔寓所的漫漫长夜是靠着石楠烟斗度过的——那时候他正在工作；当他想问题的时候，比如在《身份案》中，他拿起"使用年久、满是油腻的陶制烟斗，这烟斗对他好像是一个顾问"。在《铜山毛榉案》中，他拿起"长把的樱桃木烟斗，当他是在争论问题而不是在思考问题的时候，他常常是用这个烟斗来替换陶制烟斗的"。有次他还邀请华生吸鼻烟。顺便一提，华生和福尔摩斯刚开始一起住的时候抽船牌香烟，但是

---

[48] 苏格兰场警官，出现在《金边夹鼻眼镜》等多篇故事中。
[49] 参见《四签名》第一章。
[50] 参见《巴斯克维尔的猎犬》第十四章："我从没见过谁能像福尔摩斯在那天夜里跑得那样快。我是一向被人称作飞毛腿的，可是他竟像我赶过那矮个的公家侦探一样地把我给落在后面了。"

不久就换成所谓的阿卡迪亚混合烟。就算婚后经济并不宽裕，他也没有放弃过这种价格不菲的烟；他家的前厅还铺着油地毡，显见他的生活谈不上富裕。但是烟斗不是针对华生而是针对福尔摩斯的，福尔摩斯有句不朽的名言："这是要抽足三斗烟才能解决的问题。"[50]他称得上世界上最伟大的吸烟者之一。

现在让我们看看工作中的福尔摩斯。我们知道，一看见委托人他就变得活跃起来，根据《回忆录》[52]中的那句名言："福尔摩斯从嘴边抽出烟斗，在椅子上坐起，好像一只老练的猎犬听见了呼叫它的声音。"[53]我们可以想象得到，他敏锐的目光环视着屋子，鼻子在地面一英尺高的地方嗅着味道，面对着烟灰、橙皮、假牙，以及罪犯留下的任何东西。"他不是人，"波兰著名评论家明斯克先生说道，"要么是野兽，要么是神。"

有种说法是对福尔摩斯的污蔑，我得反驳一下。的确，据说他在实验室抽打过尸体，事实上那是为了验证死后能不能在尸体上留下伤痕。他算是一名科学家。实际上，我们在《四签名》中看到：

摩斯坦小姐："从那天起直到现在，始终没有得到有关我那不幸的父亲的任何消息。他回到祖国，心中抱着很大的希望，本想可以享清福，没想到……"

她用手摸着喉部，话还没有说完，已经泣不成声。

福尔摩斯打开了他的记事本问道："日子还记得吗？"

福尔摩斯想要抓住罪犯的迫切心情是出于渴望公正（就像华生一样），还是纯粹出于对演绎法的科学兴趣？这点很难确定，就像很难说足球队员踢足球是为了进球还是为了寻找刺激。福尔摩斯性格中奇怪地融合着人性和科学。有时候我们听到他说："即使是最好的女人，也绝不能完全信赖她们。"[50]（胆小鬼！）或者声称自己不会同意那些把谦虚看作美德的人，因为逻辑学家需要公正客观地看待事物。甚至他在《海军协定》中提及玫瑰都是为了掩盖他在检查窗框刮痕的事实。但是有时候，他也买上点"特选的白酒"，讨论奇迹剧、斯特拉迪瓦里小提琴、锡兰佛教以及未来的战舰[50]。

不过在某些场合他还会表现出另外两种特征。一是喜欢做出一些戏剧化的举动，比如他把五个橘核寄给谋杀约翰·奥彭肖的人，还把海绵带去监狱洗去歪唇男人的伪

---

(51) 语出《红发会》。

(52) 出自《最后致意》。

(53) 语出《魔鬼之足》。这里的引用和原文略有差别，诺克斯的引文为："福尔摩斯在椅子上坐起，从嘴边抽出烟斗，好像一只老练的猎犬听见了呼叫它的声音。"这里参照正典原文译出。

(54) 语出《四签名》。

(55) 参见《四签名》第九章和第十章。

装，或者把海军协定摆在早餐盘子里盖好。二是喜欢说警句隽语。收到一位公爵⑤的来信，他说："可是这封看来像是一张不受欢迎的社交上用的传票式的信，叫你不是感到厌烦就是要说谎才行。"还有种称为隽语——那是福学家们熟知的——莱特齐格孜孜不倦地收集了不下一百七十三句。下面就是几个例子：

"在那天夜里，狗的反应是奇怪的。"

"那天晚上，狗没有什么异常反应啊。"

"这正是奇怪的地方。"歇洛克·福尔摩斯提醒道。⑤

还有：

"我在你后面跟着。"

"我没有发现有人。"

"既然我要跟着你，当然不能让你看见。"福尔摩斯说道。⑱

要想充分研究这一主题至少还要两学期的课程。将来，只要时间和精力许可，我希望再发表几篇论文。而且，我已经抛出一些提示，规划了一些纲领。你知道我的方法⑲，华生：做吧。

---

⑯指《贵族单身汉案》中的圣西蒙勋爵，他并不是公爵。
⑰语出《银色马》。
⑱语出《魔鬼之足》。
⑲语出《蓝宝石案》。

《红发会》的日期[1]

The Dates in "The Red-Headed League"

[英] 多萝西·L·塞耶斯[2]

歇洛克·福尔摩斯研究者遭遇的古怪的年代学问题中，最棘手、最迷惑的一个便是《红发会》的日期。H·W·贝尔先生在他那本广泛的学术研究著作《歇洛克·福尔摩斯和华生医生》中称得上极为巧妙地挑战了这一难题。那部作品——第一部也是唯一一部尝试按照年代顺序列出所有案子的著作——注定是未来所有福尔摩斯—华生注释作品的楷模，下面有关这一问题的表述就摘自其中：

1.华生说杰贝兹·威尔逊拜访贝克街发生在1890年秋的一个星期六。之后，这一日期更加确定了，因为红发会门上的告示落款日期是10月9日。但是1890年10月9日是星期四。

2.给福尔摩斯看的广告，华生说是刊登在4月27日的《纪事年报》上，"正好是两个月以前的"。这与其他所有日期都是相违背的。

3.杰贝兹·威尔逊说广告是在"八个星期以前的这天"看到的，从10月9日推算回去，是8月14日星期四。

4.威尔逊还说红发会每个星期六给他四镑，给了八个星期，"他们花了三十二个英镑"。很难想象威尔逊会把他拿到的钱数目弄错。最后一个星期六（"10月9日"）红发会关门了，他没有拿到钱。因此，如果他工作了八个星期，应该只拿到二十八英镑。

让我们看看如何才能解释这些矛盾。"1890年"这个说法是根据小说发表在《海滨杂志》上的时间——1891年8月——推测的（"去年秋天的一天"），再有就是红发会门上的告示（"红发会业经解散，此启。一八九〇年十月九日"）。威尔逊拜访福尔摩斯那天是星期几也是确定的，不仅有福尔摩斯本人的证词（"今天是星期六"，"但是，今天是星期六，事情变得复杂起来了"），而且正如贝尔先生指出的，"选择星期六是银行盗窃计划所必需的"。拜访贝克街、调查威尔逊的当铺以及最终抓获罪犯全部发生在二十四小时里（星期六早晨[3]，到星期天凌晨）。因此我们被限定在1890年秋的某个星期六。既然"4月27日"这个日子明显是错误的，不管怎么说那都不可能属于"秋天的一天"，那么就没有理由反对告示上提到的10月作为月份。因此，我们要在1890年10月的四个星期六中选一个，依次是4、11日、18日和25日。

---

(1) 首次发表于《克勒芬：藏书家季刊》第十七卷第十期（1934年6月）。译自《塞耶斯论福尔摩斯》。以下注释，除特别标明以外均为原注。文中引用正典原文的页数出自约翰·默里公司的两卷本全集。

(2) 多萝西·L·塞耶斯（1893—1957），英国侦探小说家。在牛津大学就读期间，曾在研究中世纪文学方面获奖。毕业之后，在伦敦一家广告公司任职。1923年发表处女作《谁的尸体》，之后创作了一系列以彼得·温姆西爵爷为主角的侦探小说，被认为是和阿加莎·克里斯蒂齐名的女性侦探小说家。——译者注

(3) 贝尔先生说是"午后不久"，但是威尔逊拜访、福尔摩斯五十分钟的沉思以及去市区都发生在午餐之前。威尔逊可能十一点到达，即他十点到达教皇院之后立刻就过来了。

贝尔先生认为华生医生也许将自己写的"4"误作"9",于是选择10月4日作为日期。我非常同意这个日子是正确的,但是我和贝尔先生的理由不一样,他的理由是错误的。在我看来,这个问题的关键是(a)"4月27日"这个惊人的错误以及(b)钱数的矛盾,贝尔先生的注解中对这两个矛盾都没有说明。下面,我希望能解答(a)是怎么会发生的,并且证明(b)也不是错误,由此通过两个独立的、可以互相照应的证据推测出日期。

1.威尔逊拜访福尔摩斯的日子最有可能是10月4日,因为正如贝尔先生所说的,华生不太可能将两位数11、18或25误作个位数9。

2.《纪事年报》的广告要求申请者在"星期一"去教皇院7号。显然文森特·斯波尔丁给威尔逊看广告的那天就是那个星期一,之后他们"把百叶窗关上",立刻起身去了教皇院。

3.从第一眼来看,广告上的措辞似乎表明这是上星期六的报纸,支撑这点的证据是,威尔逊说它刊登的时间是"八个星期以前的这天"。但是,仔细考虑一下就说不通了。如果广告是刊登在星期六,为什么斯波尔丁(他就住在店里)不立刻给威尔逊看?为什么他在星期一早晨看星期六的报纸?结论是这则广告其实刊登在星期一。措辞也许不大精心,或者广告原本是准备刊登在星期六,却因为没有刊登的空间或者送达时间太晚而不能插入当天的报纸。

4.华生说"正好是两个月以前的"也是有力的支持。如果准确的话,我们可以推算回8月4日星期一。无疑,威尔逊只是粗率地推算一个月四个星期,而华生则是借助日历准确推算的。

5.邓肯·罗斯问威尔逊是否"明天能来上班",因此他在面试的第二天就开始工作了,即8月5日星期二。接下来星期六他拿到"一周工作的报酬"——四英镑。实际上,他只工作了五天,但是薪水毫无疑问是从他星期一答应上班时开始计算的,文中清楚地表明就是这样。

6.威尔逊于是拿到八次薪水,每次四英镑,日期分别是8月9日、8月16日、8月23日、8月30日、9月6日、9月13日、9月20日、9月27日,之后10月4日第九个星期六早晨红发会关门了;薪水正确的总额是三十二英镑。

7.现在剩下的难点就是文中给出的两个错误的日期:(a)广告刊登时间4月27日,(b)红发会解散日期10月9日。

(a)这个日期实在荒谬可笑,有可能是一个受教育程度不高的排字工人在排版一份潦草的手稿时犯下的错误。华生是一个医生,很多时候他的笔记难以辨认;而且,他写日期的时候使用缩写,用一支修过的、不太好的J型笔。这样一来,字符连起来很容易将"Augst 4(8月4日)"误作"April 27(4月27日)"。这个错误本身恰能证明8月

4日实际上就是广告刊登的日子，因为误作8月其他日子（11、18、25）[4]很难和27相混淆，至于星期六，上文已经提到不可能了。但是如果8月4日是广告刊登的日子，那么10月4日就是威尔逊拜访华生的日子；因此两个结论就相互验证了。没有其他关于日期的说法既能解释"4月27日"的错误又能解释三十二英镑一事，反之，这个假设则合理地解释了二者，而且是唯一能做到这点的。

图1：华生医生所写的8月4日（Augst 4）。注意"g"的写法（没有弯曲部分），"s"的也不是那么明显，"t"上面没有一横，还有"4"往左手的那一笔有点夸张花哨。

图2：华生医生所写的4月27日（April 27）。注意"pr"没有弯曲部分，"i"没有一点。

图3：罗斯所写的10月4日（Oct 4th）可能的样子。

（b）如果我们接受了关于"4月27日"的解释，那么对于第二个错误还有些许困难，即钉在红发会门上的告示里"10月4日"误作"10月9日"。是不是华生写的数字"4"看起来有两种样子，一种像"27"，一种像"9"，因此被误读？在这个例子里，可能是华生自己粗心大意，看错了邓肯·罗斯在卡片上写的字迹。罗斯写的"4"也许类似图3所示的样子，华生在编故事的时候，看得匆忙，也许就将他以为他所见的数字写下来，没有验证日历上的日期。

如此一来便清楚了，医生没有仔细校对样稿，也许（就像T·S·布莱克尼在《歇洛克·福尔摩斯：事实或虚构？》中提出的）他写故事的时候特别马虎、心不在焉，因为"之前不久福尔摩斯（假）死，对华生打击很大"。如果他仔细阅读样稿，他就不可

---

[4] 如果10月11日、18日、25日这些日期中任何一个是红发会解散的日子的话，那么这是两位数的日期，并不容易误当作"9"。8月25日也有不合理的地方，华生写的"5"很像"6"（贝尔先生在关于《四签名》的有趣研究中已经清楚地证明了这一点），没有一横，因此不可能像"7"。

能让荒谬至极的"4月27日"从眼皮底下逃过去。[5]

现在知道了10月4日和8月4日才是威尔逊拜访福尔摩斯和去教皇院的正确日期，我们得出了一个必然的推论——也就是，广告出现在《纪事年报》上的那个星期一，同时也是威尔逊去红发会应征的那天，正是八月银行假日。初看起来这非常不可思议。但是，福尔摩斯自己说："我就应当体会到，如果一个情节似乎和一系列的推论相矛盾，那么，这个情节必定有其他某种解释方法。"事实上，当我们仔细地检查文本，我们就会发现银行假日的强有力的铁证。

让我们首先研究一下杰贝兹·威尔逊的生意以及萨克斯-科伯格广场（或者科伯格广场，至于准确的地名似乎还存有疑问，那毫无疑问是因为华生在笔记本上草草记下地名的时候漫不经心）的地理环境。

我们首先观察到，威尔逊说他的店是个"小当铺"。一般来说，当铺旁边会有一家商店，商店的橱窗会展示一些可以出售的没有赎回的抵押品。但是这里既没有提到杰贝兹的当铺有商店也没有提到橱窗[6]，从文中可以看出这些并不存在。42页上福尔摩斯说："今天是星期六"，一段沉思之后，他转向华生说："那么戴上帽子，咱们走吧。"这是在午餐之前（43页），因此所有的商店都应该开门营业，而且的确是开门营业的，因为我们在44页看到"做生意的人的洪流"，人行道"被蜂拥而来的无数行人踩得发黑"。这是在去过威尔逊的当铺之后，我们可以推测，如果威尔逊有家商店，福尔摩斯和华生来访的时候应该是在开门营业的。

如果福尔摩斯想以某种不经意的方式不引起任何怀疑地见见店铺的伙计文森特·斯波尔丁，那么我们觉得他应该怎么做呢？应该径直走进店里，问问橱窗里某个物品的价格。（不过这样一来，福尔摩斯特别想看的斯波尔丁的裤子膝盖部位就会被柜台挡住了，但是这个问题也容易解决，只需要让他把物品拿到门前面光线充足的地方就可以了。）很明显没有这样的机会。那地方只有"一块棕色木板和三个镀金的圆球"作为标志。没有商店也没有橱窗，福尔摩斯因此去敲门，门开了，他提出了一个不太令人信服的问题，即去斯特兰德怎么走，比方问问那里的烟草店、小的报摊或者素食餐馆。

综上所述：没有商店；我们推测这个当铺仅仅放款，而不经营其他，没有赎回的物品可能被处理给其他的二手店铺了。

---

(5) 贝尔先生在另一个场合（《歪唇男人》）发现华生将"4"当成了"9"（参见贝尔，P. 66），研究者也许会对此提出反对意见。我倾向于认为贝尔先生的第二个建议也许是正确的，即华生只是简单写下"Ju. 19th"，没有注意这一缩写既可以表示June（6月）也可以表示July（7月）。

(6)《海滨杂志》的画家确实在当铺加上了一个橱窗，似乎是商店的橱窗，但是没有陈列品。不管如何，插图的证据需要谨慎对待。参看贝尔先生关于《马斯格雷夫礼典》的讨论（p. 14）。

那么让我们回到8月4日星期一，那天威尔逊和斯波尔丁去应征。

我们知道，文森特·斯波尔丁"下到办公室里来（came down into the office）"。可以推测这事情发生在办公室而不是商店。那么，斯波尔丁是从哪里走下来（down）的呢？即便有商店也不该是从那里来的（因为商店或者商业场所应该是在一楼），除非我们推测"办公室"在底楼，但是似乎不太合情理。如果斯波尔丁走下来到办公室，那么可能是从楼上的卧室或者起居室，或者楼上某个储藏物品的房间。如果是从起居室或者（更不必说）卧室下来，那么他的老板在工作而他却闲着，还如此眉飞色舞，这样的情况除了假日还会发生在别的日子吗？（我接下来就将谈谈杰贝兹·威尔逊在办公室工作的问题。）另一方面，如果斯波尔丁是从储藏室下来，很可能他在忙着放东西、清点那里存放的货物——对于一个没有日常生意要处理的日子来说就再正常不过了。实际上，我倾向于认为他是在工作[7]，因为35页上威尔逊说斯波尔丁"非常高兴得到一个休假日"，因此说明他那天是打算要工作的。

杰贝兹·威尔逊在办公室里毫无疑问是在做事——那么是在干什么呢？很可能他和斯波尔丁都在忙着处理上星期六收进的货物，存放、估价，等等，并且登记当天完成的交易。我们知道星期四和星期五通常是威尔逊店里最忙的时候，但是星期六是发薪日，抵押品大部分被赎回了，当铺星期六关门的时间总是比较晚。这意味着大量事情要留待星期一做，从记账到分账。而且，如果星期一是银行假日，那么很多大手大脚花钱的人就会在星期六典当东西，以便周末有额外的钱花销取乐。因此我们可以想象，斯波尔丁在楼上储藏间忙碌（或者假装忙碌），而他的老板在办公室里记账，两人都在假日里一如往常。同样可以想象，他们不会反对即便是在银行假日早晨也放点款。如果一个男子星期六和星期日打发走妻子之后在酒吧挥霍无度，星期一他说不定就会径直敲开前门，用纸把家庭用《圣经》或者熨斗包起来送到当铺。

现在我们到了关键时刻。当斯波尔丁给杰贝兹·威尔逊看了报纸，他接到指令"把百叶窗关上，马上跟我一起走"；之后威尔逊还加上一句："我们就这样停了业。"这样，我们立刻会问自己：如果没有商店橱窗，关百叶窗干什么？为什么要关上百叶窗？如果是平常的工作日，家里有女仆处理家务，有什么理由要关上百叶窗？（不考虑商店的问题）这里所说的应该是"办公室"或者住所的百叶窗。无论如何这点都让人疑惑；但是最可能的回答应该是：那天是银行假日，女仆这天放假，一楼的百叶窗关起来第一是告诉访客没有人会应门，第二是保护办公室保险箱里钱财的安全，这些钱当然在星期六晚上、星期天或者银行假日都不能放到银行。总而言之，关上百叶窗是因为房子已经

---

(7) 此时当他下楼的时候，他假装在读报纸，但是这并不意味着他开小差。也许这是他喝"上午茶"的时间。当然他要等到威尔逊读完报纸才能拿到它。

空无一人，而所谓的"我们就这样停了业"可能仅仅是说记账之类的工作停止了。

下面谈谈关于到教皇院去的事情。请注意这里没有提到任何有关商店开门营业或者老城往常的交通问题。相反倒是清楚地提到"舰队街挤满了红头发的人群"，教皇院挤得"就像叫卖水果的小贩放满广柑的手推车"。这是在1890年，不是1934年。就算在今天，也很难在伦敦[8]找到那么多不上班的红发男子在工作日"挤满"舰队街；1890年的时候也应该是不可能的。因此，如果这些人能丢下工作来应征广告，那么这肯定是因为银行假日放假。我们是否能想象，在工作日有警察干涉的情况下，还能允许人群"挤满"舰队街造成严重交通混乱吗？证明红发会应征时外面没有按秩序排队的证据就是斯波尔丁"连推带搡"地挤过人群。而且我们没有听到教皇院其他住户的抗议。这证明当天没有开门做生意；这天是星期一；因此这天是银行假日的星期一。毫无疑问，特别挑选这个不同寻常的日子，是因为不论威尔逊还是斯波尔丁都没有不可抗拒的理由非要待在萨克斯-科伯格广场。我们必须记住，从同谋者的角度来看，这两个人都要能去教皇院才行，这样不仅可以避免延误或者认错杰贝兹·威尔逊，而且斯波尔丁[9]也可以提出老板不在的时候他可以看店，从而在一旁影响老板的决定。

确实，很奇怪威尔逊没有向福尔摩斯提及应征的日子是银行假日；也可能是由于情绪激动没有记起这件事情，或者因为其他什么原因使得他忽视了。他等到会面的第二天早晨才去花一个便士买了一瓶墨水、一根羽毛笔、七张大页书写纸，这也许算是一个小小的有力证据。他星期一晚上情绪消沉，但是另一方面，他从教皇院回来的时候心情是愉快激动的，如果商店那时候开门的话，斯波尔丁大概会建议他马上去买文具。但是，我并不坚持这一点。我觉得，在叙述中最有趣也是最有启发性的一点是没有商店橱窗以及关上百叶窗。请注意，百叶窗"在白天关上（put up for the day）"，虽然（直到他看到人群之前）威尔逊还不知道这个应征会花费两个小时以上。很明显他已经决定一天都关上窗了，这也更加佐证了银行假日说。

关于华生的手迹

我们所知的唯一一份确定出自华生医生之手的文件是《修道院学校》里的那幅地

---

(8)这份广告只是当天早晨才刊登，外地的应征者没有时间来应征。

(9)的确，斯波尔丁会损失几个小时的时间不能挖地道，但是这与让威尔逊离开店铺的诡计相比就显得不重要了。

形草图[10]。右下角以黑体字标明了他的名字，一眼看上去确实是真的。文字很清晰，字体从整体来说也是正规的，尽管"i's"上的点有一半没有点，小写的"r"写得没有弧度，看起来像是一笔，大写的"E"像是"C"，大写的"R"和"T"有好几种写法。不管如何，任何人为了便于印制都会让字母写得容易辨认，而同一人在写一般手稿或者笔记的时候可能就不同了。

不过是不是有必要用华生医生的手迹呢？《海军协定》中也有一张地形草图，很像出自同一人之手，据说是珀西·费尔普斯画的。《金边夹鼻眼镜》中同一人的手迹再次出现，这次假托是斯坦莱·霍普金画的。

当然，可能是华生本人为了印版需要重新绘制了上述提及的后两个地图，因为他才有资格翻阅福尔摩斯的文档（比如《赖盖特之谜》中复制的信件），但是也没有什么明显的原因要他必须这样做。也许可以说这是因为《海军协定》发生的时候（1889）他结婚了，不住在贝克街；但是这不适用于《金边夹鼻眼镜》，那个故事发生在福尔摩斯归来的1894年。

可能的解释是，这三张地图——匆忙地画在纸片上——送到制版工人手上时已经弄皱、弄脏了，无法复制，于是工人按照原图重新绘制。或者，因为同一位插画家绘制了从《冒险史》到《归来记》的全部插图，就是他重新绘制了地图。

《赖盖特之谜》的信件又是另外一种情况。必须准确复制原来的字迹，虽然我们知道在福尔摩斯和亚历克·坎宁安扭打中纸片肯定扭曲得厉害，但是它后来自然被仔细地抚平，作为本案的重要证据保存；制版工人也不得不准确地复制它。

非常奇怪的是，《失踪的中卫》中吸墨纸上的字迹与那位始终出现的书写者的字迹十分类似。这里则声称是高夫利·斯道顿的字迹，是用"粗尖的鹅毛笔"写下的电报，写在一张"薄的"电报纸上。对于这样的纸片，字迹还能如此清晰，墨水洇开得如此之少，真是不同寻常。

最后要说的是，在1928年的定本（《全集》）中，《修道院学校》的地图上去掉了"约翰·H·华生"的签名。这绝非小事。华生无疑认为这签名是一种误导，他答应去掉是因为这些图画和文字都不是出自他本人之手。

---

[10]《海滨杂志》，1904年2月。

福尔摩斯系列书目

Bibliography

篇名	原名	缩写[1]	单行本	首次发表	发表时间	发生时间[2]
血字的研究	*A Study in Scarlet*	STUD	长篇	比顿 圣诞年刊 （英国）	1887年12月	3月4日
四签名	*The Sign of the Four*	SIGN	长篇	利平科特 杂志 （美国）	1890年2月	1888年9月
波希米亚丑闻	*A Scandal in Bohemia*	SCAN	冒险史	海滨杂志 （英国）	1891年7月	1888年 3月20日
红发会	*The Red- Headed League*	REDH	冒险史	海滨杂志 （英国）	1891年8月	1890年 10月9日或 6月27日
身份案	*A Case of Identity*	IDEN	冒险史	海滨杂志 （英国）	1891年9月	—
博斯科姆比 溪谷秘案	*The Boscombe Valley Mystery*	BOSC	冒险史	海滨杂志 （英国）	1891年10月	十九世纪 八十年代末 的6月初
五个橘核	*The Five Orange Pips*	FIVE	冒险史	海滨杂志 （英国）	1891年11月	1887年 9月末
歪唇男人	*The Man with the Twisted Lip*	TWIS	冒险史	海滨杂志 （英国）	1891年12月	1889年 6月19日
蓝宝石案	*The Adventure of the Blue Carbuncle*	BLUE	冒险史	海滨杂志 （英国）	1892年1月	12月27日
斑点带子案	*The Adventure of the Speckled Band*	SPEC	冒险史	海滨杂志 （英国）	1892年2月	1883年 4月初
工程师 大拇指案	*The Adventure of the Engineer's Thumb*	ENGI	冒险史	海滨杂志 （英国）	1892年3月	1889年夏

(1)这是根据篇名制定的缩写形式，许多研究文章都使用这种缩写指代篇名。

(2)这里的案件发生时间是叙述中明显提到的，福学家编制福尔摩斯年表时虽然参考此日期，但是往往与此有较大出入。

篇名	原名	缩写	单行本	首次发表	发表时间	发生时间
贵族单身汉案	*The Adventure of the Noble Bachelor*	NOBL	冒险史	海滨杂志（英国）	1892年4月	1887年10月初
绿玉皇冠案	*The Adventure of the Beryl Coronet*	BERY	冒险史	海滨杂志（英国）	1892年5月	2月的星期五
铜山毛榉案	*The Adventure of the Copper Beeches*	COPP	冒险史	海滨杂志（英国）	1892年6月	初春
银色马	*The Adventure of Silver Blaze*	SILV	回忆录	海滨杂志（英国）	1892年12月	星期四
黄面人	*The Adventure of the Yellow Face*	YELL	回忆录	海滨杂志（英国）	1893年2月	初春的星期六
				哈珀杂志（美国）	1893年2月11日	
证券经纪人的书记员	*The Adventure of the Stockbroker's Clerk*	STOC	回忆录	海滨杂志（英国）	1893年3月	6月的星期六
				哈珀杂志（美国）	1893年3月11日	
"格洛里亚斯科特"号三桅帆船	*The Adventure of the Gloria Scott*	GLOR	回忆录	海滨杂志（英国）	1893年4月	1885年长假的第一个月
				哈珀杂志（美国）	1893年4月15日	
马斯格雷夫礼典	*The Adventure of the Musgrave Ritual*	MUSG	回忆录	海滨杂志（英国）	1893年5月	离开大学四年之后的星期四
				哈珀杂志（美国）	1893年5月13日	
赖盖特之谜	*The Adventure of the Reigate Squires*	REIG	回忆录	海滨杂志（英国）	1893年6月	1887年4月25日
				哈珀杂志（美国）	1893年6月17日	
驼背人	*The Adventure of the Crooked Man*	CROO	回忆录	海滨杂志（英国）	1893年7月	夏天的星期三
				哈珀杂志（美国）	1893年7月8日	

篇名	原名	缩写	单行本	首次发表	发表时间	发生时间
住院的病人	*The Adventure of the Resident Patient*	RESI	回忆录	海滨杂志（英国）	1893年8月	10月份
				哈珀杂志（美国）	1893年8月12日	
希腊译员	*The Adventure of the Greek Interpreter*	GREE	回忆录	海滨杂志（英国）	1893年9月	夏天的星期三
				哈珀杂志（美国）	1893年9月16日	
海军协定	*The Adventure of the Naval Treaty*	NAVA	回忆录	海滨杂志（英国）	1893年10月、11月	7月末
				哈珀杂志（美国）	1893年10月14日、10月21日	
最后一案	*The Adventure of the Final Problem*	FINA	回忆录	海滨杂志（英国）	1893年12月	1891年4月24日
				麦克克鲁杂志（美国）	1893年12月	
巴斯克维尔的猎犬	*The Hound of the Baskervilles*	HOUN	长篇	海滨杂志（英国）	1901年8月—1902年5月	1889年10月
空屋	*The Adventure of the Empty House*	EMPT	归来记	科利尔杂志（美国）	1903年9月26日	1894年4月
				海滨杂志（英国）	1903年10月	
诺伍德的建筑师	*The Adventure of the Norwood Builder*	NORW	归来记	科利尔杂志（美国）	1903年10月31日	8月
				海滨杂志（英国）	1903年11月	
跳舞的人	*The Adventure of the Dancing Men*	DANC	归来记	科利尔杂志（美国）	1903年12月5日	1888年或1898年
				海滨杂志（英国）	1903年12月	
孤身骑车人	*The Adventure of the Solitary Cyclist*	SOLI	归来记	科利尔杂志（美国）	1903年12月26日	1895年4月23日
				海滨杂志（英国）	1904年1月	
修道院学校	*The Adventure of the Priory School*	PRIO	归来记	科利尔杂志（美国）	1904年1月30日	5月16日星期四
				海滨杂志（英国）	1904年2月	

篇名	原名	缩写	单行本	首次发表	发表时间	发生时间
黑彼得	The Adventure of Black Peter	BLAC	归来记	科利尔杂志（美国）	1904年2月27日	1895年7月第一个星期三
				海滨杂志（英国）	1904年3月	
米尔沃顿	The Adventure of Charles Augustus Milverton	CHAS	归来记	科利尔杂志（美国）	1904年3月26日	冬天
				海滨杂志（英国）	1904年4月	
六座拿破仑半身像	The Adventure of the Six Napoleons	SIXN	归来记	科利尔杂志（美国）	1904年4月30日	—
				海滨杂志（英国）	1904年5月	
三个大学生	The Adventure of the Three Students	3STU	归来记	海滨杂志（英国）	1904年6月	1895年
				科利尔杂志（美国）	1904年9月24日	
金边夹鼻眼镜	The Adventure of the Golden Pince-Nez	GOLD	归来记	海滨杂志（英国）	1904年7月	1894年11月末
				科利尔杂志（美国）	1904年10月29日	
失踪的中卫	The Adventure of the Missing Three-Quarter	MISS	归来记	海滨杂志（英国）	1904年8月	2月
				科利尔杂志（美国）	1904年11月26日	
格兰其庄园	The Adventure of the Abbey Grange	ABBE	归来记	海滨杂志（英国）	1904年9月	1897年冬
				科利尔杂志（美国）	1904年12月31日	
第二块血迹	The Adventure of the Second Stain	SECO	归来记	海滨杂志（英国）	1904年12月	秋天的星期二
				科利尔杂志（美国）	1905年1月28日	
恐怖谷	The Valley of Fear	VALL	长篇	海滨杂志（英国）	1914年9月—1915年5月	十九世纪八十年代末1月7日
威斯特里亚寓所	The Adventure of Wisteria Lodge	WIST	最后致意	科利尔杂志（美国）	1908年8月15日	1892年3月末
				海滨杂志（英国）	1908年9月、10月	

篇名	原名	缩写	单行本	首次发表	发表时间	发生时间
硬纸盒子	The Adventure of the Cardboard Box	CARD	最后致意	海滨杂志（英国）	1893年1月	8月的星期五
				哈珀杂志（美国）	1893年1月14日	
红圈会	The Adventure of the Red Circle	REDC	最后致意	海滨杂志（英国）	1911年3月	—
布鲁斯-帕廷顿计划	The Adventure of the Bruce-Partington Plans	BRUC	最后致意	海滨杂志（英国）	1908年12月	1895年11月21日
				科利尔杂志（美国）	1908年12月12日	
临终的侦探	The Adventure of the Dying Detective	DYIN	最后致意	海滨杂志（英国）	1913年11月	11月的星期六
				科利尔杂志（美国）	1913年11月22日	
弗朗西丝·卡法克斯女士的失踪	The Disappearance of Lady Frances Carfax	LADY	最后致意	海滨杂志（英国）	1911年12月	—
				美国人杂志（美国）	1911年12月	
魔鬼之足	The Adventure of the Devil's Foot	DEVI	最后致意	海滨杂志（英国）	1910年12月	1897年3月16日
最后致意	His Last Bow	LAST	最后致意	海滨杂志（英国）	1917年9月	1914年8月2日
				科利尔杂志（美国）	1917年9月22日	
显贵的主顾	The Adventure of the Illustrious Client	ILLU	新探案	海滨杂志（英国）	1924年11月	1902年9月3日
				科利尔杂志（美国）	1924年11月8日	
皮肤变白的军人	The Adventure of the Blanched Soldier	BLAN	新探案	自由杂志（美国）	1926年10月16日	1903年1月的星期三
				海滨杂志（英国）	1926年10月	
王冠宝石案	The Adventure of the Mazarin Stone	MAZA	新探案	海滨杂志（英国）	1921年10月	夏天
				赫斯特杂志（美国）	1921年11月	

篇名	原名	缩写	单行本	首次发表	发表时间	发生时间
三角墙山庄	*The Adventure of the Three Gables*	3GAB	新探案	自由杂志（美国）	1926年9月18日	—
				海滨杂志（英国）	1926年9月	
吸血鬼	*The Adventure of the Sussex Vampire*	SUSS	新探案	海滨杂志（英国）	1924年1月	11月19日
				赫斯特杂志（美国）	1924年1月	
三个同姓人	*The Adventure of the Three Garridebs*	3GAR	新探案	科利尔杂志（美国）	1924年10月25日	1902年6月末的星期四
				海滨杂志（英国）	1925年1月	
雷神桥之谜	*The Problem of Thor Bridge*	THOR	新探案	海滨杂志（英国）	1922年2月、3月	10月4日
				赫斯特杂志（美国）	1922年2月、3月	
爬行人	*The Adventure of the Creeping Man*	CREE	新探案	海滨杂志（英国）	1923年3月	1903年9月6日
				赫斯特杂志（美国）	1923年3月	
狮鬃毛	*The Adventure of the Lion's Mane*	LION	新探案	自由杂志（美国）	1926年11月27日	1907年7月末的星期二
				海滨杂志（英国）	1926年12月	
戴面纱的房客	*The Adventure of the Veiled Lodger*	VEIL	新探案	自由杂志（美国）	1927年1月22日	1896年末
				海滨杂志（英国）	1927年2月	
肖斯科姆别墅	*The Adventure of Shoscombe Old Place*	SHOS	新探案	自由杂志（美国）	1927年3月5日	5月
				海滨杂志（英国）	1927年4月	
退休的颜料商	*The Adventure of the Retired Colourman*	RETI	新探案	自由杂志（美国）	1926年12月18日	1898年或1899年夏
				海滨杂志（英国）	1927年1月	